Kristina Dunker

Bevor er es wieder tut

Kristina Dunker, 1973 in Dortmund geboren, studierte Kunstgeschichte und Archäologie in Bochum und Pisa. Im Alter von 17 Jahren veröffentlichte sie ihr erstes Buch. Seither hat sie zahlreiche Kinder- und Jugendromane verfasst und erhielt für ihre Arbeit mehrfach Stipendien und Preise. Sie lebt als freie Autorin in Castrop-Rauxel und bietet Lesungen und Schreibworkshops für Jugendliche an. Ihre bisher bei dtv erschienenen Jugendromane wurden in mehrere Sprachen übersetzt und sind auch in den USA lieferbar. Mehr über die Autorin unter www.kristina-dunker.de

Von Kristina Dunker sind bei dtv außerdem lieferbar: ›Sommergewitter‹, ›Vogelfänger‹, ›Durchgebrannt‹, ›Schwindel‹ und ›Die Angst der Bösen‹.

Kristina Dunker

Bevor er es wieder tut

Deutscher Taschenbuch Verlag

Die Arbeit am Manuskript zu diesem Buch wurde mit einem Arbeitsstipendium des Landes Nordrhein-Westfalen gefördert.

Das gesamte lieferbare Programm von dtv junior
und viele andere Informationen finden sich unter
www.dtvjunior.de

MIX
Papier aus verantwortungsvollen Quellen
FSC® C019821

Originalausgabe

Umschlagkonzept: Balk & Brumshagen
Umschlaggestaltung: buxdesign I, München
unter Verwendung eines Fotos von Trevillion Images/Mark Owen
Gesetzt aus der Perpetua 11/13'
Gesamtherstellung: Druckerei C.H.Beck, Nördlingen
Gedruckt auf säurefreiem, chlorfrei gebleichtem Papier
Printed in Germany · ISBN 978-423-78281-4

Mittwoch, 14. August

1
Kim

Es sollte ihr letzter Tag sein.

Am liebsten wollte sie schon während der Tour aufhören. Doch sie riss sich zusammen, sagte sich, dass keine Gefahr bestand, es nicht so schlimm sei. Schlimmer war es im Herbst: die frühe Dunkelheit, der Regen, die eingeschränkte Sicht wegen der Kapuze. Dann fühlte man sich nicht nur verfolgt, dann konnte man auch nicht schnell genug prüfen, ob es stimmte.

Jetzt, im August – die Straßen hell und trocken, wenn auch wegen der großen Ferien verlassen –, irritierten sie weder blendende Autoscheinwerfer noch spiegelnde Pfützen. Der sperrige Stoff des großen Regencapes, das der *Anzeiger* seinen Austrägern zur Verfügung stellte, war auch nicht im Weg. Kim konnte sich sicher fühlen; sie war sportlich, schnell, nicht mehr naiv – nicht mehr seit der Trennung – und der Anzeiger hatte sie ein »kluges, kreatives Mädchen« genannt, von dem er noch viel berichten würde.

Das würde er.

Also: nur noch einmal für zwei Stunden das Wägelchen ziehen, möglichst ohne Blasen am Handballen zu bekommen, nur noch einmal vor jedem Haus den unhandlichen Packen Papier auf den linken Arm wuchten, ohne an den Sonnenbrand zu kommen, und mit dem rechten die widerspenstigen Zeitungen in überquellende Briefkästen stopfen, ohne sich die Fingernägel abzubrechen.

Ein letztes Mal.

Denn danach wollte sie kündigen; sie wollte den Brief gleich schreiben, wenn sie nach Hause kam. Sollten die von der Firma versuchen, Stress zu machen, von wegen Vertrag, sollten sie versuchen, sie einzuschüchtern, dann müsste es eben ihr Vater für sie regeln. Kim spürte, wie ihr Puls wieder anstieg. War da nicht doch jemand?

Normalerweise war sie nicht so leicht zu verunsichern. Sie hatte diesen Job über ein Jahr durchgehalten, den ganzen miesen Winter durch. Dabei hatte sie sich nicht wie ihre Mitschülerin Karla Begleitschutz durch den Bruder zugelegt, obwohl ihre Tour durch einen viel problematischeren Stadtteil als Karlas führte.

Kims Route war der Härtefall: In der Langen Straße kamen ständig schlitzäugige, braungestromerte Staffordshires aus den Hinterhöfen, sobald sie das Klappern der Zeitung in den Briefkasten hörten; in der Karlstraße, wo die Hälfte der Häuser leer stand, überfiel sie jedes Mal die totale Traurigkeit, denn es musste einfach ätzend sein, in einem Stadtteil zu wohnen, in dem jedes dritte Schaufenster mit Papier verklebt war und die Klingeln an ihren Drähten heraushingen. Bei manchen Häusern war sie sich anfangs nicht sicher gewesen, ob sie noch bewohnt waren, deshalb hatte sie sie mit Zeitungen versorgt und die

Zustellung erst beendet, wenn die Exemplare bei der nächsten Runde grau, nass und aufgequollen auf dem Bürgersteig lagen. Prompt hatte sich eine Frau beschwert, sie habe ihr letzten Mittwoch keine Zeitung gebracht. Bei der Grundschule, die auch bald geschlossen werden sollte, hatte ein schmieriger Typ an der Schulhofmauer gelehnt und grinsend gefragt, ob im *Anzeiger* auch Nacktbilder von ihr seien. Und dort, wo man eigentlich erwartete, dass sich die Leute besser benehmen, im Neubaugebiet Herzfeld, wo es saubere Reihenhäuser, Garagen und kurz geschnittene Rasenflächen mit Kinderschaukeln gab, hatte ein Familienvater einen Tobsuchtsanfall bekommen, weil sie ihm trotz des Keine-Werbung-Aufklebers eine Zeitung in den Briefkasten gesteckt hatte.

Kim wurde unwillkürlich schneller, nicht nur, weil es jetzt leicht bergab ging. Sie hatte wieder das Gefühl, dass ihr jemand folgte. Rasch riskierte sie einen Blick zurück. Oben, bei dem rot verklinkerten Haus, stand ein Typ mit Baseballkappe und sah zu ihr rüber. Als habe er gemerkt, dass sie ihn entdeckt hatte, huschte er plötzlich schnell in den Hauseingang. Aber war es wirklich so? War es nicht vielmehr Zufall? Jemand, der sich erst für etwas völlig anderes interessiert und es nun eilig hatte, nach Hause zu kommen? Um das herauszufinden, müsste sie anhalten und abwarten, aber das wagte sie nicht. Stattdessen drückte sie aufs Tempo.

Ihre Handinnenflächen, die den Griff des Wägelchens umschlossen, wurden feucht von Schweiß, der Rücken unter dem T-Shirt ebenfalls. Die verdammte Karre war schwer, ein viel zu großes, sperriges Dinosauriermodell.

Schon auf den letzten beiden Touren hatte Kim den Eindruck gehabt, als sei ihr jemand gefolgt. Letzten Mittwoch war die

Abendsonne noch stärker gewesen und hatte manchmal einen Schatten aus einem Eingang und dem Schutz einiger ummauerter Mülltonnen auf die Straße geworfen. Sie hatte auch mehrmals Schritte gehört, deren Klang immer wieder abrupt verstummte. Kim hatte sich gefürchtet, aber gekündigt hatte sie nicht.

Ihr letzter Tag war heute.

Der letzte beim *Anzeiger*, der letzte in der Beziehung mit ihrem ersten Freund, der letzte für die schöne Halskette, die ihr kein Glück gebracht hatte. Viel Aufregendes war in diesen Ferien passiert, vielleicht lagen deshalb ihre Nerven blank.

Noch einmal blickte sie blitzschnell zurück: keine Bewegung, kein Schatten, kein Geräusch. Beim Blick unter die parkenden Autos konnte sie auch keine Füße und Beine entdecken, niemanden, der sich versteckte. Sie atmete auf. Vielleicht irrte sie sich.

Dennoch ging sie keinen Schritt langsamer und nahm noch im Laufen die Kette ab. Zu schade. Sie könnte sie verschenken, aber dazu war es zu spät, sie hatte sich soeben entschlossen. Diese Kette würde ihr Grab gleich hier in einem der verstopften Gullis finden, und der Schutzengel-Schlüsselanhänger, den ihr Ex ihr geschenkt hatte, auch.

Kim räumte auf in ihrem Leben. Sie stoppte kurz, ließ beides mit einem Seufzer durch die Metallschlitze in den Morast gleiten – und erschauerte. Die Kette hatte sich wie eine Schlinge um den Hals des Engels geschlungen. Verunsichert kniff Kim die Augen zusammen. Sie hatte den starken Wunsch, den Talisman wieder herauszuholen, wollte sich in ihr Unbehagen aber auch nicht reinsteigern und zog weiter.

Es folgten ein großer Mehrfamilienhauskomplex mit zwei

düsteren Toreinfahrten und unübersichtlichen Innenhöfen. Im ersten standen drei Jungen in ihrem Alter vor ein paar kaputten Sitzbänken, spielten mit ihren Smartphones und Kettchen und glotzten sie an. Als sie zehn Minuten später wieder an ihnen vorbeiging, nass geschwitzt mittlerweile, kamen natürlich Kommentare.

»Wie lange arbeitest du noch? Hast du Freund?« Der forscheste von ihnen trat auf sie zu. Kim wich zur Seite, der Zeitungswagen schaukelte, ein lose aufliegendes Exemplar fiel herunter.

Sie hastete weiter und hielt erst wieder an einem Mehrfamilienhaus, vor dem ein Liebespaar stand. Wie schön wäre es, wenn sie jetzt ihren Freund an der Seite hätte! Wenn er sie jetzt anriefe, würde sie ihm sofort verzeihen. Ihr blieb nichts anderes übrig, als neidisch zu dem Paar herüberzuschielen und ihre Zeitungen einzusortieren.

Das nächste Mehrfamilienhaus. Der Packen wurde kleiner; jetzt ging es leichter, schneller, mehr als drei Viertel waren schon weg und sie lag gut in der Zeit. In zwanzig Minuten würde sie zum letzten Mal im Hof der Druckerei ihr Wägelchen abstellen und den Bus nach Hause nehmen.

Vor ihr lagen nur noch das Kleine und das Große Herzfeld – zwei lang gezogene Straßenschleifen, die aus der Luft gesehen ein asymmetrisches Herz bildeten und an deren Ende sie wieder am gleichen Punkt herauskam. Die Zielgerade bildete die Alte Bahnhofstraße. Das Ende war nah.

Kim erlaubte sich ausnahmsweise ein sparsames Austeilen. Dort, wo sie die Bewohner noch in den Ferien vermutete, gab's keine Zeitung, und wenn man in Nummer 20 keine Zustellung wünschte, bekam man in 20a, b und c heute auch keine. Die überzähligen Exemplare warf sie dem cholerischen Familienvater, den sie ebenfalls im Urlaub vermutete, in seine werbungsfreie Altpapiertonne.

Das besserte ihre Laune und spornte ihren Widerstandsgeist an. Zum ersten Mal in ihrer schlecht bezahlten Austrägerkarriere nahm sie den Fußweg zwischen den Gärten der beiden Straßenschleifen als Abkürzung und ließ damit das Kleine Herzfeld aus.

Beobachtet fühlte sie sich jetzt nicht mehr. Das Gefühl der Bedrohung passte nicht zu der friedlichen Straße, in der sie kurzzeitig zwei nette Jungs aus der Schule mit ihren Skateboards umkurvten und mit ihren witzigen Sprüchen unterhielten.

Was aber nichts mehr änderte. Die Weichen waren gestellt.

Zurück auf der Hauptstraße, warf sie in der Bahnlinienunterführung die überzähligen Zeitungen wie Ballast ab und wurde dann so flott, dass sie eine Frau mit einem Collie überholte. Das offenbar gestörte Tier einer noch gestörteren Besitzerin, die es ständig mit weinerlicher Stimme zutextete, fürchtete sich vor dem Widerhall des Ratterns der Räder. Am Ende des kurzen Tunnels sah sie sich noch einmal um, sah noch einmal in das Hundegesicht, merkwürdig irritiert vom hysterischen Bellen. Ihr Unbehagen kehrte zurück.

Die hohen Töne klangen ihr noch in den Ohren nach, während sie weitereilte, vorbei an den neben dem kleinen Bahnhof liegenden, fast leeren Parkplätzen auf das vor Kurzem eröffnete Gesundheitszentrum zu. Kim passierte ein paar letzte Baucontainer und einen schmutzigen Kleinbus vor dem Hintereingang, stellte die Karre neben hohen Stapeln grauer Pflastersteine ab, ging ums Haus herum und sprang, den einen Arm schon in

Richtung der halb verglasten Eingangstür ausgestreckt, die Treppenstufen hinunter. Es war kurz vor 20 Uhr.

Die Postkästen der Ärzte befanden sich im Hausflur. Die Putzfrauen, deren monotones Staubsaugerbrummen durch die gekippten Fenster drang, würden ihr öffnen, sobald sie ihr »Stadtanzeiger« in die Gegensprechanlage gerufen hatte. Ihr Finger drückte die Klingel. Endstation.

Den Mann, der ein paar Meter weiter vor dem Schild stand, auf dem die verschiedenen Namen und Fachrichtungen der Ärzte aufgelistet waren, nahm sie erst während des Wartens wahr. Er hatte ihr den Rücken zugedreht und telefonierte, beide Hände seitlich an den Kopf gelegt.

Groß, undefinierbare Figur unter der blaugrauen Windjacke, schlabbrige Sporthose, die Haare verdeckt von einer beigen Baseballkappe, vor dem Gesicht einen dicken Wust Taschentücher, darauf Blutflecken.

Dann hörte sie ihn sagen: »Natürlich ist es ein Notfall, ich habe einen Glassplitter ins Auge gekriegt und kann kaum noch was sehen!«, und im gleichen Moment die durch den Lautsprecher verzerrte Frage einer der Putzfrauen, wer an der Tür sei.

»Stadtanzeiger«, antwortete Kim automatisch.

Sie beobachtete den Mann, der sie seinerseits noch nicht bemerkt zu haben schien. Er antwortete seinem unsichtbaren Gesprächspartner mit einer Mischung aus Leid und Ungeduld: »Ja, ja, ich warte.« Dabei zog er den offenbar verletzten Kopf noch tiefer zwischen die Schultern und entfernte sich einen weiteren Schritt von ihr. »Ich warte jetzt schon ziemlich lange hier. Doktor Lohmann hat mir gesagt …« Er brach ab.

Er war ein Patient. Verdammt, was war sie misstrauisch geworden! Nur weil der Typ vorhin am roten Haus auch so ähnlich unauffällig gekleidet gewesen war wie der hier, konnte er es doch gar nicht sein. Dieser Mensch hier war vor ihr da gewesen und verletzt; sie stand schließlich vor einem Ärztehaus.

Der Türsummer ertönte. Kim drückte auf, ging in den Flur, roch Mörtel und Farbe, rutschte über eine vergessene Pappe und hörte, wie sich die Tür hinter ihr mit einem schleifenden Geräusch wieder schloss. Ein Prickeln lief ihr über den Rücken. Theoretisch, dachte sie, konnte es sich durchaus um ihren Verfolger handeln, sofern er ihre Route kannte und einfach die Herzfeld-Schleife ausließ. Kim hatte den Drang, sich umzudrehen, aber wieder ignorierte sie ihn, trat resolut an die Leiste mit den Briefkästen, knickte die erste Zeitung in der Mitte, schob sie in den Schlitz unter dem Namen, knickte die zweite, schob sie hinein, die dritte: knicken, rein, die vierte: knicken …

Und wenn der Mann da draußen einen so großen Glassplitter ins Auge bekommen hatte, dass er blutete, warum war er dann nicht zum Krankenhaus gelaufen? Es gab eins in der Nähe. Welche Hilfe erwartete er hier, am Mittwochabend?

Erschrocken hielt Kim inne. Genau in dem Moment trat sein Schuh auf die rutschige Pappe. So sah sie zuerst den Schuh des Mannes, fast schon neben sich, bevor sie realisierte, dass die Haustür nicht ganz zu und er hineingetreten war.

Vor Kims Augen erschien blitzartig das Bild des panischen Collies, seine sich hektisch hebende und senkende Schnauze. Die vierte Zeitung fiel ihr aus der Hand und auf den Boden, wo sie aufklappte und ihr in Fettdruck zuschrie: *Heiße Preise! Jetzt! Geile Gelegenheit! Zugreifen!*

»Stopp«, keuchte Kim, das einzige Wort, das ihr noch einfiel.

»Ich bin ein Notfall«, antwortete der Mann. Er stand dicht,

zu dicht bei ihr, hatte den Kopf aber von ihr weggedreht, zum Treppenhaus hin.

Plötzlich verstand Kim: Er lauschte auf die Geräusche aus den Praxen, auf das gedämpfte, gleichmäßige Rauschen und Rumpeln. Da oben arbeiteten sie. Sie wischten, saugten, kippten Eimer voll Schmutzwasser aus und ließen Klospülungen laufen. Sie würden nicht vor Ende ihrer Schicht herunterkommen und hören taten sie da oben auch nichts. Sie saß in der Falle.

In Panik begann sie zu schreien, riss die Arme hoch, trat um sich, aber das war zu wenig. Er hatte sich vorbereitet und seine Handlungen geplant. Er hatte Kraft und Kaltblütigkeit und sie nur ihre angstvoll nach allen Richtungen abwehrenden, nackten Ärmchen, die nie an einer Hantelbank trainiert hatten.

Es waren nur Bruchteile von Sekunden, die man als Kampf bezeichnen konnte. Bevor er sie außer Gefecht setzte und durch den Hinterausgang in den Lieferwagen zog, streifte ihr Halt suchender Blick die Sonderangebote: *Heckenscheren, Hackfleisch, heiß, heiß, heiß.*

Donnerstag, 15. August

2
Vincent

»Ich!«, schrie Vincent. Er schoss vor, streckte die Arme, drehte, lenkte auf Marek, den Steller, zu. Sein Blick flog mit dem Ball. Marek zirkelte exakt. Jetzt Adrian: volley übers Netz. Doch auch die anderen waren gut, wenn auch nicht so gut wie sie. Der Blonde, dessen Name Vincent nicht kannte, warf sich flach auf den Boden, um abzuwehren, verriss aber und brachte den Ball ins Aus.

»Matchball!« Sie strömten in der Mitte zusammen, klatschten ihre Hände gegeneinander. Auf der Tribüne jubelten die Freundinnen.

Vincent spürte das Glücksgefühl, die Lebendigkeit, die man fühlt, wenn der Körper nach zwei Stunden Sport auf Autopilot läuft.

Er liebte Sport. Am meisten mochte er ihn, wenn er outdoor stattfand. Zu den Volleyballern, deren kleiner Verein dringend neue Mitspieler brauchte, war er nur auf Bitten von Elias gestoßen. Beachvolleyball hätte Vincent besser gepasst, doch sein

Freund hatte ihn überredet und dafür war Vincent ihm in diesem Moment dankbar, obwohl er sich zu Beginn des Abends noch mächtig über Elias geärgert hatte. Ausgerechnet Elias, der das heutige Freundschaftsspiel zwischen ihnen und denen vom TUS angeleiert hatte, fehlte nämlich. Mit Mühe hatten sie trotz der Urlaubszeit sechs Leute zusammentrommelt, und als Elias vorhin nicht auftauchte, wäre das Spiel fast noch geplatzt, wenn sich dann nicht einer der TUS-Leute dafür entschieden hätte, bei ihnen mitzumachen.

Yannik hatte Aufschlag, wurde dabei angefeuert von seiner Freundin Natascha. Drei der vier zuschauenden Mädchen waren Freundinnen von Spielern.

Für Vincent saß niemand da. Vielleicht, weil er es einfach noch zu selten schaffte, der Erste zu sein, der laut »Ich« schrie. Eine einzige Freundin hatte er bisher gehabt und ein Teil von ihm hatte bis gerade eben gehofft, noch mit ihr zusammen zu sein, aber jetzt war er sich plötzlich sicher, dass sie sich nicht mehr melden würde.

Als Yannik das Spiel mit einem Ass entschied, jubelte Vincent mit seiner Mannschaft und genoss es, nach dem Spiel vor der Halle zu stehen und mit den Freunden den Sieg zu feiern.

Traurig war er trotzdem.

Vor gerade mal fünf Tagen, etwa um diese Uhrzeit, hatten sie zum letzten Mal miteinander gekuschelt. Bevor die Wehmut, die in ihm aufstieg, zu stark werden konnte, fragte er spontan in die Runde: »Hat einer von euch noch Lust auf ein Bad im Kanal?«

»Wir haben gerade geduscht«, entgegnete Adrian.

»Ist das ein Grund?« Vincent lachte auf. Obwohl seine Freunde genau wie er erst siebzehn waren, sah er sie schon Bausparverträge abschließen, Autos polieren und sich über grüne Hälmchen in der Garageneinfahrt ärgern. Dabei lag die Welt doch vor ihnen. Sie wartete auf sie, und zwar jetzt!

Yannik sagte ausweichend: »Wir gehen ein anderes Mal zusammen, Vince, abgemacht?«

Er schenkte sich die Antwort. Es gab kein anderes Mal. Dieser Sommer hielt maximal noch ein paar Tage. Schon für Sonntag waren Gewitter angesagt und dann war praktisch Herbst. Im nächsten Jahr würden die meisten Abi haben und so erstickend vernünftig sein, dass Kanalbaden generell nicht mehr infrage kam.

Natascha schien seine Gedanken zu erraten: »Yannik und ich haben für den Abend andere Pläne. Glaubst du, ich lasse einen schmutzfüßigen, algenhaarigen Typen in mein Bett?«

»Wusste gar nicht, dass Yannik ein Wassermann ist.«

»Jetzt sei nicht albern.« Natascha schickte ihm ein Küsschen durch die Luft. »Schaff dir lieber eine Freundin an! Eine, die auf dich aufpasst. Im Dunkeln sieht man die Schiffe schlecht.«

»Die sind doch beleuchtet«, widersprach Marek, und während die anderen eine Diskussion anfingen, warum genau der eine Junge letztes Jahr beim Baden im Kanal umgekommen war, hörte Vincent nicht mehr zu, sondern entschied für sich, auf jeden Fall noch schwimmen zu gehen. Allein, im Dunkeln und ohne weibliche Begleitung, die mit dem ausgebreiteten Frotteehandtuch am Ufer wartete.

Sie hätte das vielleicht getan, wie letzte Woche auf Korsika. Sie hatten abends fast immer mit ein paar Franzosen Volleyball gespielt. Danach ein Wettrennen zur Bucht hinunter und ohne zu stoppen ins Wasser, höchstens im Laufen noch das T-Shirt ausgezogen und auf den Strand geschmissen. Die Lichter der Bar hatten das Meer beleuchtet, tiefblau und sternenbeschienen hatte es vor ihnen gelegen, vor ihm und Amelie aus Gunzenhausen. Er hatte ihr drei Seeigelstacheln aus der Fußsohle gezogen, auf dem Gaskocher seiner Eltern Spaghetti mit Fertigtomatensoße gekocht und aus fast fünf Metern Tiefe ein großes, perlmuttglänzendes Meerohr geholt. Jede Nacht hatte er sie unter dem Gesang der Zikaden zu ihrem Igluzelt unter der großen Pinie begleitet. Leider hatten ihre Eltern im ein paar Meter entfernten Wohnmobil darauf aufgepasst, dass er nicht zu ihr in den Schlafsack kroch, aber auf dem großen Campinggelände hatte es zum Glück das eine oder andere einsame Plätzchen gegeben.

Amelie hatte tränenreich und leidenschaftlichst versprochen, sich bei ihm zu melden, sobald sie wieder in Deutschland war, aber irgendwie … hatte sie's wohl vergessen.

»Ich fahr noch zum Kanal. Ich brauch das jetzt.«

Vincent ließ die leere Flasche in den Getränkekasten klappern und griff nach seiner Tasche.

Die anderen waren noch so in ihr Gespräch über Verunglückte und Vermisste vertieft, dass sie ihn nicht hörten.

»Ich kenn die sogar«, sagte Natascha aufgeregt, »ich hab der mal Nachhilfe in Mathe gegeben. Kim Klingenberg heißt die eigentlich, aber alle sagen nur Klingglöckchen oder Glöckchen.«

»Und die wird jetzt richtig gesucht?«, fragte Adrian.

»Ja, sie ist wohl gestern nicht von ihrem Job zurückgekommen. Hat den *Stadtanzeiger* ausgetragen. Man befürchtet, dass ihr was passiert ist, sie ist ja erst vierzehn.« Natascha wandte sich Vincent zu. »Gehst du schon?«

Er nickte, obwohl ihn das Gespräch jetzt wieder mehr interessierte.

Yannik gab ihm einen freundschaftlichen Klaps. »Pass auf dich auf. Und tritt Elias von mir in den Hintern!«

»Wenn ich ihn sehe«, sagte Vincent vage. Er erinnerte sich an etwas, das Elias betraf. Etwas, das ihn in diesem Moment irritierte.

Schnell verabschiedete er sich.

Vincent fuhr gern durch die warme Nacht. Zuerst durchs Neubaugebiet mit dem ulkigen Namen Herzfeld, dann über den Feldweg, die Bahnbrücke und am Waldfriedhof entlang. Dabei dachte er an das verschwundene Klingglöckchen. Er meinte, sie zumindest vom Sehen her zu kennen. Im Schwimmverein war mal ein Mädchen mit diesem auffälligen Spitznamen gewesen. In seiner Erinnerung trug sie einen roten Badeanzug, leuchtend wie eine Christbaumkugel. Sie war jünger als er und Vincent hatte sich nie für sie interessiert.

Elias dagegen sehr wohl. Vor drei Wochen, kurz bevor Vincent nach Korsika gefahren war, hatte Elias ihm stolz erzählt, er hätte ein Date mit Glöckchen. Glöckchen – ein Name wie für eine Katze. Wenn eine freilaufende Katze über 24 Stunden vermisst wurde, verhieß das nichts Gutes.

Vincent ahnte plötzlich, dass die Idee zu baden doch nicht so gut war. Schon der Weg zum Kanal war Furcht einflößend: Der Pfad am Waldfriedhof entlang war stockfinster und in den letzten Wochen teilweise zugewachsen, der Geruch vermodernder Blumen lag in der Luft. Dazu erklang ab und zu ein seltsames metallisches Geräusch, das Vincent zuerst für den Schrei eines Nachtvogels hielt, dann aber als menschlich verursachten Laut interpretierte: Vielleicht schlugen Diebe irgendwo dort hinter der dünnen Hecke Bronzebuchstaben von einem Grabstein. Davon hatte er gelesen, im *Stadtanzeiger*. Den Klingglöckchen ausgetragen hatte.

Vincent trat in die Pedale. Der Trafo für die Lampe summte, ein Teil der Kette quietschte.

Auch das Sträßchen, das zum Kanal führte, war unbeleuchtet. Es war für den normalen Verkehr gesperrt, da es in einen Autobahnrastplatz mündete. Manchmal nahm sein Vater den Weg als Abkürzung. Die Polizei kontrollierte hier so gut wie nie.

Vincent folgte dem Sträßchen bis zur alten Eisenbahnbrücke, die den Kanal überspannte. Halb zugewachsen, halb eingefallen, halb besprüht hing sie wie ein Gerippe über dem Wasser. Seit die Zugstrecken vor Jahrzehnten umgelegt worden waren, betrat sie niemand, der nicht an einem heißen Sommertag den tollkühnen Sprung ins kühle Nass wagen wollte.

Vincent lehnte sein Rad an einen Baum. Das braunschwarze Wasser in den Spundwänden ließ keine Erinnerung an die Bucht auf Korsika zu, wo er mit Amelie gebadet hatte.

Was hatte er denn von ihr erwartet? Wenigstens eine ehrliche SMS:

»Hab zu Hause einen Freund, warst nur Lückenfüller, sorry, tschüss.«

Er sollte heimfahren. Sofort. Ein nächtliches Bad machte nur an anderen Orten und mit anderen Menschen zusammen Spaß. Andererseits war er nun mal hier, hatte vor den anderen rumgetönt und wollte nicht demnächst einräumen müssen, dass er gar nicht schwimmen gegangen war.

Er ließ das Rad unabgeschlossen und trat die paar Schritte ans Ufer. Ein Radweg, ein Streifen Gras, auf dem sie ihre Handtücher ausgebreitet hatten, wenn sie nachmittags hier gewesen waren. Trotzdem wirkte die Umgebung völlig unvertraut, ja sogar gefährlich, genau wie Natascha gesagt hatte.

Schmatzend leckte das Wasser am rostfarbenen Metall. Vincent erschien der Kanal tiefer, tückischer und bewegter als das nächtliche Meer. So sicher, wie er zuvor baden wollte, wollte er es jetzt nicht mehr. Trotzdem ließ er die Sporttasche ins Gras plumpsen, streifte Shirt und Turnschuhe ab, legte Handy und Portemonnaie obendrauf und trat an den Rand. Keinen Rückzieher jetzt.

Er blickte kurz nach rechts und links, als wolle er eine viel befahrene Straße überqueren, und sprang.

Gegen das hier war das Mittelmeer die reinste Badewanne gewesen. Die Kälte umfasste ihn und mit ihr ein Gefühl der Beklemmung. Schnell sank sein Körper in die Tiefe. Seine Füße trafen auf etwas Spitzes und Sperriges, das ihn umklammerte, und er bereute blitzartig, das Ufer verlassen zu haben. Der Schmerz im Bein kam so plötzlich, dass er vor Überraschung Wasser schluckte. Im trüben Wasser war er wie blind, konnte nicht ausmachen, was sein linkes Bein festhielt.

Beim Schnorcheln hatten sie Muränen gesehen, grimmige, scharfzahnige Viecher, die aus dem Hinterhalt zuschlugen und ihr Opfer nicht losließen, sosehr es auch zappelte.

Panisch drängte es ihn zurück an die Oberfläche. Er musste hoch. Die Atemnot wurde jede Sekunde stärker.

Doch er kam nicht frei.

Vincent sah nur eine Chance: Seinen Kopf gegen den Wunsch seines Körpers nach unten in die Tiefe zwingen. Nur mithilfe der Hände konnte er sich befreien. Was auch immer in seinen Unterschenkel stach und ihn umklammert hielt, er musste es wegziehen.

Die Hände, so fahrig sie auch waren, hatten die dünnen Metallverstrebungen, in denen er sich verfangen hatte, jetzt gepackt. Es schien sich um Speichen eines kaputten Fahrrads zu handeln.

Kein Monster also, das ihm zum Verhängnis zu werden drohte. Vincent zog und bog an dem Ding, stieß dabei gegen einen großen Sack, aus dem schweres Papier herausquoll. Er schob alles weg, strampelte und tobte, bis er endlich wieder Bewegungsfreiheit spürte. Er riss sein Bein los, schoss an die Oberfläche und schnappte nach Luft.

Er konnte es nicht fassen. Er wäre gerade beinahe ertrunken, weil irgendwelche hirnlosen Typen ihren Schrott im Kanal entsorgt hatten, statt ihn zur Deponie zu bringen.

Vincent zog die Beine hoch, hielt sich an der Spundwand fest, legte die Stirn auf die Hände und schloss keuchend die Augen. Einerseits wollte er so schnell wie möglich aus dem Wasser, andererseits fühlte er sich noch zu schwach, um sich hochzuziehen. Er jammerte regelrecht, und das, obwohl er eigentlich nur ruhig atmen wollte. Das war verdammt knapp gewesen.

Um ihn herum trieb das Papier aus dem Sack. Vincent schob die hochquellenden Blätter zur Seite, fischte dann aber eins heraus und betrachtete es genauer. Offenbar eine Zeitung, eine mit viel Werbung und großer, roter Schrift. Plötzlich angespannt, strengte er seine Augen an, um trotz der Dunkelheit etwas zu entziffern: *Stadtanzeiger*.

Jetzt begriff er, worin er sich verfangen hatte: in Kim Klingglöckchens verbogenem Zeitungswagen.

Als sei der Teufel hinter ihm her, zog Vincent sich ans Ufer. Sein Bauch ratschte an der Kante der Spundwand auf. Das verletzte Bein brannte. Er kroch auf allen vieren durchs Gras auf sein Fahrrad zu.

Wenn Kims Karren hier im Kanal versenkt worden war, wo war dann sie?

3
Vincent

Vincent reckte den Kopf in die Höhe. Er kniete immer noch vor seinem Fahrrad, war aber nicht mehr so benommen. Er hatte nicht nur Kim Klingenbergs Karren gefunden, er hörte jetzt auch jemanden wimmern. Das Geräusch, das er nach seinem Auftauchen gehört hatte, war nicht aus seinem Mund gekommen.

Er wollte am liebsten nach Hause, aber natürlich konnte er jetzt nicht mehr abhauen und so tun, als ginge ihn das Geräusch nichts an. Also suchte er das Ufer links und rechts von seiner Badestelle ab, rief halbherzig »Hallo?«, bekam keine Reaktion und betrat zuletzt die Eisenbahnbrücke. Seine nackten Füße kamen sofort in Kontakt mit öligem Dreck, dornigen Ranken und Scherben. Weggeworfene Bier- und Sprühflaschen überall, an der Böschung sogar ein alter Kühlschrank. Vincent blieb stehen. Er blutete an Unterschenkel und Zehen. Sollte er umkehren und wenigstens Schuhe anziehen? Musste er überhaupt auf die andere Seite?

Niemand zu sehen, kein Laut zu hören. Selbst das Rauschen der Autobahn war heute leise. Zaghaft hörte er manchmal ein

Wassergluckern. Vielleicht hatte er sich doch getäuscht, war wegen der Erzählungen seiner Freunde und des Badeunfalls übernervös?

»Ist da jemand?« Er erschrak vor dem Klang seiner eigenen Stimme. Eine Antwort blieb wieder aus. Trügerische Ruhe um ihn herum.

Er stützte die Arme gegen einen Eisenpfeiler. Der ganze idiotische Abend war nur eine Folge seines Liebeskummers. Nicht eine einzige SMS war er ihr noch wert gewesen. »Amelie«, rief er, jetzt viel lauter und selbstbewusster, »Amelie, du blöde, saublöde Kuh!«

Da war plötzlich das Wimmern wieder zu hören, wenn auch sehr, sehr leise. So rasch er konnte, kämpfte Vincent sich über die Brücke. Mit Turnschuhen wäre es leichter gewesen. Je näher er der anderen Seite kam, desto deutlicher konnte er das lauter und leiser werdende Geräusch hören. Er beschleunigte seine Schritte, achtete nicht mehr darauf, wohin seine Füße traten, sprang von der Brücke, eilte von ihr weg, nur um gleich darauf umzukehren.

Die Person befand sich direkt unter der Brücke im Wasser, deshalb hatte er sie von der anderen Seite nicht gesehen. Sie hielt sich an der Stelle fest, an der die Leiter in die Spundwand eingelassen war.

Als Vincent am Rande des Kanals stoppte, hörte ihr Wimmern auf. Das Mädchen – es musste Kim sein – hatte ihn wahrgenommen, so wie er sie. Ihre Augen waren riesig in dem bleichen Gesicht, ihr Mund klappte auf, die Züge verzerrten sich.

»Keine Angst«, sagte er mit belegter Stimme, »ich bin's, also, äh, Vincent Möller, wir kennen uns aus dem Schwimmverein.«

Jetzt schrie sie. Sie schrie wie von Sinnen. Wahrscheinlich konnte sie Vincents Gesicht nicht erkennen, sah nur einen jungen Mann in nassen Shorts, der auf sie zukam. Also wiederholte er seinen Namen und ging näher an sie heran, aber das half nicht, im Gegenteil, das Schreien wurde lauter. Sie erkannte ihn nicht, griff nicht nach seiner Hand, die er ihr entgegenstreckte. Sie schrie nur und starrte ihn an, mit so einem leeren Blick, als sehe sie eigentlich durch ihn hindurch. Sie musste sich in einem Schockzustand befinden, sonst wäre sie auch zuvor längst die Leiter hinaufgeklettert.

»Ich will dir doch nur helfen.« Er versuchte es wieder, streckte die Hand hin, griff nach ihrer. Die Folge war, dass sie die Leiter losließ und vom Ufer wegtrieb, langsam und ohne jede eigene Muskelbewegung. Wenn sie so weitermachte, ginge sie gleich unter. Er hatte keine Zeit, zurück zum Rad zu laufen, das Handy aus der Tasche zu kramen und Hilfe zu rufen. Er musste sie rausholen. Schnell stieg er über die Leiter ins Wasser und bewegte sich auf sie zu. Kim wurde völlig hysterisch. Sie ruderte mit den Armen, schluckte Wasser, ging unter, und als er sie packte – sie fühlte sich merkwürdig weich an –, entwickelte sie noch einmal eine solche Kraft, dass er fürchtete, zum zweiten Mal an diesem Abend gegen das eigene Ertrinken ankämpfen zu müssen. Dann aber hielt sie plötzlich still, wurde schlaff wie eine Puppe und er bekam sie an die Oberfläche, bugsierte sie in einen Schleppgriff und zog sie an die Leiter.

Ein bewusstloses Mädchen konnte er nicht ohne Weiteres die Spundwand hinaufhieven. Sie kippte immer wieder zurück und drohte sich ernsthaft zu verletzen. Und dabei sah sie schon so aus, als hätte jemand sie schwer verletzt. Sie blutete im Bauchbereich. Der Anblick der offenen Wunde ließ Vincent fast die Nerven verlieren. Er schrie um Hilfe. Doch so spät am Abend war hier niemand. Hätte er nur gleich, als er den Zeitungskarren gefunden hatte, die Polizei gerufen! Wütend über sich selbst, packte er kräftiger unter Kims dünne Ärmchen und hob sie erneut hoch in Richtung Ufer. Seine Hände rutschten ab, glitten über ihre nackten Brüste, und dabei kamen ihm die Tränen, denn so wollte er sie nicht anfassen. Kein Mädchen, das nicht damit einverstanden und seine Freundin war, wollte er so anfassen. Er fand es anstößig, fast ekelig, kein bisschen erregend, nur verwirrend, beschämend, als würde er selbst zum Täter, und dieser Gedanke machte ihn noch wütender, noch verzweifelter, denn verdammt, er musste sie wieder und wieder so anfassen, wusste er doch ums Verrecken nicht, wie er sie sonst aus dem Kanal kriegen sollte.

Plötzlich hörte er ein Motorengeräusch. Ein Auto näherte sich und hielt. Schon formte Vincents Mund einen Hilferuf, klappte aber im gleichen Moment wieder zu. Eine Eingebung sagte ihm, dass das Stoppen eines Wagens an dieser Stelle ungewöhnlich war.

Wenn Vincent im nächsten Moment das freudige Bellen eines Hundes hören würde, wüsste er, dass er es mit einem nächtlichen Gassigeher zu tun hatte. Wenn das am anderen Ufer ein Hundebesitzer wäre, wäre Kim gerettet. Was aber, wenn aus irgendeinem Grund der Täter zurückgekommen war?

Vincent zog Kim fest an sich und verschwand mit ihr tiefer in die Dunkelheit unter der Brücke. Sein ganzer Körper war von einer Gänsehaut bedeckt. Seine rechte Hand hielt ihren Kopf über Wasser, ganz nah an seinem. Sein Atem ging stoßweise, ihren spürte er nicht. Sein Gesicht war kühl, ihres eiskalt. Er bekam Angst, dass er mit seinem Rettungsversuch zu spät gekommen war.

Aber selbst dann würde er sie nicht im Stich lassen. Sein linkes Bein schmerzte, im rechten hatte er einen Krampf, seine Zähne klapperten vor Angst und Kälte. Der Wagenmotor auf der anderen Uferseite lief noch immer. Das Geräusch übertönte mögliche Schritte.

Sollte Vincent doch um Hilfe rufen?

Herrgott, er traute sich nicht.

Der andere rief ja auch nicht. Würde man, wenn man mitten in der Nacht ein verlassenes Fahrrad samt Kleidung an einem Ufer fand, nicht rufen?

Der Wagen lief immer noch. Vincents rechtes Bein verkrampfte sich bis zur Unbeweglichkeit. Er versuchte, den Krampf zu lösen, indem er das Bein gegen die Spundwand stemmte. Dabei verrutschte ihm Kim. Wasser schwappte über ihr Kinn.

Er war nicht in der Lage, sie zu beschützen. Er war ja kaum in der Lage, sie über Wasser zu halten und sich selbst zu verteidigen.

Ganz in der Nähe hörte er ein Rascheln, erst leise, dann etwas lauter.

In Panik wollte Vincent losbrüllen, aber das durfte er nicht. So lange wie möglich musste er für sie beide durchhalten. Er biss sich auf die Lippe, bis sie blutete.

Dann: ein neues Geräusch. Das Auto startete.

Unglaubliche Erleichterung durchströmte Vincent. Als er hörte, wie es davonfuhr, ließ er alle Vorsichtsmaßnahmen fallen, schluchzte laut auf und rief: »Kim! Kim, beweg dich, wir müssen aus dem Wasser!«

Er schüttelte sie, aber sie bewegte sich überhaupt nicht mehr. Er kniff sie in die Arme, er flüsterte ihr ins Ohr, dass sie beide keine Chance hätten, wenn sie nicht mitmachte, aber sie machte nicht mit.

Da blieb ihm nichts anderes übrig, als wieder und wieder zu versuchen, sie herauszubugsieren. Eine seichte Stelle, das wusste er, gab es weit und breit nicht. Auch keine, an der er wenigstens hätte stehen können. Er stemmte wieder das rechte Bein gegen die Wand und hakte den linken Fuß unter die unterste Leiterstufe. Er hievte sie ein Stück hoch, verlor den Halt und kippte mit ihr rückwärts zurück ins Wasser.

Er drehte sie, um sie sich auf den Rücken zu packen, aber das brachte nichts. Die Gefahr, dass ihr Gesicht unter Wasser geriet, war zu groß. Auch wusste er nicht, wie viel Blut sie verloren hatte. Ihr nackter Körper war außerdem so verdammt rutschig, und seine Hemmungen, sie richtig anzupacken, konnte er auch nicht überwinden. Wegen dieser unfreiwilligen Planscherei hätte er fast das erneute Motorengeräusch überhört.

Dieser Wagen kam aus der Gegenrichtung. Er hielt nicht an, fuhr aber nur Schritttempo. Vielleicht hatten der oder die Insassen sein Rad bemerkt und neugierig ein Fenster heruntergelassen.

Einen Moment erstarrte Vincent. Ihm war klar, dass er diesmal rufen musste, egal, ob womöglich der Wagen von eben zurückgekehrt war oder nicht. Schlecht begründetes Misstrauen konnte er sich nicht mehr leisten. Sein angstvolles Schweigen gerade eben hatte Kim nur wertvolle Zeit gekostet. Vincent musste das Risiko eingehen, den Falschen um zu Hilfe rufen. Er setzte alles auf eine Karte.

4
Johanna

Johanna schaltete den Ton aus. Töne fand sie am schlimmsten.

Töne regten die Fantasie an, drangen durch die Ohren in jede Zelle des Körpers.

Um sich die Möglichkeit offenzulassen, zum Film zurückzukehren, wenn er sich auf wenige hässliche Szenen beschränken sollte, ließ sie die Bilder weiter über das altmodische Fernsehgerät flackern.

Zuerst aber brauchte sie eine Pause, stand auf, öffnete die Terrassentür und trat hinaus. Hinter ihrem Rücken lief der Thriller weiter, sie konnte sich die Szenen lebhaft vorstellen, auch die, die nicht gezeigt, sondern nur angedeutet wurden. Um noch mehr Abstand zum Film zu gewinnen, ging sie vom Haus weg auf die Wiese, spürte das taufeuchte Gras an ihren nackten Füßen und gleich darauf das weiche Fell der Katze, die angelaufen kam und um ihre Beine schnurrte.

»Na, du Streuner.« Johanna streichelte Pünktchens schmalen Rücken, der sich hochbog und an ihre Hand drückte. »Hast du schon eine Maus gefangen?«

Sie redete nur, um ihre Angst in Schach zu halten. Im Gegensatz zu ihrer schwarzen Freundin mit dem einen weißen Punkt auf der linken Vorderpfote war sie nämlich alles andere als eine Streunerin; sie war ein Stubenhocker, eine schräge Siebzehnjährige, die ihre Sommerferien bei Oma und Opa auf dem Land verbrachte und als maximales Abenteuer die alten Leute auf ihren Waldspaziergängen begleitete.

Aber nicht mehr lange. Sie hatte nämlich vor, sich ihr Leben zurückzuerobern, und dass sie hier jetzt einigermaßen locker allein auf der nächtlichen Wiese stand, war der zweite Schritt in die richtige Richtung. Der erste war gewesen, den Krimi aus dem Spätprogramm einzuschalten, obwohl schon in der TV-Zeitschrift angedeutet worden war, um welches Thema es ging. Bisher hatte sie jede Form von Krimi gemieden, selbst die, die ihre Großeltern guckten.

Als dritten Schritt dieses Abends wollte sie sich der Scheune nähern, in den Keller hinuntersteigen, dort alten Kram beiseiteräumen und die unterste Schublade der verstaubten Kommode aufhebeln. Ihren Opa zu bestehlen wäre zwar unfair, für sie aber das Beste, was sie machen konnte. Wenn es Mundraub und Notlügen gab, musste es doch auch Notdiebstähle geben. Grübelnd blickte sie zum Scheunentor herüber, während ihre Hand Pünktchen unterm Kinn kraulte. Eine Katze würde keine Möglichkeit der Verteidigung auslassen, dachte sie, sie würde sich nicht fragen, was die anderen von ihr dachten, wenn sie kratzte und biss. Johanna aber zögerte. Der eine Grund war, dass sie Oma und Opa nicht hintergehen wollte. Sie hatten viel Gutes für Johanna getan, hatten sie vier Wochen lang verwöhnt. Sie liebten sie bedingungslos, ohne Frage. Daher waren die Ferien hier für Johanna so gut gewesen. Jeder Tag voller echter Glücksmomente und kleiner Siege.

Glück: Kochen und Backen mit Oma, Rühren, Schnippeln, Teig kneten und sich dabei nur auf die Bewegungen der Hände konzentrieren. Nicht denken und nur Sachen machen, die nichts mit ihrem normalen Leben zu tun hatten. Nicht reden, und wenn, dann über Rezepte und Zutaten.

Glück: Pilze suchen mit Opa, an den frisch abgeschnittenen Schirmen riechen, sie bestimmen und im Weidenkorb nach Hause tragen. So tun, als lebe man vor Hunderten von Jahren, als sei man nicht man selbst. Opa war noch schweigsamer als Oma wenn er sprach, dann nur, um die Natur zu erklären.

Glück: Das war zum Beispiel der Augenblick, in dem sich das Tagpfauenauge auf dem Ärmel ihres mintgrünen Shirts niedergelassen und bedächtig seine Flügel auf- und zugeklappt hatte. Sie hatte die unscheinbare, dunkle Außenseite und das wunderbar bunte Innere sehen können.

Bei dir ist es umgekehrt. Das äußere Erscheinungsbild ist in Ordnung: schlank, lange Haare, kein sichtbarer Makel, im Großen und Ganzen hübsch. Die Katastrophe ist dein Innenleben. Das zeigst du besser niemandem.

Kleine Siege waren es, wenn sie die Stimme der Selbstverachtung in ihrem Kopf zurückdrängen konnte. Immer gelang ihr das nicht. Wenn Johanna erst einmal angeschlagen war, hatte die Stimme leichtes Spiel. Und dies war der zweite Grund, weshalb sie zögerte, das Objekt ihrer Begierde in ihren Besitz zu bringen. In erster Linie wollte sie stehlen, um sich zu schützen, aber manchmal war die vernichtende Stimme in ihrem Kopf so laut, dass sie ihr suggerierte, Johannas bester Schutz bestünde in der Flucht aus dem Leben. Das war das klitzekleine Risiko, wenn der Diebstahl ihr gelänge.

Dennoch: Sie würde ihren Plan noch heute Nacht durchführen. Morgen kam ihre Mutter, dann ging es nach Hause. *Nach Hause, darauf freust du dich, was? Da wirst du wieder bei jedem Auto, das langsam an dir vorbeifährt, denken, es springt einer raus und verschleppt dich oder tötet dich. Der Nebel um dich herum wird sich wieder verdichten und allmählich all die kleinen, freundlichen Dinge hier bei Oma und Opa – Tiere, Lebensmittel, blaue Wolkenlöcher im bedeckten Himmel –, verschwinden lassen.*

»Ich tue es, damit *ich* nicht eines Tages verschwinde«, flüsterte Johanna. »Ich tue es jetzt.«

Noch immer zögernd lief sie durch den weitläufigen, von hohen, dichten Hecken umgebenen Garten bis zum Scheunentor. Über ihr Sterne, Fledermäuse, Nachtfalter – eine laue, friedliche Nacht. Solche Idyllen konnten täuschen, wusste Johanna. Oft lauerte das Grauen schon hinter der nächsten Hecke.

Es wäre zu riskant gewesen, Opas Schlüsselbund aus der Kommode im Flur zu holen. Sie musste sich hinknien, unter der Bank nach dem Ersatzschlüssel suchen. Das Versteck hatte Micha ihr gezeigt, ihr Lieblingsonkel, der ein großer Bildhauer hatte werden wollen und doch nur ein großer Trinker geworden war. Der Schlüssel war an seinem Platz und passte.

Johanna stemmte sich gegen das Tor, das sich mit lautem Quietschen öffnete. Sie horchte. Hatten Oma und Opa das gehört?

Nachdem sie das Tor wieder hinter sich zugezogen hatte, stand sie sekundenlang im völlig Finstern. *Das hältst du nicht aus, du hältst es nicht aus.* Sie versuchte gegen die Stimme in ihrem Kopf anzukämpfen, die Panik in den Griff zu bekommen.

Das Einschalten der Taschenlampe brachte ein wenig Erleichterung. Ihr schwankender Lichtschein tastete vorsichtig die Gegenstände ab.

Onkel Michas ausrangierte Skulpturen und die an den Wänden hängenden Schaufeln und Spitzhacken erinnerten an ein

Pharaonengrab. Die Schatten der Werkzeuge wuchsen zu krallenartigen Händen heran, die nach ihr zu greifen schienen. Bedrohlich wirkte auch der gesplitterte, hölzerne Fisch mit dem Maul aus Sägeblättern, den Micha einst für ein Meisterwerk gehalten hatte.

Sie durchquerte das düstere Durcheinander. Vorsichtig näherte sie sich der wackeligen Leiter, die ins Untergeschoss führte. Im selben Moment erahnte sie eine Bewegung hinter sich. Sie fuhr herum.

»Streuner!« Johanna fasste sich ans Herz. »Blödes Vieh, du!«

Katzen konnten einen ins Verderben führen. Hätte sie damals nicht so verzweifelt den Kater der Loskills gesucht, wäre sie jetzt nicht hier.

Rückwärts, die Lampe im Hosenbund, stieg sie ins Kellergeschoss hinunter, während der Lichtkegel nach oben zeigte und über die Balken schwankte. Ihre Hände umklammerten die Leitersprossen.

Unten angekommen, erschien ihr der Keller wie ein Verlies. Mit schnellen Schritten eilte sie zum Werkzeugschrank, zog die klemmende Schublade auf und griff sich einen Schraubenzieher. Die Lampe in der einen, das Werkzeug in der anderen Hand, durchquerte sie das nach Motoröl riechende, chaotisch vollgestellte Untergeschoss, fand den Metallschrank mit den Hängeschlössern, stellte das Geburtsdatum ihrer Oma ein, öffnete die Türen, räumte Kanister mit Lacken und Pflanzenschutzmitteln zur Seite, griff sich die Holzkiste, setzte den Schraubenzieher an und hebelte den Deckel auf.

Da lag sie, eingewickelt in ein silbergraues, weiches Tüchlein. Johanna nahm sie samt ihrer kleinen Decke heraus und wog ihre satte Schwere in der Hand. So also fühlte sie sich an.

In nächster Zeit würde die Waffe hoffentlich niemand vermissen. Es ahnte auch niemand, dass Johanna überhaupt von ihrer Existenz wusste, wahrscheinlich nicht mal mehr Micha, der ihr vor zwei Jahren im Zustand fortgeschrittenen Betrunkenseins davon erzählt hatte.

Johanna lächelte. Der Revolver hatte Opa, dem ehemaligen Förster und Jäger, gehört. Jetzt gehörte er ihr, einer Gejagten. Und vielleicht demnächst auch Jagenden.

5
Vincent

Vincent blinzelte in das flackernde Blaulicht des startenden Krankenwagens. Kims Zustand sei kritisch, hatte der Notarzt gesagt. Sie habe zwar sicher nicht seit ihrem Verschwinden im Wasser gelegen, sei aber stark unterkühlt. Ob sie durchkäme, könne er noch nicht sagen.

Nervös leckte Vincent sich über die Lippen. Er spürte ein Haar, zupfte es sich von der Zunge und merkte dabei, wie lang es war. Es musste Kim im Wasser ausgegangen und an ihm kleben geblieben sein.

Er hatte Glück im Unglück gehabt, dass das zweite Auto ein Streifenwagen gewesen war und die Beamten seine Hilfeschreie gehört hatten. Der Rettungswagen war schnell da gewesen, wäre aber wahrscheinlich noch schneller gekommen, wenn Vincent schon beim ersten Motorengeräusch gewagt hätte, auf sich aufmerksam zu machen. Das hätte Kims Überlebenschancen erhöht. Was er zuvor so deutlich zu spüren geglaubt hatte – eine Gefahr, die von dem ersten Wagen ausging, die Möglichkeit, der Täter sei zurückgekehrt –, schien ihm jetzt völlig aus der Luft gegriffen.

Fröstelnd zog Vincent die Decke enger um seine Schultern. Die Beamten hatten sie ihm gegeben. Zuvor hatten sie ihn für seinen Rettungseinsatz gelobt, ihn beim Weg über die Brücke gestützt und ihm versprochen, dafür zu sorgen, dass man sich später auch um sein verletztes Bein kümmern würde. Doch hinter der Freundlichkeit hatte Vincent Misstrauen gespürt. Seine harmlose Lust auf ein nächtliches Bad im Kanal hatten sie ihm nicht abgenommen.

Gleich darauf kam ein Streifenpolizist in Begleitung eines Kommissars auf ihn zu. So wie der Uniformierte Vincent vorstellte, musste der Kommissar ihn sofort für einen Verdächtigen halten.

»Er wollte angeblich nur schwimmen gehen.«

Etwas eingeschüchtert und wütend über die missverständliche Situation, stand Vincent auf. Er war so aufgeregt, dass ihm flau wurde und er die Decke losließ, die von seinen Schultern rutschte. Der Beamte fing sie für ihn auf und reichte sie ihm.

»Ganz ruhig«, sagte er, was Vincent peinlich war. Da stand er: durcheinander, bibbernd und nur mit seiner klammen Shorts bekleidet. In Anbetracht dieser Situation war er ziemlich ruhig, wie er fand.

»Kommissar Delmer.« Der Händedruck war kurz. »Erzählst du uns, was passiert ist?«

»Habe ich ja schon gesagt. Ich bin erst in Kims Karren stecken geblieben …«

»Es steht noch nicht fest, ob es sich bei der Verletzten um die vermisste Kim Klingenberg handelt.«

»Bitte?« Vincent zog überrascht die Stirn in Falten. Er wollte fragen, wer es denn sonst sein sollte, aber er hielt lieber den Mund. Ein frecher Kommentar käme wohl kaum gut an.

»Sie kennen Kim Klingenberg?«

»Nur flüchtig.« Vincents Unruhe wurde noch größer, weil er das Auto seines Vaters in eine Parklücke rangieren sah. Er konnte sich nicht erinnern, zu Hause angerufen zu haben.

»Warum haben Sie niemanden informiert, nachdem Sie glaubten, den Zeitungswagen gefunden zu haben?«, fragte Delmer, und Vincent, noch immer abgelenkt, antwortete:

»Ich musste doch erst schauen, wo sie ist!«

»Meinen Kollegen haben Sie gesagt, Sie hätten sofort erkannt, dass es sich um Kims Wagen handelt.«

»Das hab ich gesagt?« Vincent rieb sich den Kopf und der Kommissar machte sich eine Notiz. Schon negativ aufgefallen, dachte Vincent. Seine Aufregung wuchs.

»Es war gut, dass Sie das Mädchen über Wasser gehalten und uns um Hilfe gerufen haben, aber ich muss Ihnen diese Fragen trotzdem stellen. Wir müssen ja herausfinden, was passiert ist. Also, ich habe gehört, Sie wollten Ihre Exfreundin vergessen und haben sich deshalb in den Kopf gesetzt, mitten in der Nacht im Kanal zu schwimmen?«

»Ja.«

»Ihre Exfreundin Kim Klingenberg?«

»Nein, sie hieß Amelie! Ich kannte Kim nur flüchtig, hab ich doch gerade gesagt!«

»Richtig.« Delmer schlug einen milderen Tonfall an und reichte Vincents Vater, der zu ihnen stieß, zur Begrüßung die

Hand. »Guten Abend, Herr Möller. Wir hoffen, dass Ihr Sohn uns auch bei den Ermittlungen weiterhilft.«

»Das tut er sicher gern.« Thorsten Möller legte Vincent den Arm um die Schultern. »Tolle Leistung!«

Delmer nickte gleichgültig. Vielleicht glaubte er, Vincent einmal zu loben reiche aus. Aus seinen schmalen Augen sprach Argwohn. »Vincent«, fragte er, »woher kannten Sie Kim Klingenberg?«

»Aus dem Schwimmverein. Aber ich kannte sie nur flüchtig, sie ist ja drei Jahre jünger als ich.«

Doch Delmer gab sich mit dieser Antwort nicht zufrieden. »Hatte Kim einen Freund?«

»Keine Ahnung.« Vincents Antwort kam schnell und fest. Ob Elias wirklich was mit Kim gehabt hatte, wusste er ja nicht, und selbst wenn, war er nicht hier, um ihm die Polizei auf den Hals zu hetzen. Gleichwohl würde er Elias selbst darauf ansprechen.

Delmer bohrte nicht nach, fragte stattdessen nach Amelie.

»Wo kam Ihre Urlaubsliebe noch mal her? Aha. Und nach den Ferien wollte sie nichts mehr von Ihnen wissen? Ja, das habe ich auch schon erlebt. Das ist hart. Aber deshalb so eine Aktion? So viel Kummer, Vincent? Ist das bei einer flüchtigen Urlaubsbekanntschaft nicht übertrieben?«

»Ich weiß nicht. Ich glaub aber auch nicht, dass Sie das was angeht. Und mit dem Mädchen hier hat das doch nichts zu tun.«

Der Kommissar ging darüber hinweg. »Sie haben Kim *Klingglöckchen* genannt. Das klingt so, als wäre sie Ihnen sehr vertraut. Das mag ja sein. Aber war sie nicht vielleicht doch genau die Exfreundin, die …«

»Schluss damit! Es reicht! Wie kommen Sie dazu, meinem

Sohn so etwas zu unterstellen!«, rief Vincents Vater, wofür der ihm unglaublich dankbar war. Er fühlte sich so überrumpelt, dass er zum schnellen Kontern nicht in der Lage war. Darum ging es Delmer also: Er hielt ihn für einen Tatverdächtigen!

Vincents Vater redete sich in Rage: »Ich habe es gerade schon Ihrer Kollegin gesagt: Wir sind gestern Abend erst aus dem Urlaub zurückgekommen. Danach hat unser Sohn uns die ganze Zeit beim Auspacken geholfen. Vor und nach einem Campingurlaub ist immer viel zu tun. Heute Abend hat er zum ersten Mal seit seiner Rückkehr das Haus verlassen. Er treibt viel Sport und heute hatte er ein Volleyballspiel.«

Delmers Kollegin stieß dazu: »Wir haben das überprüft. Vincent war bis gegen 23 Uhr in der Sporthalle. Yannik Fährmann wollte ihn ursprünglich sogar begleiten, hat aber wegen seiner Freundin darauf verzichtet.«

Der Kommissar seufzte. »Wäre auch zu einfach gewesen …«, sagte er halb im Scherz.

Darüber lachen konnte keiner. Vincents Vater wurde sogar noch zorniger: »Ich warne Sie. Ich werde Ihnen untersagen, ohne Rechtsbeistand mit meinem Sohn zu sprechen. Er ist minderjährig und …«

Delmer unterbrach ihn: »Fakt ist nun mal: Die meisten solcher Straftaten werden von Menschen begangen, die das Opfer kennt. Gerade bei Jugendlichen kommt es immer wieder vor, dass etwas, was als harmlose Knutscherei beginnt, ausartet.«

»Mein Sohn, wir gehen jetzt. Guten Abend, Herr Kommissar.« Sein Vater packte Vincent am Arm und zog ihn fort.

Der fragte sich, wann er sich in den letzten Jahren je so gefreut hatte, seinen Vater an der Seite zu haben. Er fühlte sich auf einmal unglaublich jung und hilflos – als hätte der Kommissar sein ganzes Selbstbewusstsein, das Gefühl, allein für sich sorgen zu können, beschädigt.

Bevor er seinem Vater folgte, schloss Vincent sein Rad an einem Bäumchen fest. Morgen würde er es holen.

Als sie losfuhren, dachte Vincent noch einmal an das mysteriöse erste Auto. Es war ihm peinlich, dass er nicht gleich Hilfe für Kim geholt hatte. Dennoch – war es wirklich klug gewesen, das Auftauchen des Autos zu verschweigen?

Freitag, 16. August

6
Johanna

Wer im Besitz eines Revolvers war, sollte vor so was total Lächerlichem ja wohl keine Angst haben!

Johanna sah den Kulturbeutel auf der Ablage über dem Waschbecken an. In ihm steckte, gut verpackt, die Waffe. Daneben – hunderttausendmal furchteinflößender – stand die Flasche Bodylotion.

Johanna hatte sich einen weiteren Schritt zurück ins Leben vorgenommen, wollte etwas ausprobieren, was Millionen Frauen täglich taten und wahrscheinlich sogar genossen. Diese Frauen setzten einen nackten Fuß auf den Badewannenrand und fuhren mit beiden Händen den Unterschenkel auf und ab, kontrollierten die Rasur ihrer Beine, überprüften den Lack ihrer Zehennägel, zupften, salbten, massierten, führten ihre Hände ohne nachzudenken flugs hoch übers Knie, berührten die Oberschenkel, außen, innen, und cremten sich ein. Ganz locker strichen sie Bodylotion über ihre Brüste, ihren Hals und wohin auch immer sie wollten.

Sie musste es probieren. Kühle, weiche, eierschalfarbene Körpercreme, angenehm auf der Haut. Omas Duftnote war nicht ganz ihr Geschmack, aber eigene besaß sie nicht. Normalerweise vermied sie nach dem Duschen sogar den Blick in den Badezimmerspiegel.

»Dachte mir doch, dass du gut aussiehst. Hast mir schon im Badeanzug gefallen. Hast doch extra dieses knappe, dünne, heiße Teil ausgesucht, damit ich auf dich aufmerksam werde. Na, los, gib's zu!«

Bei der Erinnerung an seine Worte, so klar und deutlich, als flüstere er sie in diesem Moment in ihr Ohr, stieß sie einen gurgelnden Laut aus, kniff die Augen zusammen und steckte sich die Finger in die Ohren. Wie Pfeilspitzen schoss ihr ein stechender Schmerz in den Kopf, die Bodylotion platschte auf ihre Zehen herunter. Aber sie wollte nicht aufgeben! Sie wollte nicht länger Opfer sein! Sie wollte keine trockene Haut mehr haben! Sie hatte gehört, dass sich Körperzellen immer wieder erneuern, auch die der Haut, folglich musste die Haut, die er angefasst hatte, längst abgeschuppt und aufgelöst sein.

Neue, unberührte Haut umgab sie.

Johanna zwang sich, den Kulturbeutel anzusehen. Der Schmerz im Kopf ließ nach. Ohne Tabletten, nur mit dem Wissen um die Waffe. Also bückte sie sich und fing mit dem Vorderteil der Füße an. Zehen waren so unverfänglich wie Finger, die Probleme begannen erst am Knöchel. An den Knöcheln hatte er sie gefesselt.

Und doch war sie ihm entkommen.

7
Vincent

Vincent hatte am vergangenen Abend eine Ewigkeit gebraucht, um einzuschlafen. Durch das geöffnete Fenster hatte er die Geräusche der Nachtschwärmer gehört: laute Rufe, hysterische Lacher, wummernde Rhythmen, giggelnde Schreie und dazwischen Krankenwagensirenen. Eigentlich mochte er es, sich vorm Einschlafen in seinem Zimmer in der elterlichen Altbauwohnung direkt am Markplatz auszumalen, was sie dort draußen wohl taten. Gestern aber hatte die Nacht nur bedrohlich geklungen.

Entsprechend gerädert kam er in die Küche, wo seine Familie schon auf ihn wartete. Selbst Isa hatte trotz der Ferien vor zehn ihr Bett verlassen. Der Frühstückstisch war reichlich gedeckt: Croissants, Brötchen, Eier, Orangensaft; sie hatten sogar Blumen hingestellt und ein Teelicht angezündet. Es sah aus, als hätte jemand Geburtstag.

»Na, du Held«, frotzelte sein Vater. »Ich bin stolz wie Oscar auf meinen Sohn.«

Vincent grinste über beide Backen. »Danke.«

»Konntest du schlafen?«, fragte seine Mutter. »Wie geht's deinem Bein?«

»Zwickt ein bisschen unter dem Verband.« Vincent konnte nicht verhehlen, dass er die Aufmerksamkeit genoss. Am liebsten hätte er geschnurrt wie ein dicker Kater und sich die Brötchen schmieren lassen. Er beschränkte sich aber darauf, sich so zu setzen, dass er das Bein, das kaum noch schmerzte, ausstrecken konnte. Wenn schon Held, dann auch die Kampfesspuren zeigen.

»Krieg ich ein Autogramm?« Isa lachte. »Hey, erzähl mal, Superman«, forderte sie ihn auf, als er das Bein wieder zurückzog.

»Ihr kennt die Geschichte doch.«

»Ich nicht. Und Mama kennt sie auch nur zur Hälfte.«

»Du wirst nicht weitertragen, was er sagt«, befahl ihre Mutter streng, aber alle am Tisch wussten, dass diese Mahnung vergebens sein würde, denn Isas Smartphone wartete in seiner pinkfarbenen Schutzhülle schon direkt neben ihrem Teller.

Vincent nahm ein Brötchen und ließ sich Zeit mit dem Kauen. Die geballte Neugier und Fürsorge taten ihm gut, aber er hatte das Gefühl, von Kim nicht zu viel Intimes preisgeben zu dürfen. Deshalb beschränkte er sich beim Erzählen auf den Badeunfall mit dem Zeitungswägelchen.

Isa beschwerte sich auch gleich: »Man könnte glauben, wir hätten mutierte Monster im Kanal. Komm mal auf den Punkt, Schnoffi!«

»Was ist denn der Punkt?«

»Wie geht's ihr, wie sah sie aus, was hat sie gesagt, was ist passiert?«

»Isa, ich hab dich um was gebeten!«

»Das ist nicht pietätlos, Mama! Wenn ich Journalistin werden will, muss ich später so was fragen. Anders geht das gar nicht. Mensch, Schnoffi, vielleicht wirst du sogar interviewt.«

»Das fehlt mir gerade noch!«

»Der *Stadtanzeiger* ruft bestimmt an«, vermutete sein Vater, »dann ist es besser, du überlegst dir vorher, was du über Kim verraten willst.«

»Da brauche ich nicht groß zu überlegen.« Vincent erhob sich, das angebissene Brötchen noch in der Hand.

»Spielverderber«, nölte Isa, »jetzt erlebt er *ein Mal* was und lässt nichts raus.«

»Du weißt doch nicht, was ich sonst so erlebe.«

Vincents Eltern lachten. Isa schlug aus Spaß mit der Hand nach ihm. Er zog sie dafür an der Stuhllehne nach hinten.

Kurz darauf verabschiedete er sich. Lieber hätte er sich pflegen und feiern lassen, seine Heldentat ausführlich erzählt, aber das ging nicht, denn er hatte nicht einfach irgendeine Ertrinkende aus dem Wasser gezogen. Er hatte einem unbekleideten, verstörten Mädchen geholfen, das schwer misshandelt, vermutlich sogar vergewaltigt worden war. Damit konnte man nicht angeben, das machte keinen Spaß.

8
Johanna

Johannas Taschen waren gepackt und voller Schätze: ein perfekt geformter Tannenzapfen, ein von ihrem Onkel Micha geschnitzter Frauentorso, ein Revolver. Das Wertvollste aber, was Johanna im Gepäck für die Heimfahrt hatte, war Optimismus.

Jetzt, hier in der Sonne, beim letzten Frühstück mit Oma, Opa und dem zutraulichen Rotkehlchen, das gern ein paar Haferflocken nahm und mit seinem kecken Auftreten nicht nur Johannas Aufmerksamkeit geweckt, sondern auch Teile ihrer Traurigkeit weggezwitschert hatte, sehnte sie sich zum ersten Mal seit Langem auch wieder nach einem Freund. Sie war schließlich ein normales Mädchen gewesen, bis ein einziger verfluchter Tag sie in ein waidwundes Tier verwandelt hatte. Wer verwandelte sie zurück?

Sie beobachtete den Vogel, der sie von der Terrassenmauer aus anflötete, und grübelte vor sich hin, als Oma ganz gegen ihre Gewohnheit über ihre Gefühle sprach: »Es war schön, dass du bei uns warst. Meinst du, du kommst mal wieder?«

»Warum nicht?«, fragte Johanna erstaunt, dachte aber an ihren Gedanken von eben, an ihre Hoffnung, mehr als nur ein Rotkehlchen zum Freund zu haben. Würde sie mit diesem dann hier auftauchen? »Ich hab's fest vor«, ergänzte sie und sah, dass auch Opa den Kopf von der Zeitung hob. Vier Wochen lang waren sie schweigsam gewesen, hatten nur am ersten Tag die üblichen Fragen gestellt – Zeugnis, Berufswünsche, Klavier – und sich mit ihren ernüchternden Antworten zufriedengegeben. Johanna erinnerte sich an die erste Nacht: Sie hatte nicht einschlafen können, sich in der fremden Umgebung unwohl gefühlt und war irgendwann aufgestanden, um sich noch etwas zu trinken aus der Küche zu holen. Dabei hatte sie das Flüstern gehört und mitbekommen, wie ihre Großeltern bei ihr Probleme wie Mobbing, Liebeskummer oder Lernstress vermuteten. Sie erinnerte sich genau, wie sie im kalten Flur horchend in die Hocke gegangen war und sich gefragt hatte, wodurch sie ihnen den Eindruck vermittelt hatte, »verstörtׂ« zu sein. Ob andere das auch bemerkten? *Natürlich, was glaubst du denn? Warum machen wohl alle in der Schule unmerklich einen Bogen um dich? Du bist total in dich gekehrt und zuckst zusammen, wenn nur eine Tür knallt.*

Johanna wollte nicht nach Hause, und kaum hatte sie das gedacht, hatte sie es schon gesagt: »Ich würd gern noch bleiben.«

»Das ist schön.« Oma strahlte, rutschte an sie heran und drückte sie spontan. »Wir haben uns Sorgen gemacht, was wohl mit dir los ist, haben uns überlegt, wie wir am besten mit dir umgehen sollen. Wir sind das nicht mehr gewohnt mit anderen Menschen, sind ja meistens allein hier …«

Es klang nach einer Entschuldigung, einer Erklärung dafür, dass sie nicht gefragt hatte, und für einen Moment spürte Johanna doch etwas wie Bitterkeit. Einerseits war sie sehr froh gewesen, dass man sie in Ruhe gelassen hatte. Sie hätte sich sicherlich auch gegen jede Frage gewehrt. Andererseits, und das war für sie kein Widerspruch, hatte sie sich manchmal schon etwas mehr Nähe und Anteilnahme erhofft.

In der ersten Nacht, als sie sich zum Lauschen in das Dämmerlicht des Flurs gehockt hatte, ihre blassen Zehen vor sich im Mondlicht, frierend, außen und innen, da wäre sie vielleicht sogar bereit gewesen, ein Wörtchen zu sagen, ein kleines, verhuschtes Wort, wie eine graue Maus, die schnell unter den Schrank flitzt. Andererseits hatte sie bereits zwei Versuche gemacht, mit Menschen zu sprechen, beide waren gescheitert, beide hatten sie noch verletzter und unsicherer zurückgelassen als zuvor. Einen dritten würde sie nicht machen, auch wenn es Omas Lieblingsspruch war, dass aller guten Dinge drei seien. Keinen dritten Versuch, zumindest nicht hier, nicht am letzten Sommermorgen, das Rotkehlchen singend, die selbst gemachte

Marmelade so lecker, der Himmel so blau und zu Hause noch fern.

»So, wie es war, war es gut und in Ordnung«, sagte Johanna deshalb, ihre Nase in Omas weiche Arme gedrückt. »Ich habe tolle Ferien gehabt.«

»Obwohl hier nichts los war? Obwohl du nicht mal Karten spielen wolltest?«, fragte Opa und seine Stimme klang jetzt brüchig. Der Abschiedsschmerz schwang in ihr mit, denn alle drei wussten, vor Weihnachten würden sie sich nicht wiedersehen und in ihrer kleinen Stadtwohnung wäre sowieso alles anders. Schon allein Mamas und Stefans Ankunft in etwa einer Stunde würde die Atmosphäre völlig verändern. Das Leben würde in die Stille einbrechen und Johanna schließlich mit sich nehmen, zurück zu den Spurts von der Bushaltestelle nach Hause, zu Albträumen, Hautausschlag und Unterleibsschmerzen, zur Angst, dem Mann wiederzubegegnen.

Aber jetzt war sie ja immerhin bewaffnet.

9
Vincent

Kommissar Delmer war nicht da. Vincent und sein Vater wurden von Delmers Kollegin Wienold empfangen. Sie begrüßte sie freundlich und locker, bot ihnen Kaffee an und legte Vincent das Protokoll vor, das er kurz überflog – der Inhalt stimmte mit seinen Aussagen überein – und unterschrieb.

»Wie geht es Kim?«

»Nett, dass Sie fragen. Wir stehen natürlich in engem Kontakt mit ihren Eltern. Ich soll Sie von ihnen grüßen.«

Vincent ahnte nichts Gutes. »Ja und … ?«, fragte er noch mal vorsichtig.

»Es geht ihr den Umständen entsprechend.«

Vincent schluckte. Zum einen war er irgendwie naiv davon ausgegangen, dass die Ärzte es schon richten würden. Zum anderen meldete sich wieder sein Schuldgefühl, nicht schon bei der ersten denkbaren Möglichkeit um Hilfe gerufen zu haben.

»Wie lange hat das Mädchen dort im Wasser gelegen?«, fragte sein Vater.

»Das wissen wir nicht genau. Ein bis zwei Stunden, schätzungsweise. Und es wäre sicher noch länger gewesen, wenn Vincent nicht gekommen wäre.« Kommissarin Wienold nickte Vincent freundlich zu, sein Vater legte ihm die Hand auf die Schulter.

»Ohne Sie wäre Kim längst tot«, sagte Kommissarin Wienold sanft. »Wir müssen ganz klar von einem Mordversuch ausgehen. Der Täter ist äußerst brutal vorgegangen. Er hatte sie mehr als 24 Stunden in seiner Gewalt und muss sie am Abend schwer verletzt zum Kanal gebracht und dort zurückgelassen haben. Dass Kim noch eine Überlebenschance hat, verdankt sie dir. Bei ihren Verletzungen ist es sowieso ein Wunder, dass sie sich so lange über Wasser gehalten hat. Natürlich wäre es besser gewesen, man hätte sie eher gefunden.«

»Ich hoffe, ich hab es nicht noch schlimmer gemacht, indem ich …« Vincent suchte nach Worten. »Ich hab mich so ungeschickt angestellt. Ich hatte Angst und war durcheinander …«

»Wer wäre das nicht gewesen?!«, murmelte sein Vater.

»Kim hat großes Glück gehabt, dass Sie ausgerechnet dort schwimmen gehen wollten.«

»Hat sie denn schon etwas gesagt? Oder kann sie nicht?«, fragte Vincent die Kommissarin. Diese schüttelte bedauernd den Kopf. »Kim liegt im Koma.« Sie öffnete die Hände in einer ratlosen Geste. »Mehr kann ich zum jetzigen Zeitpunkt nicht sagen.«

»Besuchen darf ich sie dann wohl nicht?«

Vincent hatte erwartet, dass sie verneinen würde. Die Frage, die stattdessen kam, überraschte ihn: »Würden Sie das denn wollen?«

Klar, lag es ihm auf der Zunge, dann überkamen ihn Zweifel. »Ich würde mir schon wünschen, dass sie aufwacht und mir Hallo sagt«, antwortete er nachdenklich. Er müsste ja nicht lange an ihrem Bett stehen bleiben.

»Man hat Sie gestern etwas rau behandelt, habe ich gehört«, sagte die Kommissarin. »Ich hoffe, Sie nehmen uns das nicht übel – auch wenn ich Ihnen noch die Fingerabdrücke und eine Speichelprobe abnehmen muss.«

»In Ordnung«, murmelte er, wieder auf dem Boden der Tatsachen.

»Ist reine Routine. Wir müssen wissen, was Sie angefasst haben. Auch wenn es aussichtslos ist. Auf dem Brückengeländer werden sich so viele Spuren finden, dass es wie das Suchen nach der Nadel im Heuhaufen ist. Ob wir trotz der Zeit, die Kim im Wasser verbracht hat, noch verwertbare DNA vom Täter bekommen – tja, das ist fraglich, aber man muss es versuchen.«

Es klopfte an der Tür und gleich danach blickte ein Beamter zu ihnen herein. »Katja, da sind jetzt noch diese zwei Jungen aus ihrer Schule, du weißt schon. Sie warten in meinem Büro auf dich.«

»Fünf Minuten, dann komme ich.«

Vincent horchte auf. »Haben die Jungs was gesehen? Gibt es denn eine Spur?«

»Wir hoffen es. Wir müssen jedem Hinweis nachgehen.« Sie lächelte ihn an. »Es freut mich, dass Sie so viel Anteil nehmen. Daher frage ich Sie jetzt: Ist Ihnen noch etwas eingefallen? Jede noch so belanglos erscheinende Kleinigkeit kann wichtig sein.«

Vincent schwieg. In seinem Kopf ratterte es. Von dem ersten Auto erzählen? Er war kein Autofanatiker, er konnte nicht bestimmen, ob es ein Pkw oder Transporter gewesen war, geschweige denn die Marke nennen. Sein Hinweis wäre eine absolute Nullspur, redete er sich ein; sie brächte der Ermittlung gar nichts, ihm aber unter Umständen jede Menge Ärger.

»Leider nicht«, sagte er schließlich. »Ich habe Kim mehrmals angesprochen, aber sie hat kein einziges Wort gesagt. Sie war wohl zu verstört und hatte zu viel Angst vor mir.«

Die Kommissarin verzog mitleidig das Gesicht. »Ein solches Verbrechen hinterlässt immer mehrere Opfer. Kümmern Sie sich gut um Ihren Sohn, Herr Möller. Und Sie, Vincent, grämen Sie sich nicht. Sie haben alles richtig gemacht.«

Er seufzte. Er musste noch seinen Mund für ein Stäbchen öffnen, seine Finger auf einen Scanner drücken, dann war er entlassen.

Wieder draußen, war er froh, es hinter sich zu haben. Sein Vater wollte noch einen Cappuccino trinken gehen, aber Vincent schlug die Einladung aus und verabschiedete sich.

Als sein Vater fort war, überlegte er, ob er zuerst zu Elias fahren oder sein Rad vom Kanal holen sollte, entschied sich aber weder für das eine noch das andere, sondern setzte sich auf die Treppenstufen vor dem gegenüberliegenden Gebäude.

Sie ließen sich Zeit. So viel, dass Vincent erwog, doch nicht länger zu warten. Warum mischte er sich überhaupt weiter in diese unselige Sache ein? Was ging sie ihn an? Ob er es wollte oder nicht: eine ganze Menge. Er war zufällig auf Kims Karren gesprungen und hatte sich damit auch im übertragenen Sinne irgendwie in ihrer Geschichte verfangen. Er kannte Kim vom Sehen. Er war der Freund von Elias, der Kim womöglich noch näher kannte. Vincent steckte also mittendrin. Und wenn er auch unfreiwillig in die Sache hineingeraten war, spürte er, dass ihm Kims Schicksal jetzt etwas bedeutete und er sich nicht mehr an den Rand drängen lassen, sondern aktiv für ihr Wohlergehen mitsorgen wollte.

Endlich kamen zwei Jugendliche in Kims Alter heraus, die laut redeten, sich gegenseitig anstießen und nach ihren Smartphones griffen, um die News gleich weiterzuleiten.

Vincent stand rasch auf und folgte ihnen. An der Straßenecke holte er sie ein. »Hey, wartet! Ihr seid die Zeugen im Fall Kim, oder?«

Sie stoppten, guckten verdutzt, der eine misstrauisch, der andere geschäftstüchtig. »Wieso fragst du? Infos kosten was.«

»Ich bin der, der sie gefunden hat.« Vincent stemmte die Hände in die Hüften.

»Echt?« Jetzt tauten sie auf und musterten ihn beeindruckt. »Hat sie dir gesagt, ob *er* es war?«

Das brachte Vincent für einen winzigen Augenblick aus dem Konzept. »Wer?«, fragte er.

Die Jungs tauschten Blicke. Sie wollten ihr Geheimnis nicht so leicht preisgeben.

»Okay, Infos kosten was, hab ich verstanden. Aber ich hab ja schließlich auch welche. Ich hab Kim gestern aus dem Kanal gefischt, war der Erste bei ihr und ich will – genau wie ihr doch auch – wissen, wer ihr das angetan hat. Wir müssen zusammenhalten, oder wollen wir alles den Bullen überlassen?«

»Du bist Vincent Möller. Ich kenn deine Schwester«, sagte der eine etwas zutraulicher. »Die kommt ab und zu mal zur Skaterrampe. Kann ganz gut fahren.«

Dass die beiden Isa kannten, gefiel Vincent nicht, obwohl es ihm weiterhalf.

»Ich bin Orhan. Er heißt Finn. Wir haben Kim vorgestern beim Zeitungaustragen in Finns Straße getroffen. Nachher haben wir noch ihren Ex gesehen. Er ist ihr nach, aber sie hat im Herzfeld die Abkürzung genommen, damit hat er wohl nicht gerechnet.«

Vincent brauchte einen Moment, um zu kapieren. »Woher wisst ihr das so genau?«

»Kombiniert«, antwortete Finn und tippte sich an die Stirn. Er war jünger als Orhan, hatte ein kindliches Gesicht und schien das Ganze wohl für ein Detektivspiel zu halten. »Sie hat gesagt, mit der Pfeife sei Schluss, worauf Orhan meinte, dann hätte er ja wieder Chancen.«

»Du spinnst«, beschwerte sich Orhan und schubste Finn, »ich wollte gar nichts von der!«

»Ganz klar nicht!« Finn prustete los. Eindeutig war Verknalltsein für ihn noch etwas zum Lachen.

Vincent versuchte seiner Stimme die Autorität des Älteren zu geben: »Wer war denn jetzt ihr Ex?«

Finn sah zu Orhan. »Na, dieser Elias Teschner. Aber jetzt erzählst du uns auch was!«

Vincent biss die Zähne zusammen und nickte. Er fühlte sich, als wäre er durch eine Prüfung gefallen, von der er doch gehofft hatte, sie gerade noch so zu bestehen.

»Und jetzt du!«, forderte Finn.

»Was?«, fragte Vincent.

»Was hat Kim noch gesagt?«

»Sie hat gesagt, Finn und Orhan sind zwei neugierige kleine Blagen. Gib ihnen eins hinter die Löffel.«

10
Johanna

Ihre Mutter und Stefan kamen spät und wollten gleich wieder weg. Oma war enttäuscht. Sie hatte gekocht, das Essen war kalt geworden, und als endlich alle fünf am Tisch saßen, tat Stefan Unmengen Ketchup über seinen Reis. Diese Missachtung verletzte Oma sicherlich, brachte aber vor allem Opa auf die Palme. Er schüttelte unwillig den Kopf und brummelte vor sich hin.

»Passt dir schon wieder was nicht an uns?«, fragte Johannas Mutter gereizt. Sie wandte sich an ihre Tochter: »Wie hast du's eigentlich vier Wochen mit denen ausgehalten?«

»Ohne Probleme.« Johanna sah im Augenwinkel, wie Opa beleidigt aufstand. »Ich fand's gut.«

»Hermann, bitte bleib«, bat Oma, legte Johanna die eine Hand auf den Arm und griff mit der anderen nach ihrem Mann.

»Es ist nicht nötig, dass mich jemand aushalten muss.« Opa

marschierte ins Haus, Oma lief ihm nach, Stefan verdrehte die Augen.

»Sie hat gehofft, ihr würdet eher kommen«, flüsterte Johanna ihrer Mutter zu.

Die stöhnte auf. »Ja. Weiß ich. Aber zum Glück hast du ihr Gesellschaft geleistet. Ich frag mich wirklich, wie du es schön finden konntest, dich hier zu verkriechen. Die haben ja nicht mal einen Computer.«

Johanna zuckte die Achseln. Ihre Mutter fragte sich das nicht wirklich. Sie ahnte etwas, wollte es aber lieber nicht genau wissen. Nach Petras Vorstellung vom Leben mussten alle außer ihr selbst Niederlagen wegstecken und überwinden. Um das zu erreichen, ließ sie sich schwierige Probleme lieber gar nicht erst erzählen. Zumal die Zeit, die sie für Johanna auszugeben bereit war, enger bemessener war als die, die sie für ihr Fitnesstraining brauchte. Petras Bild von ihrer Tochter war, dass diese ihren Anforderungen nicht ganz genügte. Johanna sollte fröhlich sein und das war sie gewesen, ja, aber nicht genug. Sie sollte eigenständig sein, ja, das hatte letztes Jahr gut geklappt, aber dann kam der große Rückzieher. Die Tochter sollte interessant sein und ihre Musik war der richtige Ansatz, ja, aber damit lief es nun auch nicht mehr.

Dennoch hatte ihre Mutter etwas an sich, das Johanna mochte, das sie in den letzten vier Wochen sehr vermisst hatte und ihr Lust auf zu Hause machte. Petras verschmitzte Art, dieses Grinsen, als sie sagte: »Die sind so furchtbar altmodisch, die müssen sich jeden Morgen gegenseitig entstauben.«

Stefan gluckste. »Ich hab sie bisher ja nur einmal gesehen und nach deinen Erzählungen hab ich's mir noch schlimmer vorgestellt, vor allem das Haus.«

Johannas Mutter ließ einen kritischen Blick in die Runde schweifen. »Sie werden alt. Der Garten ist nicht mehr top gepflegt, die Scheune eine vollgestopfte Bruchbude, dann die Katze … dass die 'ne Katze haben, ist ein Wunder, früher waren die so korrekt, da hätte die Katze glatt in Förmchen geschissen.«

Stefan lachte jetzt richtig laut und auch Johanna hatte Spaß. Ihre Mutter war nicht gerade zuverlässig oder ein Mensch zum Anlehnen, aber auf den Mund gefallen war sie nicht.

Jetzt stand Mama auf, um ihre Eltern wieder an den Tisch zurückzuholen. Dabei reichte sie Johanna ein paar Zeitungen aus einer Stofftasche. »Hier, hab ich dir mitgebracht. Da steht alles über das Musikfestival drin, das du verpasst hast. Die aktuelle Tageszeitung hab ich dir auch eingepackt. Damit du dich schon mal zurück ins Leben lesen kannst.«

»Danke, aber ich war hier auch nicht hinterm Mond.«

»Hinterm Mond ist sicher mehr los als hier«, gab ihre Mutter zurück, ging ins Haus und rief ziemlich genervt: »Hallo! Kommt hier noch mal jemand raus, oder wie?«

»Mit meinen Eltern läuft es auch nicht immer gut«, sagte Stefan in dem Versuch, ein Gespräch mit Johanna anzufangen – das wollte Stefan immer, wenn er sie sah. Er bemühte sich sehr um Freundlichkeit, die Johanna aber kaum erwiderte, denn meist lohnte es nicht, großen Kontakt zu Petras Kurzzeit-Lovern aufzubauen. Sie brummte also nur und nahm desinteressiert die *Allgemeine Zeitung*.

Ihr Blick fiel sofort auf einen Artikel mit dem Foto eines Mädchens. Sie überflog die Schlagzeile und die ersten Sätze. Ihre Augen weiteten sich. Im nächsten Moment sprang sie auf, stieß dabei die noch offene Ketchupflasche um, sah, wie sich die rote Soße über ihre Shorts und nackten Beine ergoss, und war sofort wieder da, war wieder im verfluchten Haus, war wieder bei ihm:

Er lacht und greift ihr zwischen die Beine. Blut an seiner Hand. Ihr Blick flieht vor ihm, der Körper will hinterher, doch die Tür ist verschlossen, die Rollläden der Fenster unten. Sie sitzt in der Falle. Sie ist ihm ausgeliefert.

Sie wich zurück, fluchtbereit.

»Johanna, alles in Ordnung?« Stefan stand vor ihr, hielt ihr feuchte Tücher hin, wedelte damit, wartete, dass sie sie nehmen würde.

Ihr Herz raste wie nach einem vergeblichen Fluchtversuch.

Er packt sie. Wieder einmal. Verdreht schmerzhaft ihr Handgelenk, bis sie schreit. Sie kann ihm nicht entkommen. Sie hat es versucht, aber so geht es nicht, so klappt das nie.
Nie.

»Johanna, hallo, hörst du mich?«

»Was?«, fragte sie verständnislos.

»Wisch dir mal die Beine ab, das sieht eklig aus.«

Ihr schoss das Blut ins Gesicht.

»Petra? Peeetra! Komm und kümmer dich um deine Tochter!«

Johanna war ganz woanders. Lichtjahre entfernt.

Wie durch einen Schleier sah Johanna zu, wie Stefan sich entfernte. Dann bückte sie sich, langsam und steif wie eine alte Frau, nahm die Tücher, erst eins, dann noch eins und noch eins, ganz vorsichtig, als wären sie zerbrechlich. Sie lenkte ihren Blick woandershin: zum Rotkehlchenmäuerchen und von dort weiter auf einen grünen Halm, der zwischen den Steinen hervortrat. Sie hielt sich in Gedanken an dem Halm fest, zog sich an ihm wieder zurück in die Wirklichkeit, in ihren Körper, in ihr jetzt siebzehnjähriges Ich, und begann – immer noch in Zeitlupe – mit der notwendigen, mit der unausweichlichen Arbeit: Sie säuberte ihre Haut vom Ketchup.

Ihre Mutter kam, als sie fast fertig war. »Lecker«, sagte sie fröhlich. »Um die Shorts ist es nicht schade. Wo hast du die her, aus Omas Kleiderschrank? Wolltest du nicht sowieso mit mir shoppen gehen?«

»Können wir machen«, murmelte Johanna, für einen Moment ganz gut geerdet, aber den Blickkontakt vermeidend. Die Erinnerung war beiseitegedrängt, aber noch in greifbarer Nähe. Sie spürte Übelkeit und den starken Drang zu weinen, aber das wollte sie unbedingt verhindern, daher wischte und schrubbte sie über die Hose, als hinge ihr Leben davon ab.

»Hey, es ist genug. Damit kannst du locker rumlaufen, sitzt ja eh nur im Auto.« Ihre Mutter hockte sich vor sie hin, stoppte Johannas Bewegung, indem sie ihre Arme festhielt. Offenbar ahnte sie, dass der Fleck nur das äußere Zeichen eines tiefer liegenden Problems war. »War irgendwas?«

»Ich hab mich erschrocken«, erklärte Johanna tonlos.

»Das meint Stefan auch. Weswegen denn?«

»Mich hat was gestochen.« Kleine piepsige Stimme, kein Blickkontakt, keine Lücke in der Verteidigung zeigen.

Ihre Mutter schwieg.

»Eine Wespe vielleicht«, sagte Johanna.

»Eine Wespe?«

Johanna spürte den Zweifel ihrer Mutter. Diese ergriff ihre zitternden Hände, wartete ab, um die Wahrheit zu hören, aber Johanna schwieg. Niemand sollte ihre Gedanken lesen, niemand zu der gleichen Erkenntnis gelangen wie sie.

»Na, dann …«, sagte Petra schließlich mit einem traurigen Unterton in der Stimme. »Soll ich dir einen Eisbeutel holen?«

»Ich helfe mir schon selbst. Ich geh nur kurz ins Bad«, beeilte sich Johanna zu sagen, konnte aber nicht weg, denn ihre Mutter ließ nicht los, drückte vertraulich den Kopf an ihren und fragte leise: »Du erzählst mir doch alles?«

Johanna hatte den Mund voller Speichel. Sie schluckte ihn runter, obwohl sie ihn lieber ausgespuckt hätte, und suchte noch nach einer Antwort, da tönte Stefan schon: »Deswegen so ein Theater! Bist doch kein kleines Mädchen mehr.«

»Musst du grad sagen«, rief ihre Mutter, gleich wieder laut, gleich wieder aufgekratzt. »Tön du mal nicht so rum! Wie war das denn letztens, als dich am See eine rote Waldameise in den Allerwertesten gebissen hat? Da musste ich fast den Notarzt holen.« Sie lachte, Stefan lachte, nur Oma und Opa standen stumm am Rand und sahen beunruhigt zu, wie Johanna an ihnen vorbeilief, nach dem Eisbeutel griff und im Haus verschwand.

Drinnen, im Bad, glaubte sie das Lachen immer noch zu hören, obwohl das nicht sein konnte, zumal sie den Wasserhahn voll aufgedreht hatte und ihr Gesicht darunterhielt. Den Eisbeutel im Nacken, versuchte sie sich mit der Kälte des Wassers zu betäuben. Sie wollte nicht weinen, nicht durchdrehen, nicht jetzt, da die Waffe schon verpackt und Oma und Opa noch in der Nähe waren.

Für die Großeltern wollte sie diesen Urlaub harmonisch beenden, sie sollten sie in guter Erinnerung behalten. Was heute Abend, was zu Hause geschah, war für die beiden weit weg und ganz allein Johannas Sache.

Sie rief sich den Zeitungsbericht ins Gedächtnis.

Das seit gestern vermisste Mädchen Kim K. stammte aus der gleichen Kleinstadt wie sie selbst. Vom Foto her war Kim ein ähnlicher Typ wie Johanna, wenn auch zwei Jahre jünger, als sie damals – vor ziemlich genau einem Jahr – gewesen war.

Die Schlüsse daraus zu ziehen war so einfach wie schmerzhaft:

Er hatte es wieder getan.

Er hatte sich ein Mädchen namens Kim geholt.

Wenn diese Kim starb, war sie mitschuldig.

Wenn Kim noch lebte, dann war ihr dasselbe passiert wie Johanna.

Diese Vorstellung war unerträglich.

11
Vincent

Vincent wäre mit dem Linienbus schneller gewesen, aber es drängte ihn zu joggen. Am besten denken konnte er, wenn er sich bewegte.

Er kannte Elias, seit er die Gesamtschule besuchte. In der fünften Klasse hatten sie zufällig nebeneinandergesessen und waren Freunde geworden. In den Augen vieler Schüler galt Elias als netter Kumpel und zugleich schräge Type, weil er extrem launisch und unberechenbar sein konnte.

Elias hatte ein Gemüt wie Aprilwetter. Man konnte wunderbar Spaß mit ihm haben, aber Vincent hatte auch einige seiner gefürchteten Wutanfälle miterlebt. Wurde Elias zum Beispiel beim Training kritisiert, konnte es passieren, dass er in der Umkleidekabine ein Chaos anrichtete, Sporttaschen auskippte, Schuhe durch die Gegend schmiss, gegen die Bänke trat. Nachher tat es ihm jedes Mal leid, er war dann zerknirscht und gab großzügig einen aus, organisierte für alle Partys, Spiele, Ausflüge, was jedoch nicht hieß, dass er dann im Bus nicht auch seine tollen fünf Minuten bekommen konnte.

Vincent stoppte an einer roten Ampel, trippelte ungeduldig auf der Stelle, beobachtete den Verkehr, musste warten, weil zu viele Autos kamen. War es rein theoretisch möglich, dass Delmers Theorie, Kims Exfreund könne der Täter sein, stimmte? Konnte Elias ausgeflippt sein und seine Exfreundin am Mittwochabend zuerst zu einer letzten Aussprache genötigt, dann bis Donnerstag in einem Versteck festgehalten und schließlich so zugerichtet haben?

Nein, konnte er nicht. Elias war nervig und er mischte sich durchaus gern in Sachen ein, die ihn nichts angingen, aber er war kein Sexualtäter. Als Vincent mal in Versuchung gekommen war, mit dem Rauchen anzufangen, hatte Elias ihm die Zigarettenschachtel einfach aus der Tasche gezogen und zertreten. Aber das sprach ja eher dafür, dass er seinen Freunden gegenüber fürsorglich war, oder?

Vincent erreichte das Haus. Bei Teschners im zweiten Stock waren die Blumen auf dem Balkon vertrocknet und die Rollläden runtergelassen. Er musste mehrmals klingeln, bis der Türsummer erklang. Er stieg die Stufen hoch und blickte in ein trotz der Sonnenbräune bleiches Gesicht, die Haare fettig, die Augen verquollen, die Kleidung zerknittert, als hätte Elias in ihr geschlafen.

»Hi«, sagte Vincent und fügte gleich hinzu: »Ich weiß Bescheid.«

Elias wandte sich ab, ließ die Tür aber offen. Vorsichtig folgte Vincent ihm in die abgedunkelte Wohnung, in der es nach kalter Thunfisch-Zwiebel-Pizza roch. »Bist du allein?«

»Die sind die ganze Woche bei Verwandten, wollen bis Sonntag bleiben. Ich fürchte aber, ich werde sie eher zurückholen müssen.«

Wenn Vincent Elias sonst besuchte, gingen sie in sein Zimmer, heute dagegen steuerte Elias das Wohnzimmer an und ließ sich tief in einen der ausladenden, braunen Sessel fallen. Der Geruch von abgestandenem Essen war hier noch stärker.

Vincent wählte den Sessel, der am weitesten von der Küche entfernt war, hockte sich auf die äußerste Kante und wartete ab, obwohl ihm die Fragen auf den Nägeln brannten und er gern ein Fenster aufgerissen hätte.

»Also«, sagte Elias schließlich, »es tut mir leid wegen gestern. Ihr habt gewonnen, hab ich gehört.«

Vincent nickte abwesend. Das Trainingsspiel schien ihm schon ewig lang her zu sein.

»Ich konnte einfach nicht kommen. Ich wusste schon seit gestern Morgen, dass Kim vermisst wurde. Ich lag noch im Bett, als die Nachricht im Radio kam. Zuerst hab ich gedacht, das wäre ein schlechter Scherz, dann wurde es auf einem anderen Sender auch gebracht und, ja, da hab ich's kapiert und wusste, das war's. Die siehst du nie wieder.«

Vincent biss sich auf die Lippe. Er wog seine Worte gut ab. »Glaub mir, sie hat Chancen. Sie lebt, Elias.«

Elias formte die Lippen zu einem Schnäuzchen und knetete sie. Die kindliche Geste passte nicht zu seinem Dreitagebart. »Das sagen die nur so.«

»Nein.« Vincent wurde jetzt etwas lebhafter. »Ich weiß es. Ich war gerade noch bei der Polizei. Ich hab sie schließlich gefunden.«

»Du?« Elias schoss wie eine Rakete aus dem Sessel. Seine Lethargie war augenblicklich verschwunden. Er löcherte ihn mit Fragen, wollte von Vincent alles und alles sofort und ganz genau wissen, ließ ihn nicht ausreden, verschluckte sich an seiner Wissbegier. Teils rief Elias, er wolle es nicht hören, könne es nicht ertragen, dann wieder drängte er Vincent atemlos, auch Details zu erzählen. Dabei lief er im Raum herum wie ein eingesperrtes Tier. »Warum«, fragte er mehrmals, »warum hast ausgerechnet du sie gefunden?«

»Was weiß ich! Hab ich mir doch nicht ausgesucht!«

»Sie war *meine* Freundin. Ich hab sie überall gesucht.«

»Dann hast du nicht genug gesucht«, gab Vincent unbedacht zurück.

Elias packte ihn mit beiden Händen am T-Shirt und zog ihn zu sich. »Nicht genug? Dreimal bin ich gestern ihren Weg abgelaufen, bin durch die Umgebung gestromert, durch den Park, die Brachflächen, die Gärten. Ich war im alten Straßenbahndepot und bin in die Abbruchhäuser geklettert.«

»So wie damals, als wir unseren Kater Peppi gesucht haben.«

»Genau.« Elias ließ Vincent los und plumpste kraftlos auf die weißen Fliesen. Er verbarg den Kopf in den Händen.

»Der Täter hatte sie irgendwo in ein Versteck gebracht, bevor er sie gestern Abend in den Kanal geworfen hat. Du konntest sie nicht finden. Aber sie kommt wieder auf die Beine«, murmelte Vincent unbeholfen.

Elias schniefte.

»Wart ihr denn überhaupt richtig zusammen? Du hast mir vorm Urlaub nur erzählt, dass ihr euch treffen wolltet.«

»Wir waren seit über einem Monat ein Paar. Als ich dir das sagte, hatte das mit uns schon angefangen. Bis letzten Mittwoch waren es die besten Ferien meines Lebens. Wir waren jeden Tag zusammen, haben tolle Sachen unternommen. Wir waren in der Sternwarte und im Reptilienzoo, im Freibad, am Kletterturm, zum Paddeln, wir hatten einfach Spaß, auch ohne große Urlaubsreise. Dass meine Eltern dann noch weggefahren sind, war unser größtes Glück. Letztes Wochenende hat Kim hier übernachtet. Offiziell war sie allerdings bei einer Freundin. Wir haben ihren Eltern nichts von uns gesagt, weil Kim Angst hatte, dass die ihr wegen des Altersunterschieds Stress machen.« Elias tippte sich an die Stirn. »Sich wegen zweieinhalb Jahren Unterschied so anzustellen, aber Kim abends allein die Zeitungen austragen lassen – Idioten!« Er schüttelte resigniert den Kopf. »Tja, Vince, so ein Scheiß, so geht meine erste Liebe zu Ende.«

»Ihr hattet euch doch vorher schon getrennt, hab ich gehört«, widersprach Vincent.

Elias funkelte ihn ärgerlich an. »Hä? Wer erzählt das denn? Kim und ich hatten einen kleinen Streit, das war alles. Wir hätten uns wieder vertragen. Wir wären wieder zusammen, wenn das nicht passiert wäre.«

»Und jetzt?«, fragte Vincent vorsichtig. »Ändert das, was passiert ist, etwas? Angenommen, sie wird wieder gesund …«

Elias unterbrach ihn. »Für sie wird's wohl was ändern!«

Vincent wusste nicht, warum er noch mal nachhaken musste. Vielleicht, weil er Kims Bild, wie sie ihn aus dem Wasser heraus angeschaut hatte, noch immer vor sich sah. Weil er schon den ganzen Tag das Gefühl hatte, sie immer noch retten und schützen zu müssen. »Ich meine, ob es für dich etwas ändert. Kannst du dir vorstellen, weiter mit ihr zusammen zu sein? Auch«, Vincent holte Luft, »wenn sie wahrscheinlich vergewaltigt wurde? Das sagt zwar keiner offiziell, aber es liegt ja auf der Hand, dass der Täter ein sexuelles Motiv hatte.«

Elias wich seinem Blick aus und schwieg. Vincent sah Spuren von Tränen auf seinen Backen, sah, wie sein Freund mit sich kämpfte und ihm die Vorstellung dessen, was Kim passiert war, fast körperlich wehtat.

Vincent wusste, dass Elias litt, aber er wusste auch, dass dieser sich selbst genauso bedauerte wie Kim. Und das machte Vincent sauer.

Plötzlich wurmte es ihn enorm, dass Elias ihn glatt belogen hätte, wenn er nicht durch Finn und Orhan von Kims und Elias' Trennung erfahren hätte. Elias war nicht ehrlich zu ihm. Ganz abgesehen davon, dass Elias längst hätte zur Polizei gehen sollen. Wenn jemandem im Vorfeld der Tat irgendwelche Hinweise aufgefallen sein konnten, dann doch ihm. Elias behinderte die Ermittlungen. Und warum? Aus Selbstmitleid!

»Warst du sehr sauer auf sie, als sie Schluss gemacht hat?«, fragte Vincent. »Immerhin war Kim deine erste Freundin. Hatte sie sich in jemand anderen verliebt, war sie deine Launen leid oder warum hat sie sich getrennt? Und warum bist du nicht zur Polizei gegangen?«

»Was sollen diese Fragen?« Elias wurde laut. »Ich dachte, du bist mein Freund! Weißt du, wie unfair ich das finde, dass du mich das fragst, Vince?«

Es klingelte an der Tür.

»Weißt *du*, wie unfair ich das finde, dass du dich hier egoistisch selbst bedauerst und nichts unternimmst, um der Polizei bei der Tätersuche zu helfen?!«

Es klingelte wieder, diesmal zweimal hintereinander.

»Wahrscheinlich ist sie da schon, deine geliebte Polizei! Du glaubst wohl, nur weil du Kim aus dem Wasser gezogen hast, bist du jetzt der große Held und Richter, ja?«

Vincent wollte sich verteidigen, aber seine Worte gingen in Elias' wüsten Beschimpfungen und heftigem Sturmklingeln unter.

»Ja doch!«, brüllte Elias schließlich, riss schwungvoll die Wohnungstür auf und rief: »Kommen Sie rein, ich bin nicht bewaffnet! Ich hab meiner Freundin nichts getan. Auch nicht, wenn das selbst mein bester Freund zu glauben scheint!«

Vincent hörte eine tiefe, beruhigende Stimme. Gleich darauf erschien Kommissar Delmers Gesicht.

»Vincent Möller auch hier. Was für ein Zufall.«

Vincent murmelte einen Gruß und wollte an dem Ermittler vorbei.

»Jetzt kneifst du und lässt mich alleine?«, fragte Elias.

»Ich dachte ...« Vincent wurde rot. Er hatte nicht über die Wirkung nachgedacht, die sein schneller Abgang haben würde. Er hatte einfach keine Lust auf eine zweite Befragung.

»Ich kann auch bleiben, wenn ...«

»Hab ich Sie nicht gestern gefragt, ob Sie wissen, mit welchem Jungen Kim zusammen war?«, fragte Delmer mit hochgezogenen Augenbrauen.

»Da wusste ich es noch nicht. Ich hab es von Orhan und Finn erfahren, genau wie Sie.«

»Na, sicher.«

»Es stimmt, was Vince sagt«, erklärte Elias. Er wirkte auf einmal wie in sich zusammengefallen, sehr müde und traurig. »Vince konnte das von Kim und mir nicht wissen. Normalerweise hätte ich's ihm natürlich erzählt, aber er war ja im Urlaub.«

»Schon klar«, antwortete Delmer mit undurchdringlicher Miene. »Ob das stimmt, wird die Überprüfung der Telefonate und Mails ergeben. Sind Ihre Eltern da? Kann ich reinkommen?«

»Sie sind nicht da – aber bitte, kommen Sie rein.« Elias schlurfte voraus, ohne Vincent noch eines Blickes zu würdigen. Delmer folgte ihm, ließ die Tür einen Moment offen, sah Vincent fragend an.

Am Nachmittag hatte Vincent ein ziemlich schlechtes Gewissen, weil er Elias in diesem Moment mit dem Kommissar allein gelassen hatte und nach Hause gegangen war, wo er geduscht und zwei Stunden geschlafen hatte. Er versuchte Elias telefonisch zu erreichen, jedoch vergeblich. Er traf sich im Eiscafé mit Yannik und Natascha und rief auch von dort aus Elias an, doch der wollte offenbar nicht mit ihm sprechen.

Jetzt, am Abend, hatte er fast eine halbe Stunde vor Elias' Haus gewartet, aber dieser ignorierte sein Klingeln genau bis zu dem Moment, in dem Vincent die Nase vollhatte und lostrottete.

»Warte! Wo willst du denn jetzt hin?«

»Mein Fahrrad holen. Glaubst du, ich steh die ganze Nacht hier rum?«

»Vorhin hattest du's ziemlich eilig wegzukommen.«

»Ja, sorry«, antwortete Vincent zerknirscht. »Aber ich hatte mit Delmer schon Bekanntschaft gemacht.«

Elias nickte. »Also gut. Ich komm mit.«

Leicht stinkig blieb Vincent stehen, schob die Hände in die Taschen der Shorts und kickte ein Steinchen vom einen Fuß zum andern. Erst als Elias mit schief hängendem T-Shirt und völlig zerzausten Haaren sein Rad aus dem Haus schob, war er froh, dass sie wieder aufeinander zugegangen waren.

»Du siehst aus, als kämst du gerade aus dem Bett.«

»Ich hatte eigentlich auch vor, da drin zu bleiben, Vince. Das Gespräch mit dem Kommissar war der Hammer. Kannst du dir ja vorstellen. Aber wie auch immer, ist nett, dass du hergekommen bist.«

Elias hob die Hand und Vincent klatschte ihn wortlos ab. Er war froh über die Versöhnung und freute sich, mit seinem Kumpel durch den warmen Sommerabend zu laufen. Vielleicht konnten sie nachher noch etwas Entspannendes unternehmen, einen trinken gehen oder so.

»Gut, dass du endlich deinen Drahtesel holst«, sagte Elias. »Im Radio haben sie heute Nachmittag den Ort genannt, wo Kim gefunden wurde. Kann sein, dass Leute hinfahren, um sich die Stelle anzugucken.«

»Glaub ich nicht.« Vincent war irritiert. »Da gibt's doch nichts zu sehen.«

»Sag das nicht. Es gibt genug Perverse, die an Orte pilgern, wo Verbrechen passiert sind.«

Vincent wollte protestieren, aber Elias redete schon weiter: »Solche Leute hasse ich bald genauso sehr wie die Täter, glaubst du das?« Er schnaubte verächtlich, und als Vincent ihm einen

Seitenblick zuwarf, fiel ihm auf, unter welch enormem Druck sein Freund stand. »Als ich hörte, dass du sie gefunden hast, war ich erst total sauer. Ich meine: Du hast sie so gesehen.«

»Fang bitte nicht wieder davon an! Ich hab's mir nicht ausgesucht.«

»Nee, weiß ich, aber trotzdem. Warum war ich nicht da? Mittlerweile denk ich, dass es immer noch besser ist, du siehst sie so, und nicht einer wie Niklas Nordmann.«

»Das wär nichts anderes gewesen. Er hätte Kim genauso geholfen wie ich. Auch wenn du ihn nicht leiden kannst.«

»Der hat gepostet, er würde mir zutrauen, dass ich's gewesen bin. Eingebildete Nordmann-Fresse ...«

Vincent stöhnte genervt auf. Aus einem lockeren Ausklang dieses heftigen Tages würde wohl nichts werden, und anstatt dass sein Freund endlich erzählte, was er wusste und wie das Gespräch mit Delmer gelaufen war, steigerte er sich in seine alte Sandkastenfeindschaft rein.

»Mach dich mal locker«, forderte er, »und hör auf, so rumzufuchteln!«

Elias gab ein fauchendes Geräusch von sich, schwieg dann aber.

Stumm gingen sie nebeneinander her, das leise quietschende Fahrrad zwischen sich. Je näher sie ihrem Ziel kamen – sie bogen gerade in die unbeleuchtete Waldstraße ein –, desto flauer wurde es in Vincents Magen. Das Erlebnis vom vergangenen Tag war einfach noch zu nah.

Nur gut, dass es diesmal früher am Tag war. Die Sonne ging gerade erst unter; der Himmel leuchtete rot, fast dramatisch schön.

»Erzähl mal von euch«, bat er.

Elias seufzte. »Wahrscheinlich hatte ich bei Kim nur eine Chance, weil ihre Freunde alle unterwegs waren. Den Urlaub, den sie mit ihren Eltern geplant hatte, musste ihr Vater kurzfristig absagen. Das war mein Glück.« Elias sprach so leise, dass Vincent ihn kaum verstehen konnte. »Keiner außer mir hatte Zeit für sie. Das war wohl meine Chance.«

Vincent dachte an Amelie. Als er sie das erste Mal im Strandcafé mit ihren Eltern hatte sitzen sehen, hatte sie auch gelangweilt gewirkt. Sie hatte die bunten Fransen ihres Badetuchs hin- und hergedreht, lustlos an ihrem Fruchtcocktail genippt, auf ihrem Smartphone rumgedrückt und schließlich Blickkontakt mit ihm aufgenommen.

»Und dann ist ihr richtiger Freund aus dem Urlaub zurückgekehrt?«, fragte Vincent bitter.

Elias war verblüfft. »Quatsch. Kim hatte noch keinen. Wahrscheinlich wollte sie auch keinen anderen als mich, aber ich war trotzdem eifersüchtig. Damit fing das Unglück an.«

Sie gingen weiter. Das Kanalufer kam in Sicht, das platte Gras, wo die Autos gestanden hatten, das flatternde Absperrband, das die Polizei im Fernsehen bei Tatort-Morden verwendete.

Elias stoppte, als wiche er vor etwas zurück. »Ich glaub, sie wird sterben, Vince. Ich … ich hab's nämlich verbaselt. Ich hatte mir vorgenommen, sie auf ihren Zeitungstouren zu begleiten, weil sie sich da nie wohlgefühlt hat. Sie wollte mit dem Job aufhören.« Er raufte sich die Haare. »Und dann haben wir uns gestritten, ausgerechnet an dem Mittwochvormittag, weil … Ja, weil ich eifersüchtig war, dass sie eine Kette trug, die ihr jemand anderes geschenkt hatte. Das war dumm, übertrieben und blöd von mir. Ich hab's auch sofort bereut, wollte mich am gleichen Abend mit ihr versöhnen. Also hab ich mir überlegt, sie auf ihrer Tour einzuholen und mich zu entschuldigen. Ich kannte die Strecke ja und wollte ihr selbst etwas schenken: Ohrringe, die hatte ich nachmittags besorgt. Sie hätten sogar farblich zu der Kette gepasst. Ich hatte das Geschenk dabei, ich … Ich war zu spät. Sie war auch schneller als sonst. Mehr als eine Viertelstunde war ich sicher nicht zu spät. Irgendwo auf dem Stück zwischen Herzfeld-Siedlung und Druckerei hat er sie geschnappt. Und ich bin nachher an der Stelle vorbeigetapert und hab nichts gemerkt. Ich war zu langsam, hab sie nicht beschützt. Vielleicht ist sie längst gestorben und sie sagen es nur nicht offiziell, damit der Täter nervös wird und sich vielleicht verrät.«

»Bestimmt nicht.«

»Sie kann auch heute Nacht noch sterben oder morgen.«

Vincent schüttelte hilflos den Kopf. Er wünschte, Elias hätte ihm das alles nicht erzählt.

12
Johanna

Der letzte Sommer hatte so verheißungsvoll begonnen. Die Welt war weit und offen, jeden Tag gute Laune, jeden Morgen ein Lied auf den Lippen, schon früh auf das Rad geschwungen, manchmal extra erst dort gefrühstückt – in »ihrem« Haus mit einem Croissant, noch fettig warm in der Tüte vom Bäcker, und einem Cappuccino am Pool gesessen, Krümel von den Fingern leckend und nur, wirklich nur genießend: den stillen Morgen, die Schatten auf der Wiese, den Duft der dicken rosa Blüten, das Planschen mit den Füßen, das kühle Wasser, kachelhimmelblau, Blütenblätter drin und Libellen drüber, Mosaikjungfern, schön wie sie selbst. Sie war eine Prinzessin mit Villa, Flügel und eigenem Pool, eine vom Glück Erwählte, so hatte sie sich gefühlt.

Sie hatte Pläne gehabt, gute Pläne für ein superschönes Leben, und sie hatte dafür geübt, Stunde um Stunde um Stunde, und sie hatte alles richtig gemacht, alle Pflanzen gegossen, alle Tiere versorgt, nichts beschädigt, nichts gestohlen, nichts verdreckt, obwohl sie Letzteres gedurft hätte, denn die Putzfrau war ja schon von vornherein engagiert und gebrieft, möglicherweise ohne zu murren eine Sauerei zu beseitigen – hatte sie dann ja auch, ohne Fragen, ohne Zweifel. Beide hatten sie alles richtig gemacht; und doch alles falsch.

Sie spürte, wie ihr die Tränen übers Gesicht liefen. Ihr Blick glitt zur Zeitung hinüber, die aufgeschlagen neben ihrem Rucksack und der Waffe auf den Eisenträgern lag. Ihre Finger strichen über Kims Foto. Kim lachte darauf: fröhlich, unbeschwert und nicht ahnend, dass sie bald nackt und halb tot hier in dem schmutzigen Wasser gefunden werden würde und danach nichts mehr so wäre wie zuvor.

Johanna hätte sie vor diesem Schicksal beschützen können.

Sie hatte jetzt ein ganzes Jahr länger überlebt als Kim Klingenberg und nichts dafür getan, dass dieser es erspart blieb, einsam, schreckhaft und voller Selbstabscheu zu sein.

Nichts dafür getan, dass Kim ihr schlimmstes Erlebnis nicht ständig wieder vor sich sähe, tagsüber in Erinnerungsblitzen und – tausendmal schlimmer – jede zweite Nacht in Albträumen. Träumen, die stets nach dem gleichen Muster abliefen: Er jagt sie, er fängt sie, er quält sie, und sie ist erleichtert, wenn sie endlich tot ist.

Womöglich würde Kim nicht überleben.

Ja, Johanna hatte Hoffnung gehabt, den Sommer über Fortschritte gemacht. Doch von der vermissten Kim zu lesen und zu Hause angekommen im Radio zu hören, dass sie schwer verletzt im Kanal an der alten Eisenbahnbrücke gefunden worden war, war zu viel. Natürlich konnte Johanna bei den wenigen Informationen, die sie hatte, nicht wissen, ob es sich um denselben Täter handelte. Trotzdem war sie sich sicher.

Das Städtchen war so klein, dass man den Leuten, die man kannte, ständig über den Weg lief. Es müsste schon ein extrem großer Zufall sein, wenn es auf diesem begrenzten Raum zwei perverse Monster gäbe.

Johanna hätte sich auch denken können, dass dieser Mensch es wieder tun würde. Er achtete nichts und niemanden und hatte genau gespürt, dass Johanna kein Mädchen war, das ihn anzeigen würde. Vielleicht hatte er sie ausgesucht, weil er eine besonders perfide Menschenkenntnis besaß. Zur Sicherheit hatte er sie während der Tat noch bedroht, hatte gesagt, wenn sie rede, würde er sie finden und fertigmachen, selbst nach Jahren noch würde er sie finden. Er hatte noch andere Tricks, sie einzuschüchtern, ihr an dem, was passiert war, die Schuld zu geben. Und sie hatte Schuld, trug eine Mitschuld, weil sie tatsächlich geschwiegen hatte.

Erschöpft wischte sie sich über das tränennasse Gesicht. Sie war am Ende. Sie war so verzweifelt, dass sie sogar hierhin gefahren war, an Kims Fundort, der für sie fast die Bedeutung einer Grabstelle hatte. Der – das wünschte sie sich jetzt – auch ihre Grabstelle würde.

Wie sollte sie die Kraft haben, weiterhin, ihr ganzes verpfuschtes Leben lang, diesen Horror auszuhalten? Allein die Angst, dass der Mann plötzlich auftauchen könnte: Wie oft hatte sie im Bus oder im Supermarkt geglaubt, er wäre da, war in Panik Haltestellen zu früh ausgestiegen und hatte Läden fluchtartig verlassen, bis sie draußen aus sicherer Entfernung erkannt hatte, dass er es nicht war, dass der, den sie für ihn gehalten hatte, nur die gleiche Statur, den gleichen Haarschnitt hatte. So gut es ging, hatte sie vermieden, überhaupt das Haus zu verlassen.

War es nicht lebensmüde, dass sie hierher gefahren war, schutzlos in der Dämmerung stand? Vielleicht war das da vorn sein Rad, lag er im Gebüsch auf der Lauer?

Bibbernd und wieder weinend biss sie sich in die Hand, um sich zu beruhigen. Sie sah zu ihrer Waffe hinüber. Sie war nicht schutzlos.

Käme er jetzt, träte er dort aus der Dunkelheit auf sie zu, würde sie ihn erschießen. Sie wusste, es wäre besser, ihn zu töten, als sich selbst. Sie sagte es sich, laut, mehrfach. Sie stand auf. Sie holte tief Luft.

Zeit, eine Entscheidung zu treffen: Sterben? Handeln? Heimgehen?

»Zu Freundinnen«, hatte sie Petra und Stefan als Erklärung für ihren überstürzten Aufbruch gleich nach der Ankunft zu Hause genannt.

Ob sie ihr das abgenommen hatten? Es war ihnen schnurzegal. Reden kam nicht infrage.

Handeln? Sie kannte den Namen ihres Vergewaltigers nicht;

sie konnte nicht einfach zu seinem Haus radeln, dort klingeln und ihn erschießen.

Heimgehen und weitermachen wie zuvor? Kim würde vielleicht sterben. Es würde weitere Opfer geben. Sie wäre wieder und wieder mitschuldig durch ihr Schweigen.

Ihre Hand griff nach der Waffe. Eine Entscheidung treffen.

13
Vincent

»Sieh mal«, sagte Elias plötzlich und streckte den Arm aus. »Da! Was ist das denn? Wem gehört denn das zweite Fahrrad?«

Das andere Rad, ein ziemlich verdrecktes Mountainbike, war Vincent zuvor nicht aufgefallen. Er spürte, wie sich sein Nacken anspannte.

Es war jemand hier.

»Das geht uns nichts an, Elias. Lass uns abhauen!«

»Ich will nachsehen, wer das ist.«

»Interessiert mich nicht. Wirklich, ich hab keinen Bock ...«

»Vince, jetzt komm mal runter!«, zischte Elias böse. »Ist doch logisch, was hier abläuft, oder? Ein Schaulustiger, irgend so ein Arsch meint, er könnte sich aufgeilen oder einen Film vom Fundort auf Youtube stellen, um sich wichtigzumachen. So was gibt's. Es gibt alle möglichen Abartigkeiten. Aber nicht auf Kosten meiner Freundin! Den kauf ich mir, los, komm!«

Vincent versuchte noch, Elias zurückzuhalten, doch der stürmte bereits mit geballten Fäusten zur Brücke.

In dem Moment sah Vincent die Besitzerin des Bikes. Ihre Silhouette löste sich von einem der schmalen Pfeiler in der Mitte über dem Kanal, verharrte eine Sekunde wie erstarrt und wirbelte dann herum, sodass die langen Haare durch die Luft flogen.

»Drecksau,« schrie Elias, »dich krieg ich, dich mach ich fertig!«

»Bleib, wo du bist!« Eine Mädchenstimme. Schrill vor Angst.

Vincent stolperte fast vor Schreck. Was war hier los? Warum trieb sich ein Mädchen alleine da oben rum?

Elias stellte sich die Frage entweder nicht oder hatte sie bereits für sich beantwortet. Ihm war es egal, ob Mann oder Frau und ob sein Verdacht überhaupt zutraf.

»Du hast da nichts zu suchen!« Aufgebracht arbeitete er sich weiter über die Brücke auf die Fremde zu. »Du wirst verschwinden, hörst du?! Hier gibt's nichts zu gucken!«

»Bleiiib steeeehen!«

Vincent standen die Haare zu Berge. Die Angst in der Stimme hatte sich gesteigert, gleichzeitig war da ein drohender Unterton, etwas Absolutes, Unbedingtes. Auch Elias schien auf einmal zu kapieren, dass die Person dort nicht so abgebrüht sein konnte, wie er vermutete. Er stoppte kurz, wich dann zur Seite aus, ergriff einen der diagonalen Träger und zog sich, vermutlich um besser zu sehen zu können, auf das Geländer.

Inzwischen war Vincent so weit herangekommen, dass er genau mitbekam, wie Elias zwei Schritte vorwärtsbalancierte, sich vorbeugte und sagte: »Willst du mich verarschen?«

»Bleib stehen oder ich schieße!«

Vincent hörte Elias ungläubig lachen. Mit dem linken Arm hielt er sich am Geländer fest, mit dem rechten klatschte er sich auf den Oberschenkel. »Du bist ja irre!«

Vincent war fast bei ihm, konnte ihn fast am T-Shirt fassen und zurückziehen, berührte mit den Fingerspitzen gerade den dünnen, vom Schweiß feuchten Baumwollstoff.

Es fehlte eine Zehntelsekunde.

In dieser knallte der Schuss. Er war ohrenbetäubend laut, als explodiere ein Silvesterknaller. Instinktiv zog Vincent den Kopf ein und warf sich auf die Knie. Das rechte krachte in eine große, vorstehende Schraube. Er heulte vor Schmerz auf, verbarg das Gesicht mit den Armen. Dann wollte er rückwärts wegkriechen, aber ein Tropfen klatschte in seinen Nacken und er hielt inne, hob den Kopf, bekam einen weiteren ab, einen roten, der ihm über die Nase lief.

Über ihm taumelte Elias. Seine Arme ruderten durch die Luft. Er kippelte, schwankte, stürzte. Ein Platschen, Stille.

»Entschuldigung«, sagte das Mädchen, das sich nicht vom Fleck rührte. »Ich hab nicht auf ihn gezielt. Ich kann ihn nicht getroffen haben.« Sie sah erschrocken aus, aber nicht so sehr, dass Vincent sicher sein konnte, dass sie nicht ein zweites Mal schießen würde. Die Waffe hielt sie noch in der Hand.

»Ihr seid mir zu nahe gekommen«, erklärte sie. »Selbst schuld.«

Vincent wusste nicht, was er sagen sollte. Sie war hübsch, faszinierend hübsch.

Für einen kurzen Moment sahen sie sich in die Augen. Ihr Blick kam ihm verzweifelt und gleichzeitig vor Wildheit entschlossen vor, ihre Stimme schwankte zwischen Weinen und

Drohen, als sie sagte: »*Er* ist derjenige, der hier nichts zu suchen hat. Sag ihm das. Es ist *mein* Platz.«

Siedend heiß fiel Vincent ein, dass er sich sofort um Elias kümmern musste. Er hechtete zum Geländer, hob sein rechtes Bein hinüber, setzte sich rittlings, doch er sah nichts und niemanden da unten, sah nur – wie eine schwimmende Farbschicht – das letzte Licht auf dem Wasser, sah, weit hinten noch, ein herantuckerndes Schiff.

»Eliiiias!«

Das Mädchen kam heran. »Da drüben ist er, da, links!«

Im Zwielicht war der Kopf, der nur halb aus dem Wasser ragte, kaum auszumachen. Vincent holte Portemonnaie, Handy und Schlüssel aus den Shorts, warf alles auf den Boden und zog das andere Bein übers Geländer, bereit zum Springen. Da sah er zum Glück, wie sein Freund winkte. »Bist du in Ordnung? Soll ich dich rausholen?«

»Schmeiß lieber die Irre rein!«

»Du bist selbst schuld«, schrie das Mädchen wütend. Sie stand jetzt direkt neben dem auf dem Geländer sitzenden Vincent und als sie sich vorbeugte, stieß ihre Schulter gegen seine. »Außerdem würde ich an deiner Stelle zusehen, dass ich wegkomme. Da kommt ein Schiff!«

Elias drehte sich um, schätzte kurz den Abstand ein und blickte wieder herauf, eine Hand zur Faust erhoben.

»Das wirst du mir büßen! Meine Hand ist verletzt.«

»Aber nicht meinetwegen!« Ihre Stimme klang jetzt wieder brüchig. Vincent warf einen Seitenblick auf sie, während Elias mit kräftigen Zügen zum Ufer kraulte. Das Mädchen hatte Tränen in den Augen, sah aus der Nähe überhaupt verweint aus und unglaublich müde.

»Wie heißt du?«, fragte er.

»Bitte?!« Sie wandte sich ihm zu, wich im gleichen Moment zurück, die Hand mit der Waffe drohend erhoben.

»Die Frage ist echt kein Grund, auf jemanden zu schießen.«

»Ich wollte überhaupt auf niemanden schießen. Höchstens auf mich selbst, ja?!«, rief sie.

»Oh, sorry, da haben wir wohl gestört.«

»Findest du das lustig?«, fragte sie entgeistert. Zum Glück ließ sie den Arm jetzt sinken und legte die Waffe auf den Boden.

»Nee.« Er senkte den Kopf. »Ich muss mich jetzt auch mal um meinen Kumpel kümmern. Bist du noch da, wenn ich zurückkomme?«

Sie gab keine Antwort.

»Dachte ich mir.« Vincent bückte sich nach seinen Sachen, sah danach zu Elias hinunter. Er hatte die Leiter erreicht. Das Schiff war mit Schotter beladen, trug den Namen *Glück auf* und glitt gerade unter der Brücke durch.

»Na, dann pass mal auf dich auf«, sagte er noch zu dem Mädchen.

Sie verzog den Mund zu einem Lächeln. »Du auch.«

»Ich bin Vincent.«

Ihre Antwort war ein kurzes, kehliges: »Ja.«

Er ging zur anderen Seite hinüber, um sich um Elias zu kümmern.

Erst als er seinen Freund, der fluchend aus dem Wasser gestiegen kam und Vincent eine blutende Hand präsentierte, erreicht hatte, erst als er erfahren hatte, dass dessen Verletzung durch einen Stoß gegen eine scharfe Metallkante entstanden und eine Folge des erschreckten Herumwedelns, also keine Schusswunde und auch nur halb so schlimm war, erst als klar war, dass Elias' größte Sorge seinem aus der Hosentasche gerutschten Portemonnaie galt, da erst wagte er sich umzudrehen.

Sie stand auf der anderen Uferseite bei ihrem Bike.

Vincent legte seine Hände wie einen Trichter an den Mund. »Ihm geht's gut«, rief er, und obwohl er ihr Gesicht nicht erkennen konnte, glaubte er an ihrer Körperhaltung abzulesen, dass sie erleichtert war.

»Was heißt: Mir geht's gut?«, beschwerte sich Elias, zum Glück kaum hörbar, weil er sich gerade das nasse T-Shirt über den Kopf zog. »Wer ersetzt mir mein Geld?«

Von drüben kam die Antwort auf die gleiche Weise: »Okay, tschüss, Vincent! Ich heiße übrigens Glück-auf.«

Sie fuhr los und verschwand in der Dunkelheit.

Im letzten Sommer

14
Johanna

Johanna war Keyboarderin einer Band, spielte Klavier im Schulorchester und begleitete die Freunde ihrer Mutter an deren Jazz-Abenden. Sie war nicht auf eine bestimmte Stilrichtung festgelegt, spielte dort mit, wo es ihr gefiel, wo die Leute nett waren. Unterricht nahm sie bei einem älteren Musiker, Pascal Loskill, der viel reiste und gern erzählte und Johanna oft nach der Stunde einlud, mit ihm und seiner Frau zusammenzusitzen und etwas zu trinken. Johanna mochte und duzte beide, nannte sie Pascal und Katharina und fühlte sich fast als Teil der Familie.

Die Loskills litten darunter, keine Kinder zu haben, und Johanna fehlte Familienanschluss, denn der Kontakt zu ihrem Vater war seit Langem abgebrochen und die Beziehung zu ihrer Mutter war zwar nicht schlecht, aber zu oberflächlich. Es passte einfach.

Die Loskills hatten Geld – und das faszinierte Johanna durchaus. Sie wohnten in einem großen, teuren Haus: Die Küche sah aus wie eine moderne Bar, der Flügel stand mitten im Wohnzimmer, es gab einen offenen Kamin und einen Pool, der im mit alten Bäumen bestandenen Garten lag. Verlockend blau-türkis schimmerte das Wasser. Zwar hatte Katharina Loskill Johanna mehrfach angeboten, sie könne einfach ihre Badesachen mitbringen und nach dem Unterricht in den Pool springen, aber das hatte sie nie gemacht. Der Kontakt war eng, aber eben auch nicht so, dass sie sich total zu Hause gefühlt hätte. Wenn sie die Perserkatzen Filou und Madeleine kraulte und von ihren beruflichen Träumen, den Erlebnissen in der Schule und mit den Freunden erzählte, war sie ja doch nur ein Gast. Sie wusste, sie war nicht die Enkelin oder Tochter der Loskills.

Kurz vor den Sommerferien schließlich fragten die Loskills sie, ob Johanna sich vorstellen könnte, während ihres mehr als dreiwöchigen Urlaubs ihr Haus und vor allem die Katzen zu hüten. Johanna, die zwar mit ihrer Mutter und deren Noch-Freund Oliver an die Ostsee hätte fahren können, sagte sofort zu.

Statt Petras Krisentheater ertragen zu müssen, bekam sie also ihren eigenen Urlaub in ihrem eigenen Ferienhaus.

Der Job – Post reinholen, Pflanzen gießen, Katzen füttern – war leicht und beinhaltete natürlich, dass sie jederzeit am Flügel sitzen, im Pool baden und die Musikanlage aufdrehen konnte. Johanna war stolz, weil die Loskills ihr vertrauten und nicht davon ausgingen, dass sie wilde Partys feiern, Wertsachen klauen oder die Wohnung verwüsten würde. Sie brauchte nicht einmal ihren Dreck wegzumachen, denn für das Ende ihres Aufenthalts war die Putzfrau bestellt. Zwischendurch würde nur der Schwimmbadtechniker, Herr Walkowiak, vorbeikommen, um nach dem Pool zu schauen.

Anfangs war es genauso wunderbar gewesen, wie Johanna es sich vorgestellt hatte.

Am Tag der Abreise der Loskills hatte sie noch drei Tage Schule und war nur kurz in der Pause hinübergeradelt, um den Schlüssel in Empfang zu nehmen und dem Taxi nachzuwinken, in dem sich die beiden auf den Weg zum Flughafen machten. Zurück in der Schule, hatte sie unter dem Tisch mit dem Schlüssel gespielt, die Vorfreude genossen und das Gefühl, ein Geheimnis zu haben. Wenn die anderen von ihren Urlaubszielen erzählten, hatte sie glücklich gegrinst und angedeutet, dass sie etwas Eigenes habe.

Auch das Wetter spielte mit. Bis zum Ferienbeginn war es noch kühl, aber heiße Sonnentage waren bereits angekündigt, als Johanna ihren ersten Erkundungsgang durchs Haus machte. Auf ähnlich leisen Sohlen wie Filou und Madeleine ging sie von einem Raum zum anderen, setzte sich vor den großen Badezimmerspiegel, besprühte sich mit Parfüm, trug Creme auf und Lidschatten. Sie warf einen Blick in Pascals Arbeitszimmer, das voll war mit Grafiken, Büchern und Zeitungen, und öffnete Katharinas Kleiderschrank, in dem die Abendkleider, in denen die klassische Sängerin aufgetreten war, darauf warteten, noch einmal angezogen zu werden.

Danach erst glitt sie in den Pool. Das Wasser war kühl, doch das lang erträumte Bad ein unglaublicher Genuss, denn als sie sich mit den Füßen an der Beckenmauer abstieß und durchs frische Blau glitt, wusste sie, dass dieses Vergnügen für drei Wochen nur für sie allein bestimmt war – es sei denn, sie entschied großzügig, jemanden zu sich einzuladen. Sie war jetzt die Herrin der Villa, hüllte sich in ihr Handtuch, schlenderte nasse Trapsen hinterlassend barfuß in die Küche, nahm Orangensaft aus dem Kühlschrank, warf ein paar Eiswürfel hinein, riss eine Tüte Chips auf, stolzierte vor dem Fenster entlang und strich

Madeleine übers warme Fell. Filou war irgendwo draußen. Abends sollten sie beide möglichst drinnen sein, aber Abend war es noch lange nicht. Sie griff nach ihrem Handy.

In der ersten Woche lud sie drei Mal Julia und Fadime ein, mit denen sie sich vor dem Riesenspiegel schminkte, Katharinas Abendgarderobe ausprobierte und mit laut aufgedrehter Musik am Pool herumlungerte. Selbstredend, dass sie drei Hollywood-Millionärinnen waren, die sich's gut gehen ließen, während die Paparazzi hinterm Zaun warteten.

Die »Paparazzi« gab es tatsächlich:

Erstens: die Nachbarn linker Hand, vor allem ein junger Mann mit verkniffenem Gesicht, der sich durch die einzige Lücke in der dichten Hecke in ihren Garten herüberbeugte und sie wörtlich »zwar total geil, aber leider viel zu laut« fand.

Zweitens: der Gartenarbeiter auf dem Grundstück rechter Hand, der beim Rasenmähen durch seine verspiegelte Sonnenbrille immer wieder zu ihnen herübersah und nervös an seiner Baseballkappe nestelte. Während an der linken und der hinteren Gartengrenze die Bepflanzung durchgängig sehr dicht war, gab es auf der rechten Seite einen zwei bis drei Meter langen Streifen, wo vor Kurzem ein Baum gefällt worden war und nun junge, kniehohe Heckensträucher standen. Von hier sah man in den rechten Garten hinein und umgekehrt.

Drittens: der Schwimmbadtechniker Walkowiak und sein Sohn, die, als auch Julia und Fadime da waren, urplötzlich in ihrem verschwitzten Handwerkerdress vor ihnen standen.

Der junge Walkowiak wusste gar nicht, wo er hinschauen sollte, zumal Fadime im Abendkleid wie ein Model aussah, Johanna gerade tropfnass aus dem Wasser stieg und Julia sich im Bikini auf einer Liege räkelte.

Sein Vater stammelte eine Entschuldigung: Er wisse, er hätte eigentlich morgens in aller Frühe kommen sollen, um die junge Dame nicht zu stören, aber an diesem Tag sei es terminlich nicht anders möglich gewesen.

Als die beiden wieder fort waren, hatten Johanna, Julia und Fadime darüber gelacht. Sie hatten die Lichterkette, die über der Terrasse hing, angemacht, träumerisch Kuschelmusik gehört, auf Feld und Wald, die den Garten zur hinteren Seite begrenzten, hinausgeblickt, über Jungs geredet und einhellig bedauert, dass nur Johannas Mutter bereit gewesen war, ohne ihre Tochter in den Urlaub zu fahren. Fadime und Julia konnten kein viertes Mal herkommen; sie mussten in den folgenden Tagen mit ihren Familien verreisen.

Dass Johanna sie schon am nächsten Tag vermissen würde, hatte sie nicht erwartet.

Einmal noch spielte sie für sich selbst Hollywoodmodel, aber es machte keinen Spaß, kam ihr ohne die ausgelassene Albernheit ihrer Freundinnen kindisch vor.

Sie wollte ihr Glück teilen, egal ob mit Mädchen oder Jungen, aber Raoul, der einzige Junge, der ihr bisher so gefallen hatte, dass sie mit ihm geknutscht hatte, war bereits zu einem Austauschjahr in die USA aufgebrochen. Ludwig, der ebenfalls als Lover infrage gekommen wäre, war plötzlich mit Emma zusammen, und ihre Cousine war kurz entschlossen für eine kranke Freundin eingesprungen und zum Paddeln nach Schweden gefahren.

Bereits nach zwei einsamen Tagen – 14 lagen noch vor ihr – wünschte Johanna, die Loskills kämen zurück und übernähmen ihr großes Haus wieder selbst.

Wenn sie allein in der Sonne lag und las, hoffte sie, es habe sich nicht zu sehr herumgesprochen, dass sie allein auf diesen sündhaft teuren Schuppen aufpasste. Wegen der Einbruchsgefahr kamen ihr die außergewöhnliche Größe und die Uneinsehbarkeit des Grundstücks nun nicht mehr so optimal vor. Ab und zu erahnte sie Stimmen in den Nachbargärten, sah aber fast nie jemanden.

Ein einziges Mal noch beugte sich der Mann aus dem Haus rechts durch das Loch in der Hecke und betrachtete sie unverhohlen neugierig. Als er fragte: »Bist du jetzt ganz allein hier?«, gab sie nur ein abweisendes »Was dagegen?« zurück und verzog sich ins Haus.

Auf der anderen Seite zeigte sich der Gärtner hin und wieder bei der Arbeit, was Johanna wunderte, denn Pflanzzeit, das wusste sie von ihrer Oma, war bei Hitze eigentlich nicht. Natürlich musste er abends den Rasen und die Beete mit dem Gartenschlauch begießen und dabei begrüßte sie der Gärtner jedes Mal mit Handschlag.

Eines Abends wurde er zutraulicher, kam wieder zur offenen Stelle an der Grundstücksgrenze, lobte überschwänglich ihr Klavierspiel, das er hin und wieder durch die offenen Türen gehört hatte, und war offenbar auf einen Plausch aus. Beide hielten sie in diesem Moment Gartenschläuche in den Händen.

»Jetzt könnten wir uns gegenseitig nass spritzen und abkühlen«, sagte er plötzlich fröhlich, und sie, irritiert, aber noch recht locker, antwortete: »Nicht nötig, ich kann in den Pool springen.«

»Ich muss hier immer nur rackern und schwitzen!«

Das bittende Gesicht und die unausgesprochene Aufforderung darin hatte sie nicht beabsichtigt.

Abwehrend sagte sie: »Tja, tut mir leid, aber ich mache hier auch nur einen Job, ist auch nicht mein Haus.«

»Ich weiß, ich weiß«, antwortete er achselzuckend, »aber man kann ja trotzdem mal hoffen, eingeladen zu werden.«

Oh nein, war der hartnäckig! Sie schüttelte stumm den Kopf, drehte sich um und richtete den Wasserstrahl auf die andere Gartenseite. Mit dem Rücken zu ihm stehend, hoffte sie, dass er verschwände. Klar hätte sie ihn einladen können, im Pool zu baden. Jeder wünschte sich das bei dem heißen Wetter. Theoretisch war nichts dabei, aber sie wollte es nicht.

Wenn Fadime und Julia hier wären, dann vielleicht. Oder ihre Mutter. Ein paarmal hatte Johanna sich dabei ertappt, beim Handyklingeln zu hoffen, Petra sei dran und verkünde, sie habe sich getrennt und sei auf dem Heimweg. Ihre Mutter wieder in der Stadt zu wissen, gäbe ihr ein sicheres Gefühl.

Zwischen ihren Schulterblättern prickelte es. Sie ahnte, dass der Blick des Gärtners noch immer auf ihr ruhte. Ein Anflug von Angst. Nur ein kniehoher Zaun und ein paar dünne Ligusterpflanzen standen zwischen ihr und dem Mann. Besser, sie drehte sich um.

Er war noch da, tat unbeteiligt, tat harmlos, lachte und sprühte aus dem Schlauch eine Fontäne feiner Tropfen in den blauen Himmel.

»Damit ich wenigstens etwas Abkühlung habe!«

»Ich darf Sie nicht in den Garten lassen.«

Ihre Antwort kam schriller, als sie beabsichtigt hatte, und sie redete weiter: »Tut mir wirklich leid. Aber das Freibad Nord ist auch toll. Die haben sogar ein Wellenbad. Fahren Sie doch da hin! Ich wünsche Ihnen auf jeden Fall noch einen schönen Abend.«

Der Mann ließ den Schlauch sinken, drehte an der Kappe.

»Ja, ja. Das wünsch ich dir auch. Diese Pools sind mir sowieso zu klein, ein Zug und man ist durch. Kommst du morgen wieder?«

Sie zögerte mit der Antwort. Es konnte einfach nur nett gemeint sein.

Im nächsten Moment stieß sie einen überraschten Schrei aus, denn der junge Mann hatte es fertiggebracht, den Gartenschlauch herumzuwirbeln und auf sie zu richten. Ein kurzer, aber deutlicher Strahl traf sie direkt unterhalb des Halses und das Wasser rann zwischen ihren Brüsten herunter.

»Bescheuert oder was?«, entfuhr es ihr.

»Entschuldigung!«, prustete er, fing den Schlauch ein wie ein wildes Tier, nicht ohne sich selbst auch ordentlich nass zu machen, und bog sich dann vor Lachen, fiel sogar mit den Knien auf den Rasen.

Johanna, der nichts an unfreiwilligem Wet-Look lag und deren Herz wild hämmerte, warf ihren Gartenschlauch einfach hin und rannte ins Haus. Drinnen, hinter den Glastüren, die sie sofort zuschob, griff sie sich ein Handtuch, während ihr Körper eine nasse Pfütze auf dem Holzboden hinterließ und ihr Atem noch immer pfeifend ging. Madeleine, aufgewacht durch ihr plötzliches Hereinstürzen, sprang vom Sofa, grüßte sie mit einem purrenden Laut und lief durch den noch offenen Spalt in den Garten hinaus.

»Bleib hier«, rief Johanna, außer Atem und natürlich vergebens. Dort, wo der Wasserstrahl sie getroffen hatte, war die Haut gerötet. Es tat weh, nicht sehr, aber ihr war zum Heulen zumute. Vor allem, weil die dumme Katze jetzt direkt zu dem Gärtner lief, der sie streichelte und schließlich die Hand hob, um Johanna zuzuwinken. Sie schloss die Tür ganz, marschierte in die Küche, riss den Kühlschrank auf, ohne zu wissen, ob sie überhaupt etwas zu sich nehmen wollte.

Sie wollte vor allem nicht draußen sein.

Und doch trat sie eine Stunde später natürlich wieder auf die Terrasse.

Sie musste hinaus: Auflagen, Bücher, Geschirr hereinholen. Vorsichtig spähte sie zum Nachbargarten hinüber. Dort schien alles ruhig zu sein; der Gärtner war wohl gegangen. Noch war sie sich aber nicht sicher. Sie räumte also ihre Sachen fort, immer wieder Ausschau haltend, doch er schien für heute wirklich weg zu sein.

Schließlich gab sie sich einen Ruck, näherte sich der unbewachsenen Stelle und betrachtete das Nachbargrundstück. Dieser Garten war sehr viel übersichtlicher als der der Loskills. Viel Rasen, ein paar Obstbäume in Reih und Glied, zwei kreisrunde Rosenbeete. Die Eheleute Simmer – jetzt fiel ihr der Name wieder ein – mochten es augenscheinlich lieber kahl, übersichtlich und sonnig statt wild und schattig.

Auf der Terrasse, in einem Liegestuhl lesend, saß jetzt eine alte Frau, die trotz der Wärme eine Strickjacke trug. Das Ganze machte einen derart friedlichen Eindruck – auch Madeleine, die ihr Geschäft ungestört in einem der Beete verrichtete, gehörte dazu –, dass Johanna etwas aufatmete.

Am nächsten Tag kam der Gärtner nicht. Allerdings fand Johanna am Morgen eine Halskette im Briefkasten.

Sie war aus verschiedenfarbigen Perlmuttplättchen und in ein weißes, durchscheinendes Schmucksäckchen verpackt, an dem eine Postkarte befestigt war. Auf der bunt bedruckten Vorderseite bat eine Comicmaus mit einem Käse-Blumenstrauß eine andere um Entschuldigung, auf der Rückseite stand in kleiner, enger Schrift:

War ja nur Wasser! Ich hoffe, du bist nicht böse.

Darunter eine Handynummer.

Sie würde mit Sicherheit nicht anrufen. Sie war alles andere als erfreut. So ein Geschenk war überhaupt nicht angemessen. Sie wollte keinen Verehrer und schon gar keinen unberechenbaren.

Beunruhigt legte sie Kette und Karte auf den Garderobenschrank und bereitete sich erstmal an der coolen Espressomaschine einen Cappuccino zu, trank ihn aber nicht draußen in ihrer Lieblingsecke, sondern drinnen vor der geschlossenen Glastür. Dann waren Filou und Madeleine mit ihrem Frühstück fertig und wollten hinausgelassen werden, und sie ließ die Tür offen, folgte den Tieren zaghaft hinaus und registrierte mit Erleichterung, dass nebenan niemand zu sehen war.

So nahm sie dann doch bald ihr Bad, tauchte aber weniger als sonst, reckte, einem Vogel mit langem Hals gleich, immer wieder ihren Kopf aus dem Becken, um die Umgebung abzuchecken. Die Musik ließ sie ganz aus.

An diesem Tag ging sie kaum schwimmen. Das Becken lag tiefer als der Boden der Terrasse und bot keinen guten Überblick.

Als sie Lust auf eine Mittagssiesta hatte und nicht wusste, ob sie auf der Gartenliege wach bleiben würde, ging sie ins Haus und schloss sich ein. Bei ihrer Rückkehr auf die Terrasse glaubte sie nasse Fußspuren rund um den Pool zu erkennen. Wenn es ihre waren, wären sie dann nicht längst getrocknet?

Ihr Unbehagen nahm zu. Sie begann sich beobachtet zu fühlen. Zwar zeigte sich der Gärtner nicht und auch die alte Frau war nicht zu sehen, aber einmal war ein verdächtiges Knacken zu hören, so, als sei jemand auf einen trockenen Ast getreten. Ein anderes Mal erschreckte sie das warnende Auffliegen und Schimpfen der Amseln, wieder ein anderes Mal waren es Zweige, die sich bewegten. Der Wind? Filou und Madeleine, die die Vögel aufscheuchten und in die dichten Büsche kletterten? Es gab hier auch Wildtauben.

Johanna versuchte sich zu beruhigen, den Sommer zu genießen.

Nichts war passiert. Niemand wollte ihr was.

Sie glaubte, irgendwo aus dem Grünstreifen das Signal eines Handys zu hören, das eine SMS empfing.

Sie trat, nachdem sie sich ein Essen in der Mikrowelle warm gemacht hatte, aus dem Haus und musste feststellen, dass der schwere Terrakottatopf mit dem großen Oleander umgefallen war.

Den Anblick der Kette ertrug sie nicht, obwohl das Stück hübsch war.

Während die Karte bei einem Luftzug hinter den wuchtigen Schrank gerutscht war, den von der Wand abzurücken Johanna keine Lust verspürte, trug sie die Kette am frühen Abend aus einer Laune heraus ins obere Stockwerk, hängte sie dort zu Katharinas Schmuck und blickte aus dem Fenster.

Die Nachbarn auf der linken Seite mussten jetzt ebenfalls verreist sein, denn Fenster und Türen waren verrammelt, die Gartenmöbel mit Planen abgedeckt.

Wenn nur noch auf der rechten Seite die alten Simmers anwesend waren – vermutlich schwerhörig, gehbehindert und ängstlich –, gäbe es keine Hilfe, wenn Einbrecher kämen oder jemand hinten von Wald und Feld eindrang, jemand, der meinte, das Recht zu haben, jederzeit mit einem hübschen Mädchen in den Pool springen zu dürfen. Wie angreifbar sie war!

An diesem Abend radelte sie früher nach Hause und kam am nächsten Morgen später her, und als mittags der junge Walkowiak mit einem verschmitzten Grinsen und einer Badehose in der Hand auftauchte, schrie sie ihn an, er solle sich an die Vereinbarungen mit den Loskills halten.

Sie hatte nämlich den Eindruck, jemand habe am Pool die Möbel umgestellt. Ihre Lieblingsliege hatte sie am Abend vorher so positioniert, dass sie noch die volle Sonne auf ihrem mittlerweile bronzefarbenen Bauch hatte. Jetzt stand sie verborgen unter dem Schattenbaum und fleckig war sie auch.

Natürlich konnte sie die Liege selbst zur Seite geschoben haben, ohne sich jetzt noch daran zu erinnern. Und die dubiosen Flecken? Vielleicht eine Taube mit Dünnpfiff oder Spritzer vom Milchshake, den sie am Pool getrunken hatte?

Sie wollte lieber nicht darüber nachdenken. Sie wollte überhaupt nicht mehr hier sein und wollte schon um 15 Uhr nach Hause, zumal dunkle Gewitterwolken aufgezogen waren. Doch sie hatte versprochen, Madeleine und Filou nachts einzusperren, und während Madeleine auf dem Sofa lag, hatte sie Filou seit dem Morgen nicht mehr gesehen. Sie ging an den Rändern des Gartens entlang, rief den Namen des Katers mit dem roten Fell, schaute unter die schattenspendenden Sträucher, unter denen das Tier gern lag.

»Hey, hallo!« Der Gärtner arbeitete wieder. Johanna erschrak, fing sich aber, als sie die alte Frau in der auffällig hässlichen Strickjacke neben ihm über die Wege schlurfen sah. Der Mann kam, eine große Rosenschere in der Hand, ein paar Schritte näher. »Hat dir die Kette gefallen?«

Sie rang sich zu einem Lächeln durch, entschied sich für Höflichkeit. »Danke. Das wäre aber nicht nötig gewesen.«

Er zuckte scheinbar unbeteiligt die Achseln. »Doch, schon. War dumm, was ich da gemacht hab. Du hast dich erschrocken und das wollte ich nicht.«

»Schon okay.« Nichts war okay.

»Gut, dann.« Er hob die Hand. »Die Katze ist übrigens nicht hier, obwohl sie von Simmers auch gefüttert wird.« Er nickte zu seiner Arbeitgeberin herüber, die jetzt den Kopf hob und Johanna mit dünner Stimme grüßte.

Johanna nickte nur.

»Ich halte aber die Augen für dich offen. Ich hab schon gehört, dass die Samtpfoten für die Loskills das Ein und Alles sind.«

»Ja«, machte Johanna heiser, »danke.«

»Muss man auch verstehen, dass sie so empfindlich sind. Haben ja keine Kinder. Jetzt bekommen die Tiere eben ihre ganze Liebe.«

Johanna verzog das Gesicht. Er sah es, murmelte: »Verstehe, hast ja auch nicht angerufen«, und fügte schnippisch hinzu: »Also, dann will ich dich nicht länger stören.«

»Ja, tut mir leid. Ich hab zu tun.«

»Kein Thema. Das ist natürlich eine Verantwortung, die du da übernommen hast. Wenn eine der Katzen stirbt oder weg ist, stehst du blöd da.«

Damit traf er genau ins Schwarze. Seine Worte hallten in ihren Ohren nach, während sie noch einmal durch den Garten lief, dann die kühlen Kellerräume abklapperte und dabei Lockrufe ausstieß. Filou reagierte nicht.

Schlecht gelaunt und beunruhigt setzte sie sich mit einem

Buch direkt vor die angelehnte Terrassentür und wartete. Sie versuchte zu lesen, nahm die Abschnitte, die ihre Augen überflogen, aber nicht auf. Der Himmel war drückend und bleiern. Libellen tanzten über dem Wasser. Die Vögel hüpften mit offenen Schnäbeln hechelnd über den Rasen. Nach einer Stunde hörte sie laut die Stimme des Gärtners »Tschüss, Frau Simmer« rufen – schwerhörig, darauf hatte Johanna bei der Nachbarin ja schon getippt.

In den folgenden Minuten saß sie nur lauschend da, entspannte sich ein wenig, als sie hörte, wie sich ein Auto entfernte. Die Stille hielt an.

Eine Stunde, bald zwei. Die Katze kam nicht. Dafür jaulte Madeleine hinter der angelehnten Terrassentür und gab zu verstehen, dass sie auch spazieren gehen wolle. Johanna ignorierte es. Später platschten dicke Tropfen auf ihr Buch, aber bis sie sich entschieden hatte, ins Haus zu gehen, hatte der kurze Schauer wieder aufgehört. Das Gewitter entlud sich woanders. Hier herrschten Hitze und die Schattenspiele darin, die Unwägbarkeiten, das plötzliche Auffliegen der Tauben auf dem Feld direkt hinter der ungewöhnlich dichten Gartenhecke.

Sie erinnerte sich, wie sie als Kind mit ihren Freunden im Inneren eines Heckenwalls ihr Versteck gehabt hatte. Die stacheligen Sträucher waren so zahlreich gepflanzt, dass sie innen eine Art Tunnel bildeten, durch den sie ungesehen hindurchlaufen konnten. Sosehr sie dieses Spiel, das ihr jetzt völlig irreal vorkam, früher geliebt hatte, so mulmig wurde ihr bei der Vorstellung, dass sich möglicherweise jemand hinter den Heckenwall dort ducken könnte. Und während die Schatten länger wurden und die Dämmerung wegen des bezogenen Himmels zum ersten Mal wieder früher einzusetzen schien, spürte sie, dass sie schlicht Angst hatte, noch einmal zur hinteren Grenze zu gehen und nach dem vermissten Kater zu rufen. Wenn sie ehrlich war, traute sie sich nicht einmal mehr bis zu den Himbeeren und die standen relativ weit vorn. Ins Wasser wollte sie ja eh kaum noch.

Was machte sie überhaupt noch hier? Was war von ihrem coolen Urlaubstraum geblieben?

Sie floh regelrecht ins Haus, schloss alles ab, hechtete zu ihrem Rad und sauste nach Hause, wo sie kaum froher war, denn der nicht heimgekommene Filou bereitete ihr Sorgen.

Trotz ihrer Bemühungen am nächsten Tag – Rufen, bei den Simmers nachfragen, bei den Nachbarn gegenüber klingeln und den Kater unter jedem Strauch und Auto suchen, sogar im Tierheim nachhören, ob ein Kater abgegeben worden war – blieb Filou unauffindbar. Für einen normalen Freigänger war das im Sommer möglicherweise normal, aber Filou war ein fetter, verwöhnter Perserkater, wahrscheinlich gar nicht in der Lage, sich selbst eine Maus zu fangen.

Verzweifelt spielte Johanna alle Möglichkeiten durch: überfahren, für Tierversuche eingefangen, erschossen, vergiftet …

Und sie trug die Verantwortung.

Am liebsten hätte sie alles hingeschmissen.

Sie wollte aber stark sein. Sie hatte diesen Job angenommen und sich selbst überschätzt, doch aufgeben wollte sie nicht. Sie war schließlich eine, auf die man sich verlassen konnte. Sie erfüllte die Erwartungen, die in sie gesetzt wurden. Sie war es nicht gewohnt, um Hilfe zu rufen, andere für sich die Dinge regeln zu lassen.

Die Loskills anzurufen und die übernommene Aufgabe abzubrechen, kam für Johanna nicht infrage. Lieber wollte sie noch ein paar Tage in Angst durchstehen, als diese Leute zu enttäuschen. Filous Verschwinden war schon schlimm genug.

Es war so schlimm, dass sie überlegte, ob sie ihr Taschengeld zusammenkratzen und ein junges Kätzchen aus der Zoohandlung besorgen sollte. Was sie aber verwarf, denn das wäre kein Ersatz für Filou und womöglich hätten Pascal und Katharina es als geschmacklos empfunden. Es war so schlimm, dass sie sich den Kopf zerbrach, wie sie das Missgeschick wiedergutmachen konnte. Was für ein unglaubliches Pech, dass Filou ausgerechnet unter ihrer Obhut entlaufen musste!

Und weil das alles so war, empfand sie es als Glück, als am nächsten Tag, am Vormittag um kurz vor 11 Uhr, der Gärtner klingelte. Er trug Filou auf dem Arm und ein gewinnendes Grinsen im Gesicht.

»Rat mal, wo der eingesperrt war? Das ist ein kleiner Räuber, sag ich dir! – Dürfen wir reinkommen?«

Im September

15
Kim

»Ich weiß nicht, ob ich darüber reden kann.«

Die Stimme ist kieksig, schwankt zwischen laut und leise, taumelt und schlängelt sich durch den Raum, während ihr Blick über das Muster des Orientteppichs irrt.

Eine ganze Landschaft, in der man sich verirren könnte. Es wäre schön, so winzig zu sein, dass man sich auf einem Teppich verliefe, die Fransen um einen herum aufragten wie Gräser, Sträucher, Hecken, manche mit Beeren, manche mit Dornen, man wäre so klein und leicht zu übersehen, man wäre in einer anderen Welt, man wäre nicht hier. Hier hetzt ihr Blick durchs Zimmer, weg von der anderen Stimme, die jetzt, ganz behutsam, als traue sie sich selbst nicht über den Weg, sagt:

»Wir können uns ja Zeit lassen.«

Dass die andere Stimme nicht massiv drängt, dass sie zurückhaltend ist und fast so verhuscht wie ihre eigene, das hält ihren Blick zumindest auf; sie muss sich nicht mehr innerlich verkriechen, sie hält inne, hebt den Kopf ein bisschen, die Augen sind jetzt auf Höhe des abgegriffenen Schreibtischs, in dessen Ecke ein Foto von Kindern steht, Töchter in ih-

rem Alter. Töchter, das ist eine mögliche Erklärung für die Vorsicht der anderen, denn die Therapeutin weiß im Innersten wahrscheinlich nicht, ob sie wirklich hören will, woran sich ihre Patientin erinnert. Töchter zu haben heißt: selbst um jemanden zu fürchten; die Therapeutin ist auch eine Frau, das heißt: ein wenig, ein klein wenig kann sie vielleicht mitempfinden.

Dennoch ist sie oft anderer Meinung als das Mädchen.

»Warum«, dieses Wort schreit die Jugendliche regelrecht heraus, »warum«, die Wiederholung leiser jetzt, sie schwenkt den Kopf zu ihrer Gesprächspartnerin herüber, »warum soll ich mich überhaupt erinnern?«

»Weil es der einzige Weg ist, damit fertigzuwerden«, lautet die Antwort. Der Satz ist zu Ende, doch die Stimme der Therapeutin zögert, bevor sie sich senkt, zögert diese Millisekunde, die die Jugendliche vermuten lässt, dass eigentlich ein zweiter Grund hinzugefügt werden sollte. Er wurde verworfen, weil er für die Patientin jetzt, in diesem Moment, eher unwichtig ist. Gleichwohl geht er der anderen aber durch den Kopf, als Frau, als Mutter. Und vielleicht ist es ja auch für andere Mädchen wichtig, dass herausgefunden wird, wie gefährlich der Mann ist.

»Und«, will sie also sagen, »weil er es wahrscheinlich wieder tun wird.«

Daran hat Kim keinen Zweifel.

Immer noch im September

16
Johanna

Während man sich um Kim nach Kräften kümmerte, versuchte Johanna das Überleben allein.

Ausschlaggebend war die Begegnung auf der Kanalbrücke. Verstört, verängstigt, voller Schuldgefühle und mit dem Vorsatz, endlich mit ihrem ganzen elendigen Leben Schluss zu machen, war sie dort hingeradelt. Dann hatte sie sich – vor allem durch den ersten Jungen, den mit den blonden Locken – bedroht gefühlt. Sie hatte sich gefürchtet, ja, aber sie hatte sich gegen zwei junge Männer zur Wehr gesetzt. Gegen zwei!

Zurückgefahren war sie dann als eine, die selbst etwas getan hatte. War sie je so stark gewesen? Ein Mal vielleicht.

Als hätte dieses Erfolgserlebnis in ihrem Kopf einen Schalter umgelegt, ging sie in den nächsten Wochen ihr Leben mutiger an. Beinahe hätte sie dieses Leben weggeworfen, hätte sich beinahe selbst aufgegeben. Aber der aggressive Typ, der meinte, sie ausgerechnet in dieser Situation noch attackieren zu müssen, hatte sie gerettet. Ein Mann, das hatte sie sich in diesem Moment geschworen, würde ihr nie wieder etwas tun.

Auch ihre Schuldgefühle gegenüber Kim waren in den letzten Augusttagen schwächer geworden. Sie konnte nicht sicher sein, dass dieses Mädchen vom selben Mann überfallen worden war wie sie. Obwohl Johanna alle Artikel las, die über den Fall berichteten, fand sie keinen einzigen noch so kleinen Hinweis darauf, dass ihre spontanen Befürchtungen stimmten und der Gärtner der Gesuchte sein könnte. Die wenigen Spuren, die der Täter hinterlassen hatte, waren unbrauchbar gewesen. Zeugen der Entführung gab es nicht. Auch wie Kim in den Kanal gelangt war, war von niemandem beobachtet worden. Die Ermittlungen stockten und Johanna war bald klar, dass sie ihn nicht fassen würden. Nicht, wenn Kim ihn nicht eindeutig beschrieb und belastete. Aber danach sah es nicht aus. Zwar war Kim aus dem Koma erwacht und befand sich auf dem Weg der Besserung, aber vernehmungsfähig war sie offenbar noch nicht.

Das verletzte Mädchen befindet sich weiterhin
in ärztlicher Betreuung

war alles, was über sie zu erfahren war.

Manchmal wünschte Johanna für sich auch eine »Betreuung«, wünschte sich ebenfalls jemanden, der sie in den Arm nahm und versprach, sie zu beschützen. Hatte ihr so jemand nicht schon in den Tagen vor der Tat, als sie allein im Haus der Loskills ausharrte, gefehlt?

Ob sie ihr Herz ausschütten wollte, wusste sie nicht, aber sich einmal fallen lassen täte vielleicht gut. Auch zu wissen, dass man im Notfall jemanden anrufen konnte, der sofort käme und verstand, ohne zu viele Fragen zu stellen, der einen Baseballschläger besaß oder Muskeln oder von ihr aus auch einen guten

Anwalt, der ihr einen erträglichen Prozess ermöglichen würde, einen, bei dem sie sich nicht vor anderen entblößen müsste. Sie wünschte sich jemanden, mit dem sie Hand in Hand gehen konnte.

Dass sie sich das wieder wünschte, war für sie wie ein Wunder. Vielleicht waren es die Nachwirkungen der Ferien bei Oma und Opa oder die anderen kleinen, guten Begegnungen, die ihr Anfang September passierten. Raoul, der Junge, der ihr vor einer Ewigkeit gefallen hatte, war aus den USA zurück und fragte sie zwei Mal, ob er sie zum Eisessen einladen dürfe, einmal sogar, als die anderen Mädchen, die Johanna wegen ihrer in letzter Zeit so abwesenden und abweisenden Art noch aus dem Weg gegangen waren, um sie herumstanden. Obwohl Johanna ablehnte, freute sie sich.

»Warum gehst du nicht mit ihm weg?«, wollte Natalia, ihre neue Mitschülerin, wissen. Sie – auch das war ein Glücksfall – saß nun neben Johanna und begegnete ihr sehr offen, weil sie ja von deren jüngster Zurückhaltung gar nichts wusste.

»Ich bin noch nicht so weit«, antwortete Johanna ehrlich.

»Warum? Willst du dein Leben lang Jungfrau bleiben?« Die Neue – neue Freundin? – hatte gelacht, so wie sie immer lachte, sehr direkt und unkompliziert, und obwohl Johanna eine plötzliche und äußerst heftige Übelkeit spürte und am liebsten bitter gesagt hätte, dass sie das eh nicht mehr sei, hatte sie es geschafft zu lächeln.

Sie hatte es geschafft, Natalia vier Mal zu Hause zu besuchen, und sogar ihre häufigen Berührungen scheinbar locker hingenommen. Ja, vielleicht hatten sie sogar gutgetan, diese unschuldigen Momente, in denen die andere ihre Hand nahm, ihren Nacken massierte, sie umarmte. Natalia war anders als die anderen Freundinnen, die Johanna vorher gehabt hatte und die jetzt langsam wieder Kontakt suchten.

Natalia war auch die Einzige, der Johanna anvertraute, dass sie manchmal durchaus an einen bestimmten Jungen dachte. »Schwärmen« wäre zu viel gesagt, sie habe ihn ja nur ein Mal gesehen.

Aber in was für einem adrenalingeladenen Moment!

Davon verriet sie natürlich niemandem etwas.

Manchmal, nachts im Bett, sah sie zum Mond, der durchs Dachfenster schien, hinauf und stellte sich vor, dass sie auf der Brücke wäre, und wieder käme der Junge, aber diesmal nur der eine, der nette, nicht der laute Idiot, der ins Wasser gefallen war: VINCENT. Vincent sähe sie in ihrer Not, verletzt und trotzdem stark, trotzdem kämpferisch, trotzdem entkommen, und er würde die Arme ausbreiten. Einfach nur das.

Bevor sie sich Vincent womöglich nicht nur im Tagtraum näherte, musste sie aber erst die Scherben, die von der früheren Johanna übrig waren, nach und nach wieder zusammenflicken.

In der zweiten Septemberwoche schrieb sie von einem Plakat die Adresse einer städtischen Anlaufstelle für sexuell missbrauchte Mädchen ab und trug den Zettel gut zehn Tage im Portemonnaie mit sich herum. Sie rief nie an, aber ein paarmal nahm sie das zerknitterte Papier heraus und betrachtete es. Es war ein gutes Gefühl, die Adresse bei sich zu tragen; sie bot eine andere und doch ähnlich wichtige Sicherheit wie die Waffe: *Ich kann mir jederzeit Hilfe holen, wenn ich will.*

So einfach war es leider nicht. Der erste Schritt. Zu jemandem sagen: »Es ist was passiert. Mir ist was passiert. Und zwar …«

Spätestens in diesem Moment würde sie kein weiteres Wort herausbringen. Realistischer wäre es, wenn man sie direkt fragte oder es ihr auf den Kopf zusagte. So heftig das im ersten Moment wäre, manchmal wünschte sie es sich. Immer wieder gab es Momente, in denen sie hoffte, jemand – ihre Mutter, Natalia, Julia, Fadime oder die Klassenlehrerin – nähme ihr Portemonnaie in die Hand, fände die Adresse, verstünde die Botschaft und fragte. Aber alle respektierten ihre Privatsphäre. Selbst wenn Johannas Börse in der Wohnung offen herumlag, ging Petra nicht dran.

Als einmal ein Handwerker angekündigt war und Petra Kleingeld brauchte, um ihm Trinkgeld zu geben, kam sie mit dem geschlossenen Portemonnaie in der erhobenen Hand in Johannas Zimmer. »Kannst du mal schauen, ob du mir den Zwanziger wechseln kannst?«

Johanna lag es auf der Zunge zu sagen: »Guck ruhig selbst«, aber dazu war sie nicht spontan genug.

Sie sah sich in der Stadtbibliothek um, strich ein paar Mal um Bücher zum Thema, fand aber nicht das Richtige, fand nur Fachliteratur oder Krimis, nichts für sich, nichts, das beim Lesen auszuhalten und tröstlich gewesen wäre. Keines davon lieh sie aus. Dabei wäre es ein Zeichen gewesen: »Fragt mich!« – aber zu deutlich, zu hart.

Stattdessen las sie Bücher, in denen Mädchen und Frauen gerettet wurden, bis sie ihrer überdrüssig wurde und sich eines Tages sagte: Da kommt kein Prinz, da musst du dich selbst rausziehen, wenn du es überleben willst.

Hoffen, Warten und Sehnen halfen so viel, wie nachts zum Mond raufzuschauen. Einmal war sie schon stark gewesen, hatte sich selbst gerettet, denn der Mann, der ihr das angetan hatte, hatte gedroht, sie zu töten. Er hätte es wahrscheinlich getan, wenn sie es nicht geschafft hätte zu fliehen. Allein und ohne Hilfe hatte sie sich den Haufen Scherben, der von ihrem Ich übrig war, unter den Arm geklemmt und war gerannt.

Die meisten Teile von ihr rannten noch immer. Aber ein paar wenige waren auch angekommen: bei Oma und Opa, bei Natalia, beim Zettel der Beratungsstelle, beim Traum von dem Jungen, der Vincent hieß und dem sie gesagt hatte, ihr Name sei »Glück-auf«.

»Glück auf« wünschen sich die Bergleute, damit das Glück sie wieder nach oben bringen möge. Heraus aus dem Dunkel, dem nahen Tod, der Kälte, dem Schmerz. Hinauf ans Tageslicht, wo man das Zwitschern der Rotkehlchen hören konnte. Rotkehlchen, das wusste sie von Opa, waren die einzigen Vögel, die auch im Herbst sangen.

Also jetzt.

Freitag, 4. Oktober

17
Johanna

Als der Name Kim Klingenberg zum ersten Mal seit längerer Zeit wieder in der Zeitung stand, hatte Johanna erst zur dritten Stunde Unterricht und blickte beim späten Frühstück überrascht in Kims Gesicht, auf das gleiche Foto, das sie schon kannte. Die Headline lautete:

Sie möchte nur noch vergessen

Johanna las. Kim Klingenberg war weitestgehend körperlich wiederhergestellt und nun mit ihren Eltern auf dem Weg in die vorgezogenen Herbstferien. Ob sie danach wieder hier zur Schule gehen würde, war noch nicht klar. Die Familie denke über einen Umzug nach, so der Artikel, denn Kim wolle nicht mehr dort leben, wo jeder wisse, was ihr passiert sei. Ein Jobwechsel des Vaters käme da gerade recht.

Ich kann dich gut verstehen, dachte Johanna und fuhr mit ihrem Zeigefinger auf dem Zeitungsfoto über Kims Wange, bis ihr Finger voller Druckerschwärze war. Mit den restlichen Informationen hatte sie fast gerechnet: Kims Aussage war so dünn, dass sie lediglich dazu reichte, ihren Exfreund zu entlasten. Sie habe den Täter nicht gekannt, könne ihn aber auch nicht beschreiben. Bevor er sie überwältigte, habe sie nur kurz einen Teil seines Gesichts gesehen. Er habe sie betäubt, und als sie wieder zu sich gekommen sei, hatte er ihr bereits die Augen verbunden. Insgesamt habe sie an die Stunden in seiner Gewalt nur sehr wenige Erinnerungen, und die sie habe, wolle sie so schnell wie möglich loswerden. Der Artikel endete mit einem Zitat:

> »Ich weiß nur, dass es keiner aus meiner Familie und keiner meiner Freunde war. Dass Elias in Verdacht geraten ist, tut mir sehr leid.«

Johannas Blick wanderte weiter nach unten. In einem abgesetzten schmalen Kasten befand sich außer einem Kurzinterview mit dem Jungen auch sein Foto.

Sie pfiff durch die Zähne.

> Elias T., 17, Schüler des Heisenberg-Gymnasiums, wurde fälschlich verdächtigt, der Täter zu sein.
>
> **Tagesrundschau:** »Elias, du bist jetzt sicher erleichtert.«
>
> **Elias:** »Ich bin vor allem froh, dass es Kim besser geht. Das ist das Wichtigste.«
>
> **Tagesrundschau:** »Wie hast du denn die Zeit der Ungewissheit überstanden?«
>
> **Elias:** »Für mich war das keine Ungewissheit. Ich wusste ja, dass ich meiner Freundin nichts angetan hatte. Mich haben aber die Menschen in meiner Umgebung enttäuscht. Viele haben hinter meinem Rücken

geredet, vor allem im Netz ging's richtig ab, und ich weiß, dass manche Mitschüler und selbst Freunde überlegt haben, ob sie mich noch grüßen sollen.«

Tagesrundschau: »Das war mit Sicherheit die schlimmste Erfahrung deines Lebens. Meinst du, du kommst auf Dauer damit zurecht?«

Elias: »Mal sehen. Ich habe in der letzten Zeit die eine oder andere krasse Erfahrung gemacht. Sie glauben ja nicht, was einem alles passieren kann.«

Tagesrundschau: »Dein Mitschüler Vincent hat Kim gerettet (wir berichteten). Wie ist dein Verhältnis zu ihm?«

Elias: »Wie soll es schon sein? Wir schießen jedenfalls nicht aufeinander, wenn wir manchmal zusammen auf der Kanalbrücke sitzen und versuchen, mit der Sache klarzukommen.«

Die Jungen von der Brücke. »Vincent.« Johanna sprach den Namen laut aus. Aufs Heisenberg-Gymnasium gingen er und Elias also. Es war nett von Elias gewesen, dass er aus dem Schuss offenbar keine große Sache gemacht hatte. Dennoch schuldete sie ihm nichts und hatte ihm auch nichts zu verdanken.

Genau wie Kim wollte sie nur noch vergessen. Im Gegensatz zu ihr wusste Johanna aber schon, dass sie das nicht schaffen würden.

Spontan entschied sie, den heutigen Schultag sausen zu lassen.

Sie hatte Lust, VINCENT endlich wiederzusehen.

18
Vincent

Wochenlang hatte Vincent die Augen offen gehalten: im Bus, in der Fußgängerzone, den Einkaufsläden, Diskotheken. Er war ein paar Mal an der Brücke gewesen, hatte mit Edding seine Handynummer und eine Botschaft aufs Geländer geschrieben – *»Glück-auf-Girl, ruf mich an, V.«* – und war mit dem Rad die umliegenden Stadtteile abgefahren, in der Hoffnung, das Mädchen wiederzusehen.

Elias hatte diesen Wunsch, wenn auch aus anderen Gründen, ebenfalls gehegt: Ihretwegen lagen sein Schülerausweis, die Jahresbusfahrkarte und fast vierzig Euro auf dem Grund des Kanals. Elias wollte Schadensersatz, doch er war generell wütend auf alles und jeden. Glück-auf-Girl war unter seinen vielen neuen Hassobjekten noch eine derjenigen, auf die er am wenigsten sauer war. Ihr Verhalten hatte ihn, genau wie Vincent, erschreckt und fasziniert zugleich.

Etliche Male hatten sie über den Vorfall gesprochen, hatten überlegt, warum das Mädchen eigentlich dort gewesen war – sicher nicht wegen Kim. Es musste ein Zufall gewesen sein, dass »die Irre«, wie Elias sie oft nannte, sich in ihrer Krise ausgerechnet auf diese Brücke gesetzt hatte. Elias gab zu, sie falsch eingeschätzt, sie vielleicht auch in die Enge getrieben zu haben, was ihr Verhalten natürlich in keiner Weise rechtfertigte.

»Wenn du sie siehst, sag mir sofort Bescheid. Wir haben noch eine Rechnung offen«, hatte er ein paarmal zu Vincent gesagt, wenn das Thema auf sie kam. Seit einiger Zeit allerdings redeten sie kaum noch miteinander. Elias hatte sich von seinen Freunden zurückgezogen, witterte überall Feindseligkeit.

Dabei hatten Yannik und die Volleyballer, als publik wurde, dass Elias der Exfreund ohne Alibi war, im Web sofort geschlossen eine Erklärung abgegeben, dass sie an seine Unschuld glaubten. Als er vom Training fernblieb, hatten sie mehrfach versucht, ihn zu überreden wiederzukommen. Der Trainer war sogar persönlich hingefahren, doch diese Bemühungen waren umsonst. Elias glaubte, dass die Leute über ihn redeten, die Lehrer ihm schlechtere Noten gäben und die Mädchen die Straßenseite wechselten, wenn sie ihn sahen.

»Ich wünschte, ich hätte auch eine Knarre wie dieses Glückauf-Girl. Ich wüsste schon, was ich damit machen würde. Ich würde Amok laufen, Vince. Ich schwör's dir.«

Vincent hatte Elias' Gefühle anfangs nachvollziehen können. Vor allem, weil Niklas Nordmann in mehreren Unterrichtsräumen »Elias, du perverse Sau« an die Tafeln geschrieben hatte und viele Mitschüler einfach keine Notwendigkeit sahen, aufzustehen und es wegzuwischen. Nach einiger Zeit fand Vincent aber, dass Elias langsam mal aufhören könnte, den Gekränkten zu spielen. Ihm das offen zu sagen, war allerdings ein Fehler gewesen, denn seither gehörte Vincent für Elias plötzlich auch zu den Verrätern.

»Nur aus Mangel an Beweisen frei zu sein, ist keine wirkliche Freiheit, Vince, das kannst du mir glauben. Und Freunde zu haben, die einem sagen, dass man übertreibe, wenn man nicht gut drauf ist, weil die Freundin vergewaltigt und halb umgebracht wurde und man selbst als möglicher Täter abgestempelt wird, das sind auch keine richtigen Freunde.«

»So habe ich das überhaupt nicht gesagt und das weißt du genau«, rechtfertigte sich Vincent. »Ich denke nur, dass es falsch ist, alle Leute in einen Topf zu werfen und überhaupt nicht zu sehen, wenn dir jemand was Gutes will.«

»Wer sollte das denn bitte sein? Natascha ist am Freitagabend in meinen Bus gestiegen und hat sich nicht zu mir gesetzt, sondern so getan, als hätte sie mich nicht gesehen. Hatte wohl Angst, dass ich mit ihr aussteige und sie im Dunkeln überwältige.«

»Wahrscheinlich hat sie dich wirklich nicht gesehen.«

»Müsste sie schon Tomaten auf den Augen gehabt haben. Hast du nicht den Eindruck, dass auf einmal alle Männer in unserer Umgebung unter Generalverdacht gestellt werden?«

»Nein«, hatte Vincent geantwortet, doch Elias hatte sich nicht überzeugen lassen und Vincent war klar geworden, dass er seinen Freund nicht mehr erreichte. Elias igelte sich nachmittags in der Wohnung ein und drückte Vincents Anrufe weg. Die Schule besuchte er nur noch sporadisch, und wenn, dann so kurz wie eben möglich. Ärztliche Atteste wegen Magenschmerzen, Migräneattacken und vieles mehr halfen ihm dabei.

Vincent sehnte den Tag herbei, an dem Elias öffentlich entlastet würde. Als er hörte, Kim habe endlich ein kurzes Statement abgegeben, war er überglücklich.

Am Morgen, als der Zeitungsartikel über Kim und das Interview mit Elias erschienen, freute sich Vincent richtig auf die Schule. Es war ein sonniger Herbsttag mit klarem, blauem Himmel, ein Tag, an dem man hoffen konnte, dass zumindest einiges wieder gut würde. Vielleicht würden er und Elias am Abend ein letztes Mal zur Brücke fahren, eine Flasche Sekt köpfen, um wenigstens dieses traurige Kapitel abzuschließen.

Vincent würde seine hingekritzelte Telefonnummer wieder durchstreichen, denn das Glück-auf-Girl würde sich wohl nicht mehr melden. Eigentlich wusste Vincent gar nicht, warum er überhaupt so oft an dieses Mädchen dachte. Ihr Bild hatte sich in seiner Erinnerung mit dem Amelies vermischt und manchmal – das war unheimlich, bestärkte ihn aber darin, sie wiedersehen zu wollen – trug ihr Gesicht auch Züge von Kim.

Als sie jetzt vor ihm stand, völlig unerwartet, wusste er zuerst nicht, wen er vor sich hatte.

Die Situation war auch mehr als ungünstig. Die große Pause war gerade vorbei, Schülermassen strömten zu den Klassen, er war mittendrin im Geschubse und ziemlich schlechter Laune. Elias hatte ihn enttäuscht. Er hatte nicht nur ausnahmslos allen, die heute auf ihn zukamen, um zu gratulieren, die kalte Schulter gezeigt, er hatte auch Vincent von oben herab behandelt und seinen Vorschlag, am Abend zu feiern, abgelehnt.

»Ich wüsste nicht, was es da zu feiern gibt, Vince. Ich feiere maximal dann, wenn das Arschloch im Knast sitzt.«

Vincent war rot geworden und hatte sich geärgert. Auch er wünschte sich nichts mehr, als dass der wahre Täter gepackt würde. Er hatte sich ständig nach Kims Gesundheitszustand erkundigt, hatte es verstanden, dass ihre Eltern es bei einer handgeschriebenen Karte mit Dankesworten beließen und sich keiner von ihnen persönlich bei ihm, dem Retter, meldete, und er hatte Elias immer zu trösten und zu unterstützen versucht.

Jemand rief seinen Namen.

Rutscht mir alle den Buckel runter, dachte Vincent.

»Vincent!«, hörte er die Stimme wieder rufen. Er blieb stehen und sah sich um. Die Schüler hinter ihm prallten gegen ihn und murrten.

»Glück auf, Vincent! Hast du einen Moment Zeit?«

Sie stand genauso als Hindernis im Strom der vorbeiziehenden Schüler wie er selbst. Groß war sie und schlank, was noch durch ihre zum Pferdezopf nach hinten gebundenen Haare betont wurde. Sie guckte unsicher und herausfordernd zugleich. Und weil er so lange stumm blieb, fragte sie enttäuscht: »Erkennst du mich nicht? Du wolltest doch unbedingt meinen Namen wissen.«

»Die Revolverheldin«, murmelte er. »Ich hätte nicht gedacht, dass ich dich je wiedersehe. Bist du jetzt hier auf der Schule?«

Sie schüttelte den Kopf. Ein kleiner Schüler wurde gegen sie geschubst, sie fuhr zusammen, versuchte es aber zu verbergen. »Ich bin nur mal so vorbeigekommen.«

Vincent wusste noch immer nicht recht, wie er mit der Situation umgehen sollte. Zwar hatte er unzählige Male nach ihr Ausschau gehalten und sich ein Treffen mit ihr gewünscht, die richtigen Worte hatte er sich dafür jedoch nicht zurechtgelegt. Das Mädchen merkte wohl, dass sie ihn auf dem falschen Fuß erwischt hatte, und wurde unruhig. Da der Schülerstrom mittlerweile an ihnen vorbeigezogen war und sie fast allein auf dem Gang standen, wirkte sein Schweigen noch intensiver.

Mit einer abwehrenden Geste entschuldigte sie sich: »Ich wollte nicht stören, ich dachte nur, war nur mal neugierig, wie's euch geht und so …«

»Gut.« Jetzt kriegte Vincent wenigstens eine Antwort hin. »Elias' Hand war nicht so schlimm verletzt. Er hatte sich zwei

Finger aufgeschlagen.« Er hob seine eigenen Hände, zeigte auf den kleinen und den Ringfinger. »Die sind grün und blau geworden, und wenn du ihn jetzt danach fragen würdest, würde er behaupten, sie tun ihm immer noch weh, und Schmerzensgeld fordern.« Er sah, dass sie sich etwas entspannte. »Elias übertreibt sowieso gern. Und ich? Na, siehst du ja. Ich hab jetzt Mathe, wovon ich keinen blassen Schimmer habe.«

»Ich dachte, Jungs stehen alle auf Mathe.«

Vincent lachte. »Da bin ich die große Ausnahme.«

Nun lächelte sie ein bisschen. »Vielen Dank, dass ihr mich nicht angeschwärzt habt.«

»Schon okay. Ich bin nicht der Meinung, dass man immer alles rumerzählen muss.«

»Gut. Ich nämlich auch nicht. Da passen wir gut zusammen.«

Er fuhr sich durch die Haare. »Und sonst? Hast du heute frei?«

»Ich brauchte mal 'ne Pause.« Sie senkte den Kopf, dachte kurz nach, fragte dann: »Vielleicht brauchst du ja auch eine?«

In Mathe konnte er sich ein Fehlen überhaupt nicht erlauben. Sport oder auch Englisch – kein Problem, aber Mathe? Nächste Woche stand die Klassenarbeit an. Dennoch rang er sich zu einem Nicken durch. »Werde ich eben später zum Unterricht gehen und sagen, mir sei schlecht geworden.«

Sie strahlte. »Du könntest zum Beispiel sagen«, begann sie und lief langsam Richtung Ausgang voraus, »du hättest gestern mit deinen Eltern Pilze gesammelt. Versehentlich muss ein Spitzkegliger Kahlkopf dabei gewesen sein und jetzt ist dir ganz übel.«

Vincent schloss zu ihr auf. »Kennst du dich mit so was aus?«

»Ein bisschen«, antwortete sie gut gelaunt.

»Du züchtest aber nicht in eurem Keller Giftpilze, um noch ein paar andere Waffen parat zu haben? Frauen sollen ja angeblich eine Schwäche für Giftmorde haben.«

Sie lachte. »Nein. Ich mag vor allem die Namen: Hexenröhrling, Gelbgestiefelter Schleimkopf, Bauchwehkoralle …«

»So, so. Die Bauchwehkoralle mischst du bei Zickenalarm mittags in der Mensa deinen Mitschülerinnen unter.«

»Bisher habe ich sie verschont. Aber du bringst mich auf Ideen.«

»Bei manchen Pilzen soll man ja auch wie auf Drogen sein.«

»O ja«, Glück-auf-Girl lachte ausgelassen, »die könnten wir den Lehrern verabreichen. Und du könntest jetzt gleich so tun, als wärst du in einem Rausch. Dann käme es noch authentischer rüber.«

»Wie? So?« Vincent streckte die Arme aus, lief Schlangenlinien und lallte vor sich hin.

Sie kicherte und wandte sich dann nach rechts, um den Schulhof zu überqueren. Schnell schob er sie zur anderen Seite.

»Hey, lass das!« Fauchend hob sie den Arm. Die lockere Stimmung war wie weggeblasen.

»Sorry, aber da kommen wir direkt an den Fenstern meines Klassenraums vorbei.«

»Ach so.« Verlegen bückte sie sich, hob eine Kastanie auf, drehte sie in der Hand hin und her.

Dass sie leicht reizbar war, wusste er ja bereits. Vincent zeigte auf ein paar bunt bemalte Holzklötze, die geschützt vor den Blicken aus dem Lehrerzimmer und seinem Klassenraum unter dem Kastanienbaum standen. »Setzen wir uns?«

Sie wählte den Platz, der am weitesten weg von seinem war, schlug die Beine übereinander, umklammerte die Kastanie mit beiden Händen und sah ihn an, als erwarte sie, dass er ihr etwas erzählen würde.

»Tja«, begann er, »ich freu mich ja, dass du mich besuchst. Elias und ich waren ganz schön erschrocken an dem Abend.«

»Ich hab mich auch erschreckt.«

»Wahrscheinlich nicht so wie wir.«

Sie schwieg.

»Was ich mich die ganze Zeit gefragt hab: Wolltest du dich wirklich …« Noch während er sprach, merkte er, dass die Frage nach ihren Selbstmordabsichten vielleicht etwas zu intim war. Er biss sich auf die Lippe. »Also jedenfalls, wir waren an der Brücke, weil dort ja Kim Klingenberg gefunden wurde. Ich weiß nicht, ob du davon gehört hast?«

»Hab ich.« Jetzt sah sie aus, als kämpfe sie mit den Tränen, und Vincent wusste wieder nicht, ob das ebenfalls ein schlechtes Thema war. Aber über irgendetwas mussten sie ja reden. »Elias hat dich für eine Schaulustige gehalten. Kim war seine Freundin. Deshalb ist er so ausgeflippt.«

»Sag ihm, dass mir das leidtut – das mit Kim, meine ich.«

»Ich kann ihn von dir grüßen.« Er wird mich nach den 40 Euro fragen und wer ihm seine verlorene Fahrkarte ersetzt, dachte Vincent, aber das sagte er ihr lieber nicht.

»Ich fand es auch nett, dass ihr mich nicht verpfiffen habt. Ich hätte ordentlich Ärger bekommen.«

»Wo hattest du die Waffe überhaupt her?«

»Von meinem Opa geklaut.«

»Du bist echt stark drauf: Du machst blau, du stiehlst, du schießt auf Leute oder vergiftest sie mit Pilzen …«

Da lachte sie, richtig fröhlich war sie jetzt, zupfte sich das Haargummi vom Kopf und schüttelte den Pferdezopf aus, sodass ihr die braune Mähne locker über die Schultern fiel.

»Wow«, sagte er leise. »Und? Hast du sie noch?«

Ihr Lachen hörte auf, nur ein Grinsen blieb; sie beugte sich vor, blickte ihm tief in die Augen, als wolle sie ihn anmachen – sie machte ihn die ganze Zeit schon an, oder? –, und flüsterte: »Wenn ich sie brauche, dann, verlass dich drauf, weiß ich, wo sie ist.«

Vincent war sprachlos, doch leider nur für einen Augenblick. Er wäre es lieber für die nächsten drei Stunden gewesen, wenn er den Satz, der ihm als Nächstes herausrutschte, wieder ungesagt machen könnte: »Hast du einen Freund?«

Sie lachte wieder, ungläubig diesmal, und stand auf. »Gehst du immer so ran?«

»Nein, gar nicht.« Jetzt stand er auch auf. »Ich weiß auch nicht, was mir in den Sinn gekommen ist. Das müssen die Rauschpilze gewesen sein.«

»Nur vom Gedanken daran wird man nicht high.«

»Ja, weiß nicht ...« Er trat von einem Bein aufs andere. »Hast du denn nun einen? Und wie heißt du? Und warum bist du eigentlich hergekommen? Das sind berechtigte Fragen, wenn man mich von Mathe abhält.«

»Aha.« Sie verschränkte die Arme über der Brust. »Also gut. Ich weiß nicht, warum ich hergekommen bin. War ein spontaner Einfall, eine Schnapsidee. Zufrieden?«

Er pustete geräuschvoll die Luft aus. »Schade. Ich dachte, du wolltest mich wiedersehen.«

»Vielleicht spielte das ja auch mit«, flüsterte sie.

Vincent spürte ein Gefühl in seinem Brustkorb, als scheine

direkt die Sonne darauf. »Und die anderen Fragen?«, wollte er wissen.

»Kein Freund.« Sie drehte die Kastanie zwischen den Fingern und bekräftigte: »Nein.«

»Ich bin auch Single. Aber nicht, dass du jetzt denkst, ich wär … irgendwie … auf der Suche oder so.« Er merkte, wie sie ihn ansah, und das Blut stieg ihm in den Kopf. »Es kam mir einfach nur gerade so in den Sinn. Ich hab mir gedacht, wenn das Glück-auf-Girl schon so tough drauf ist, wie muss dann ihr Typ sein, wenn sie einen hat.«

»Sie hat keinen.«

»Ich auch nicht. Keine Freundin, meine ich.«

»Gut zu wissen.« Die Kastanie flog im hohen Bogen auf den Hof, titschte ein paarmal auf und rollte unter einen Papierkorb. »Wie hast du mich gerade genannt?«

Vincent grinste. »Das Glück-auf-Girl.«

Wenn sie sich freute, hatte sie Grübchen in den Wangen. »Nett, aber das passt gar nicht zu mir.«

»Den Namen hast du dir doch selbst gegeben.«

»Ach ja.« Als würde sie sich jetzt erst erinnern, schlug sie sich mit der flachen Hand an die Stirn. »Ich bin manchmal etwas …« Offenbar suchte sie nach einem Wort, das einigermaßen schmeichelhaft klang.

»So, als ob du Rauschpilze gegessen hättest«, schlug er vor.

»Ja, das könnte passen.«

»Na, dann gehen wir doch mal zusammen in den Wald.«

»Gut. Wann?«

Meinte sie das ernst? Sollte er nicht lieber ein Eisessen vorschlagen? Oder das Kino? Einen Discobesuch?

»Wir könnten uns heute Nachmittag am Wildgehege treffen. Oder … lieber erst morgen. Ja, morgen ist besser. Sonst geht mir das zu schnell.«

Es läuft doch noch gar nichts zwischen uns, dachte Vincent, erfreut und irritiert zugleich. Dieses Mädchen löste anscheinend fortwährend ambivalente Gefühle in ihm aus. Sie schien selbst nicht recht zu wissen, was sie wollte, machte mutig zwei Schritte vor, erschrak dann über sich selbst und stolperte drei Schritte zurück. Er beschloss, selbst etwas forscher zu werden. »Morgen soll's aber regnen, also lieber heute Nachmittag, halb vier am Wildgehege. Wenn dir das nicht zu schnell geht.«

»Äh, ja, nein.«

»Aber nicht, dass ich da hinfahre und du kommst nicht.«

»Wenn ich zusage, komme ich auch.«

»Gut, dann haben wir jetzt ein Date.« Er streckte ihr die Hand hin.

Sie zögerte, sie zu nehmen, fand die Geste vielleicht zu steif und schlug nur kurz mit ihrer Hand dagegen. Ihre Fingerspitzen berührten seine, ihr Arm pendelte hin und her.

»Erfahre ich jetzt noch deinen richtigen Namen?«

»Nee, nicht so gern.«

»Ein Geheimnis, oder was?«

Sie zog an ihrem Ohrläppchen, in dem ein Loch, aber kein Ring zu sehen war. »Sei mir nicht böse. Ich bin immerhin hiergekommen und jetzt sind wir schon verabredet. Mehr ist wirklich nicht drin.«

»Gut«, antwortete Vincent. »Aber du kommst.« Er zeigte mit dem Finger auf sie.

»Ja, ich komme.«

»Bis heute Nachmittag. Ich geh jetzt zu Mathe. Ciao.«

Er drehte sich um, schob die Hände in die Hosentaschen, lief aufs Schulgebäude zu und zwang sich dabei, sich nicht ein einziges Mal umzusehen. Er war sich sicher, würde er das tun, käme sie nicht. Wenn sie das überhaupt vorhatte.

19
Johanna

Johannas tatenfreudigster Vormittag seit Langem war noch nicht zu Ende. Sie fuhr in die Stadt und schlenderte durch die Bekleidungsläden. Sich dazu durchringen, etwas anzuprobieren, konnte sie nicht, weil sie sich in keine Umkleidekabine zwängen mochte, aber das Durchsehen der Kleider fand sie heute immerhin schon wieder interessant. Sie wäre jetzt durchaus in der Lage, in den nächsten Tagen endlich mit Natalia den versprochenen Shoppingbummel zu machen. Alles ging besser. Sie kehrte ins Leben zurück, und solange sie mit konzentriertem Blick die Herbstmode studierte, brauchte sie sich auch nicht zu fragen, warum sie Vincent nicht nur besucht, sondern sich anschließend auch noch mit ihm verabredet hatte. Letzteres war nicht geplant gewesen. Sie hatte nur gucken wollen, maximal Hallo sagen. Aber doch nicht mehr!

Bei der Erinnerung an ihr Auftreten wurde ihr heiß und kalt. War das die alte Johanna gewesen, die da aus ihr gesprochen hatte? So forsch war sie damals nicht gewesen, oder? Nicht ausgeschlossen, dass sie sich einen gewissen Todesmut angeeignet hatte. Auch wenn sie immer noch mit der vernichtenden Stimme in ihrem Kopf zu kämpfen hatte, gab es neuerdings auch eine andere Stimme, die ihr sagte: Mach doch! Was soll dir denn noch passieren?!

Sie nahm eine nachtblaue Wollmütze von einem Ständer, stülpte sie sich über den Kopf und riskierte einen Blick in den Spiegel. Mützen waren nicht nur in Mode, sie waren auch hilfreich. Sie durfte nicht vergessen, dass sie jederzeit Gefahr lief, dem Kerl wiederzubegegnen. Eine Mütze sorgte dafür, dass man nicht gleich erkannt wurde, ohne dabei das eigene Blickfeld einzuschränken.

Vor einem Jahr hätte sie keine Mütze aufgesetzt, weil sie damals noch kurze, hochstehende Haare hatte, eine flotte, aber nicht gerade pflegeleichte Frisur, die jeder Sonnenhut ruiniert hätte. Vor einem Jahr hatte Johanna gezeigt, was sie hatte: baumelnde Ohrringe und enge Tops, sie hatte sich die Nägel in verschiedenen Farben lackiert und es toll gefunden: die bunten Finger auf den schwarz-weißen Tasten, die lustigen Zehen, baumelnd über dem Beckenrand.

»What a difference a day makes, twenty-four little hours.«

Du wirst doch jetzt nicht diesen Song summen! Der ist viel zu leicht, viel zu freundlich für das, was passiert ist, nachdem du den Mann mit dem Kater auf dem Arm ins Haus gelassen hattest. Alles ist kaputtgegangen in diesen schrecklichen Stunden.

Johanna blickte, die Mütze noch auf dem Kopf, weiter auf ihr Spiegelbild. Sah es zerbrochen aus? Gezeichnet? Oder immer noch so attraktiv, dass ein Junge wie Vincent Lust hatte, sich mit ihr zu treffen? Das war Wahnsinn, oder? Und er hatte große Lust dazu, definitiv. Auch sie wollte es, sie verspürte ein gewisses übermütiges Gefühl im Bauch. Selbst dort, wo sonst nur krampfartiger Schmerz zu fühlen war, spürte sie ein angenehmes Kribbeln. Auch die Finger waren fröhlich, so begierig darauf, mal wieder Tasten zu drücken und Töne zu erzeugen, dass sie einen Moment sogar den Gedanken erwog, sich in der Fußgängerzone an das Klavier, das ein Musikhaus bei gutem Wetter als Werbung nach draußen schob, zu setzen und zu spielen.

Wenn dann Vincent vorbeikäme, würde er Augen und Ohren machen.

Aber vielleicht war Vincent auch nur neugierig auf das Mädchen mit der Waffe und hatte ein ganz falsches Bild von ihr. Dass er das verletzte, verschreckte Etwas hinter der toughen Revolverheldin mögen könnte, war kaum vorstellbar.

Ihre einzige Chance war wohl, diese Seite zunächst zu verbergen. Sich auf das zu besinnen, was an ihr noch heil war und was gerade heilte, was sie sonst noch zu bieten hatte. Sie konnte mit und ohne Mütze immerhin noch nett grinsen, wenn sie es wollte.

Gedankenverloren legte sie ihre Finger auf die glänzend geputzte Ablagefläche, auf der sie sogleich fettige Abdrücke hinterließen. Lautlos bewegten sie sich auf der Mützenvitrine, spielten ein längst vergessen geglaubtes Stück.

Eine Verkäuferin, die sie schon seit einer Weile beobachtete, kam jetzt heran: »Möchtest du die Mütze kaufen?«

Johanna war die Frau zutiefst unsympathisch, ihr angeekelter Blick auf die verschmierte Glasfläche, ihre hochnäsige Art, die ausdrückte, dass sie mit einem »Nein« rechnete. Johanna wollte die Mütze, doch das Auftreten der Verkäuferin in Kombination mit dem gerade Gedachten lähmte sie. Sie zog sich die Mütze vom Kopf.

»Ob du die Mütze kaufen möchtest?!«

Nicht von Ihnen, dachte Johanna. »Haben Sie die auch in anderen Farben?«

Die Verkäuferin verzog das Gesicht, setzte sich die Halbbrille, die an einer Goldkette um ihren Hals hing, auf und beschäftigte sich widerwillig mit dem Etikett.

»Nein«, sagte sie dann fast triumphierend.

Johanna nickte, tat enttäuscht, ging weiter, drehte eine Runde und noch eine, bis die Frau außer Sicht war, und holte sich die Mütze dann. Einen Moment dachte sie an Vincent und überlegte grinsend, sich die Mütze einfach einzustecken. Da war wieder dieser Gedanke: Was konnte ihr noch passieren? Dann fiel ihr die Waffe ein. Sie konnte nicht riskieren, dass man sie bei ihr fand.

20
Vincent

»Gib's zu, dass du ein Date hast!«, stichelte Isa und stemmte sich gegen die Badezimmertür.

»Raus mit dir!« Vincent schob von innen. Isa begann vor Vergnügen zu kreischen.

»Was ist los?« Mama guckte um die Ecke.

»Er macht sich schön und übergießt sich literweise mit Aftershave. Er hat eine neue Freundin!«

»Blödsinn.« Vincent ärgerte sich, denn seine Mutter ging auf das Spiel ein und sagte: »Das riecht doch gut. Als junges Mädchen würde ich ihn nehmen.«

»Nee! Ich nicht. Er stinkt wie 'ne ganze Parfümabteilung, und wie er sich die Haare gemacht hat, das geht gar nicht.«

Krachend zog Vincent die Tür hinter sich zu. Möglicherweise hatte er wirklich übertrieben, als er versucht hatte, seinen Wuschelkopf so aufzustylen, wie Yannik es immer tat – zumal er nicht in die Disco ging, sondern ins Wildgehege –, aber er hatte keine Zeit mehr, es zu ändern.

Er verließ das Bad – die Lästermäuler waren glücklicherweise ins Wohnzimmer verschwunden –, rief »Tschüss!« und machte sich auf den Weg.

Er hatte keine Ahnung, ob das Glück-auf-Girl kommen würde oder nicht. Auch seine Vorstellung davon, wie der Nachmittag mit ihr verlaufen würde, war völlig unklar. Mit Amelie war es einfach gewesen: Sie hatten sich zum Schnorcheln verabredet, zum Beachvolleyball, zum Tanzen am Abend in der Stranddisco. Eines hatte das andere nach sich gezogen, und sich zu küssen war bald eine natürliche Folge ihrer Unternehmungen gewesen, genau wie etwas Erfrischendes an der Bar zu trinken. Amelie hatte seinen Urlaub auf unkomplizierte, fröhliche Weise bereichert.

Wenn er über das Glück-auf-Girl eins schon zu wissen glaubte, dann, dass sie schwierig war.

Vielleicht würde sie ihn dafür im Gegensatz zu Amelie aber nicht eines Tages kommentarlos fallen lassen.

Vincent kam zu spät, denn auf halbem Weg sprang ihm die Kette ab, und kaum war er wieder flott unterwegs, merkte er, dass er seit Ewigkeiten nicht mehr am Wildgehege gewesen und eine Straße zu früh abgebogen war.

Das Glück-auf-Girl wartete inmitten der Tiere. Sie hatte eine Tüte Futter gekauft, hielt es in ihren offenen Händen und ließ es die Tiere ablecken. Noch hatte sie ihn nicht gesehen, weil sie ihm den Rücken zugedreht hatte. Obwohl sie eine Mütze trug, erkannte er sie sofort an ihrer Kleidung. Sie schien ganz in der Tätigkeit des Fütterns aufzugehen und er zögerte einen Moment, bis er sie rief, unschlüssig, ob er sie stören solle.

»Hallo!« Schöner wäre es, ihren Namen zu kennen, aber der schien ja ein Geheimnis zu sein.

Sie drehte sich um. »Vincent! Ich dachte, du kommst nicht.«

»Hab mich verfahren.«

»Kommst du rein?«

Ein Blick auf ihre verschmierte Jeans verriet ihm, dass die Tiere mit ihren erdigen Hufen an einem hochstiegen. Wofür hatte er sich rausgeputzt? Lieber bliebe er hinterm Zaun, aber er wollte nicht wie ein Langweiler rüberkommen, also trat er ein und streichelte die Tiere.

»Bist du oft hier?«

Sie schüttelte den Kopf, lachte, obwohl es nicht angebracht schien. »Ich geh selten raus.«

»Im Ernst? Den Eindruck machst du aber nicht.«

»Ich hatte Stress mit jemandem, wollte dem nicht begegnen, deshalb.«

Vincent glaubte zu verstehen. »So geht es gerade meinem Freund. Elias ist der Ansicht, dass er gemobbt wird und alle ihn doof angucken, aber wenn du mich fragst, bildet er sich das ein.«

Ihr Ton war scharf: »Ich habe mir das nicht eingebildet.«

»Hab ich ja auch nicht gesagt, oder?«

Sie drehte ihm den Rücken zu.

Ja, er hatte richtig getippt: Sie war schwierig.

»Kannst ja mal erzählen, wenn du willst«, bot er an.

»Pahaa!«

»Was sollte das denn jetzt heißen? War das jetzt ein Lachen oder …«

Sie fuhr wieder zu ihm herum, ähnlich temperamentvoll wie an dem Abend auf der Brücke. Was sie sagte, sollte cool klingen, ihr Gesichtsausdruck verriet aber, dass sie nahe dran war, in Tränen auszubrechen. »Das wirst du kaum hören wollen. Und ich wüsste auch nicht, warum ich dir ausgerechnet bei unserem allerersten Treffen meine Lebensgeschichte erzählen sollte.«

»Stimmt, der Zeitpunkt ist ungünstig. Aber interessieren tut's mich schon. Immerhin haben wir uns wegen deiner Geschichte kennengelernt. Weil du auf der Brücke Dummheiten machen wolltest und ich zufällig an genau diesen Ort auch keine guten Erinnerungen habe.«

»Schicksal, was?«

»Wenn man es so nennen will. Bei dem Wort denk ich an Räucherstäbchen.«

Ihr Gesicht entspannte sich. »Ein komischer Zufall ist es aber schon, dass wir uns dort so begegnet sind.«

»Kannst ja mal die Hintergründe auspendeln.«

»Womit wir wieder bei den Rauschpilzen wären.«

Sie grinsten.

Vincent trat etwas näher. Sie reichte ihm die Tüte mit dem Futter.

»Nur keine Scheu. Sie beißen nicht.«

»Das will ich auch meinen. Sonst beiß ich zurück.«

Er bot den Tieren das Futter an und ließ sich von ihren kitzelnden Schnauzen über die Handflächen lecken. Einen Moment schwiegen sie.

»Hast du ein Haustier?«, fragte sie.

»Momentan nicht. Wir hatten Katzen, aber nachdem die letzte gestorben ist, wollte meine Mutter keine mehr anschaffen. Ist zu traurig, wenn dem Tier was passiert. Ich denke aber, wir werden demnächst wieder ins Tierheim gehen und eine aussuchen. – Und du?«

Sie schüttelte bedauernd den Kopf.

»Aber eine lustige Mütze.«

»Ja?« Sie wurde ein bisschen rot, zog sie sich vom Kopf, schob sie in die Tasche ihres Anoraks und sagte: »Ich wollte inkognito kommen.«

»Ich werde immer neugieriger.«

»Worauf?«

»Auf deine Geheimnisse.« Würde sie wieder schräg gucken? Nein, sie blieb locker, grinste.

»Erwarte dir nicht zu viel«, sagte sie. »Geheimagentin bin ich jedenfalls nicht.«

»Schade.«

Das Futter war aufgebraucht. Sie schlenderten langsam zum Gatter zurück und schlugen den Weg ein, der den Hügel hinunter durch den Wald zum Ententeich führte. Ihre Räder schoben sie neben sich her. Er erzählte von seinen verschiedenen Sportaktivitäten; sie sagte, sie habe wenige Hobbys, früher hätte sie Klavier und Badminton gespielt.

»Musikalisch bin ich nicht, aber ein Match können wir gern machen.«

Sie breitete die Arme aus und ließ ihren Blick über den schmalen, aber lang gezogenen Ententeich schweifen, um den ein Uferpfad mit Spazierbänken herumführte. Eine alte Frau mit ihrem Enkelkind fütterte die Stockenten. Das Wasser war so glatt, dass der blaugraue Himmel mit seinen weißen Quellwolken sich darin spiegelte, ebenso die Bäume, die Färbungen des Laubes. »Oder einfach ein Wettrennen um den See machen. Danach wär mir jetzt.«

Vincent ließ einen kurzen Überraschungslaut hören, dann stellte er sein Rad ab und schloss ihres daran fest.

»Wer gewinnt, darf den Namen des anderen erfahren.«

»Deinen kenne ich ja schon, Vincent.«

»Such dir aus, was du wissen willst, wenn du gewinnst.«

Sie guckte listig. »Du glaubst, ich gewinne sowieso nicht.«

Vincent hoffte, nicht allzu hochmütig zu wirken. »Such dir was aus«, wiederholte er.

»Ich habe mir was ausgesucht. Das verrate ich aber erst später.«

»Top, die Wette gilt.« Er hob die Hand.

Sie schlug dagegen.

Er sagte: »Bei Drei!«, zählte und rannte los.

21
Johanna

Johanna konnte sich nicht erinnern, wann sie das letzte Mal mit jemandem so locker herumgeflapst hatte. Da sie aber nicht wusste, wie lange sie diesen Spaß durchhalten konnte und wie sie sich Vincent nähern sollte, falls überhaupt, drängte sich ein Wettrennen mit ihm fast auf.

Und es machte Laune: Neben ihm herstürmen, ihn anrempeln, sich von ihm am Anorak ziehen lassen, ihm den Weg abschneiden, über Baumwurzeln springen, schnatternde Enten aufscheuchen …

Wer erreicht zuerst die Zielgerade?

Rennen war Glück.

Wäre Johanna damals nicht schnell gewesen, wäre sie dem Mann nie entkommen. Sie war ihm entkommen, war um ihr Leben gerannt, damals, an jenem fürchterlich heißen Tag im letzten Sommer.

Sie hatte keine Schuhe angehabt. Jeder Schritt der nackten Sohlen auf dem scharfsteinigen Feldweg hatte wehgetan. Die Beine waren schwer, schmerzten ebenso wie der Bauch, und das an sich gerissene Handtuch, das sie schützend vor sich hielt, war mehr als hinderlich. Das Bikini-Oberteil, das sie in der Eile von der Leine im Garten gezogen hatte, verlor sie auf halbem Weg. Die dazugehörige Hose, die sie unendlich viele Stunden zuvor mit einer Wäscheklammer angeheftet hatte, hatte sie in der Eile gar nicht abgekriegt. Das Handtuch verlor sie wenig später. Keine Zeit, es aufzuheben. Splitterfasernackt war sie über den Feldweg Richtung Wald gelaufen, ohne irgendetwas an durch die pralle Sonne. Von allen Häusern, deren Gärten an das Feld grenzten, hätte man sie, zumindest aus den oberen Stockwerken, sehen können. Doch war es noch immer heiß, die Leute hatten die Jalousien geschlossen und sich in den Schatten verkrochen. Nur am Horizont kam ihr eine Gestalt mit großem Hund entgegen. Der Hund hatte sie, rennend, schon erspäht. Sie konnte auf die Entfernung sehen, wie er stehen blieb und aufmerksam die Ohren aufstellte. Sie wusste, Mensch und

Hund bedeuteten Hilfe, zugleich aber, dass der Hund sie umkreisen und der Besitzer, womöglich auch ein Mann, sie ansehen würde. Niemand sollte sie so sehen, keiner sollte etwas ahnen, an ihr schnuppern wie der Hund, und da war sie trotz der Gefahr, verfolgt zu werden, nach links abgebogen, hatte sich ihren Weg durch kniehohe Gräser, Brennnesseln und Stachelgestrüpp gebahnt und sich ins schattige Dunkel der Bäume geflüchtet.

»Hab dich!« Er kam von der Seite, umschlang sie mit den Armen.

Sie fiel auf die Knie, die Hände schlugen auf dem Waldboden auf, die Finger krallten sich in die Erde, und obwohl sie wusste, wer da neben ihr übermütig »Gewonnen!« rief, wer mit ihr auf dem Waldweg saß und erstaunt über sich selbst sagte: »So ein verrücktes Date habe ich noch nie gehabt«, befand sie sich gedanklich noch im letzten Sommer.

Sie musste ihre Finger noch fester in den weichen Boden graben: Erde unter den Nägeln, Steinchen, Gräser. Sie musste noch konzentrierter schauen: Reste aufgeweichten Brots, umgeknickte Schilfhalme, eine Zigarettenkippe, ein Käfer, Entenkot, der Fuß einer Sitzbank, Vincents Hand, die sich jetzt vom Boden hob, über den Stoff der Jeans fuhr, aus ihrem Blickfeld verschwand.

»Alles klar?«, fragte er unsicher. »Ich hab nicht zu stark geschubst, oder?«

Sie schüttelte den Kopf. Gib mir noch einen Moment, dachte sie, lauf nicht weg, sei nicht verschreckt, ich kann nicht anders. »Sekunde, Vincent, okay?«

»Sicher.« Seine Stimme war beunruhigt, aber seine Hand in

Reichweite, hilfsbereit hing sie vor ihrem Gesicht und Johanna konnte sie ergreifen, sich an ihr hochziehen, ihn ansehen, einatmen, lächeln.

»Entschuldigung.«

»Wofür? Ich hab dich doch geschubst.«

Sie schaffte es, den Kopf zu schütteln, energisch und wie ein Hund, der Wasser aus dem Fell bekommen will.

»Entschuldige, dass ich manchmal etwas länger brauche.«

Er lachte, entweder weil er nicht verstand oder weil er jetzt nicht verstehen wollte. »Okay, das heißt also, du siehst ein, dass ich gewonnen habe. Gut. Dann hätte ich jetzt gern meinen Preis!«

Für einen Moment dachte sie, er wolle einen Kuss, aber immerhin dachte sie es, ohne allzu sehr zu erschrecken. Erst dann fiel ihr ein, was sie ausgemacht hatten. »Ist dir das so wichtig?«

Er legte den Kopf schief, imitierte eine Kinderstimme. »Meine Mama hat gesagt, ich soll nicht mit fremden Mädchen weggehen, deren Namen ich nicht kenne.«

Sie fuhr sich mit den Händen durch die Haare, die dadurch wahrscheinlich ganz grasig, erdig und entengrützig wurden, aber ihr war's egal, denn er sah sie so an, als fände er sie hübsch, und das war doch auch was.

»Mein echter Name ist lange nicht so schön wie der, den du mir gegeben hast. Du hast dir da mit deiner Fantasie …«

Er unterbrach sie, strahlend: »Ich bin eben kreativ. Vielleicht würde ich dich aber gern in den nächsten Tagen wieder zu einem Wettrennen herausfordern, oder dich einfach mal so anrufen, zum Beispiel, um dich einzuladen, weil ich eine ziemlich gute Pizza backe.«

»Bei dem Gedanken könnte ich gleich noch eine Runde rennen.«

Vincent schien um eine Antwort verlegen, und auch sie selbst hatte sich solch trockenen Humor gar nicht zugetraut; sie fing an zu lachen, er lachte mit und, okay, da nannte sie ihn eben, den Vornamen: Johanna.

Im Oktober

22
Kim

»Schaffst du es, noch ein Stück weiterzugehen?«

Kim nickt, während sie mit dem Stuhl gleichzeitig von der Therapeutin wegrutscht, als könne sie durch die räumliche Distanz zur Fragenden der Frage entgehen. Sie rutscht vom Teppich herunter bis auf den Parkettboden, auf dem irgendwas liegt, eine Zeitung, ein Stapel Zeichnungen. Sie kann nicht hinschauen, was sie da gerade zerknittert. Sie ist wie gelähmt, denn das schabende Geräusch des Stuhls auf dem Boden ist das gleiche Geräusch wie das der sich hinter dem Mann schließenden Tür, und sie spürt hier und jetzt dasselbe Gefühl wie damals: in der Falle zu sitzen; sie weiß, sie soll sich erinnern, sie soll in Gedanken in der Vergangenheit sein, mit dem Körper aber hier, in Sicherheit; so geht doch diese Übung, aber sie geht zu schnell; sie läuft aus dem Ruder. Dieselbe aufsteigende Panik wie damals nimmt von ihr Besitz und das soll so sein oder auch wieder nicht; Kim weiß es nicht.

Die Therapeutin ist besorgt, sie beugt sich vor, kommt nur ein Stückchen näher, ändert bloß ihre Sitzhaltung, Beine nicht übereinanderge-

schlagen, sondern Füße nach vorn, rutscht zu ihr hin, um näher zu sein, um ihr Halt zu geben, aber da ist für Kim zunächst nur ein Fuß, er ist es, den sie sieht, und natürlich, es ist ein ganz anderer Fuß, ein anderer Schuh, ein Damenschuh, es ist nicht seiner, sie ist nicht in dem fremden Haus, sie ist gar nicht in der Stadt, sie ist bei ihrer Therapeutin und in Sicherheit.

Sie ist durcheinander.

»Wir machen das nur, wenn du dir das zutraust.«

Aber sie ist ja schon mittendrin, ohne es gewollt zu haben, ohne zu wissen, wie es passiert ist. Sie hat doch gerade nur erzählt, wie sie ins Ärztehaus gegangen ist, das war das Letzte, fast das Letzte, was sie von jenem Tag sicher weiß und mit einigermaßen Ruhe aussprechen kann. Sie hat die Tür geöffnet und nicht darauf geachtet, dass sie sich nicht direkt hinter ihr schloss und er ihr in den Flur folgen konnte. Indirekt hat sie ihn also hineingelassen, ohne es zu wollen natürlich, ohne zu wissen, was ...

»Ich wusste nicht, was passieren würde«, ruft sie.

»Natürlich nicht.« Die Therapeutin scheint nicht erstaunt über diesen Ausbruch, ein wenig nervös gleichwohl.

»Ich wusste es nicht«, wiederholt Kim und die Therapeutin nickt, das könnte noch ein paar Mal so gehen, es wäre okay, wäre tröstlich und hilfreich, wenn es noch zehn Minuten so ginge: Ich-wusste-es-nicht, Bestätigung, Ich-wusste-es-nicht, Bestätigung – aber es ein drittes Mal zu wiederholen, traut Kim sich dann doch nicht; sie tut es nur in Gedanken, sie schließt die Augen und krallt die Hände um die Lehnen. Sie schweigen beide.

»Wir können beim nächsten Mal an diesem Punkt weitermachen. Ich glaube, du brauchst eine Pause«, sagt die Frau, die auch Töchter hat, die möchte, dass so etwas nicht mehr passiert, nicht durch den einen Mann, nicht durch andere. Daher kommt es Kim jedes Mal so vor, als läge eine

unausgesprochene Bitte darin, durchzuhalten, sich ganz in die Situation zu begeben und endlich zu reden, damit nicht vielleicht morgen schon wieder ein Mädchen diesem Schicksal ausgeliefert ist.

Es ist ja nicht so, dass Kim das nicht auch wollte. Es ist ja nicht so, dass ihr das Überleben der anderen egal ist. Doch dass sie überlebt hat, gerade so mit Glück überlebt hat, heißt nicht, dass es leicht wäre, weiterhin am Leben zu sein. Jeden Tag überlebt sie so gerade eben wieder, schon ein kurzes Geräusch kann sie an den Abgrund bringen, schon ein Geruch um den Verstand, und da soll sie noch tiefer hinein, sich vorstellen, sie ließe sich an einem Seil in die Hölle hinunter? Nein, wie soll das gehen, so weit ist sie noch nicht, und überhaupt, was kann sie denn dort schon finden, was hätte sie denn schon in den Händen, um den Mann zu entlarven, nichts, nur seinen Geruch, seine Stimme, seine Schuhe, seine Hose, den Griff seiner Hände, die Beschaffenheit des Stoffs seiner Kleidung, die Haare auf seinem Unterarm.

»Kim? Woran denkst du? Bist du noch hier?«

Sie nickt und schüttelt den Kopf gleichzeitig, eine gymnastische Übung fast, ein Auseinanderziehen des Verstands, sie will, sie will das nächste Mädchen schützen, schnell, rechtzeitig, aber sie kann nicht, sie weiß nicht, wie.

Sonntag, 13. Oktober

23
Vincent

Vorsichtig rutschte Vincent mit dem Hintern über die trockene Holzbank. Jetzt berührte sein Oberschenkel ihren.

»Was machst du?« Johanna ergriff seine Hand, die auf seinem Bein lag, und drückte sie fest nach unten, damit sie sich nicht von der Stelle rühren konnte.

»Nichts«, antwortete er scheinheilig, »ich vergleiche nur die Blautöne unserer Jeans.«

Sie grinste, kaute auf ihrer Unterlippe herum, lockerte den Griff ihrer Hand aber nicht. »Wir sitzen doch schon hier und halten Händchen.«

Ihre Sprüche kannte er mittlerweile. Manchmal fragte er sich, ob ihre Hinhaltechnik eine bewusst eingesetzte Methode war, um ihn neugierig auf sie zu machen.

»Wow«, antwortete er ironisch.

»Immerhin bin ich mit dir allein auf einem Hochsitz am Waldrand ...«

»Naja. Allein? Hier wimmelt es von Rentnern mit Hunden.«

»Die können uns hier oben aber nicht sehen.«

»Brauchen sie auch nicht. Das, was wir vorhaben, schaffen wir schon alleine.« Er drehte ihr sein Gesicht zu. Es musste endlich passieren. Wenigstens ein Kuss. Sie trafen sich an diesem Nachmittag zum dritten Mal, wieder draußen; die Einladungen zur Pizza oder zu einem Drink in seinem Zimmer hatte sie alle ausgeschlagen.

Er merkte, wie sie sein Gesicht musterte. Nicht, dass sie das nicht schon x-mal auf diese Weise getan hätte, immer forschend, immer abwägend, immer so, als suche sie etwas. Er zog die Augenbrauen hoch, fragte: »Und? Was siehst du?«

»Einen ziemlich netten Jungen.«

»Nur ziemlich nett oder so nett, dass man ihn mal küssen könnte?«

»Schon eher Zweiteres.«

»Aber?«

»Aber was?«

»Worauf wartest du?«

»Weiß nicht.« Sie stand auf, rang die Hände, beugte sich nach links, rechts und hinten, öffnete den Riegel der kleinen Holztür, schaute kurz hinaus und machte ihn wieder zu.

»Den Platz hast du dir ausgesucht«, sagte er.

»Ja.« Sie drehte ihm noch den Hinterkopf zu, während sie anfing zu erzählen. »Als ich im Sommer bei meinen Großeltern war, hat mein Opa mich nach einem Waldspaziergang mal in so einem Hochsitz allein gelassen. Es hatte zu regnen angefangen und er wollte, dass ich nicht komplett nass werde und im Trocknen warte, bis er mich mit dem Auto holen kommt. Der Hochsitz stand am Waldrand, die Straße übers Feld war gut befahrbar und ich hab mich drauf eingelassen.

Opa ist vorgelaufen, ich hab gewartet, und kaum war ich da oben allein, hab ich Panik gekriegt. Ich hab mir vorgestellt, was ich tun könnte, um mich zu verteidigen, wenn einer kommt, habe mir die Jacke ausgezogen und mir überlegt, dass ich sie ihm erst ins Gesicht werfe und ihn dann runterschubse, das müsste doch gelingen, wenn man mit beiden Armen kräftig schubst, dann hat auch ein durchtrainierter Typ nicht unbedingt eine Chance, wenn man genau den Moment abpasst, in dem er die Hochsitztür nach außen zu sich hin öffnet und sich nach hinten lehnt ...«

Sie hatte schnell gesprochen, beinah atemlos. Eine Aufregung ging von ihr aus, die sich auf Vincent zu übertragen drohte, deshalb streckte er den Arm aus und berührte ihre Schulter.

Sie stoppte in ihrer Erzählung, saß einen Moment wie erstarrt, schob seine Hand, die ihre Schulter massierte, nicht weg.

»Ich habe es aber geschafft. Ich bin dort oben geblieben, bis mein Opa gekommen ist. Ich bin nicht ausgetickt. Ich habe keine Dummheiten gemacht, ich hab nicht geheult, ich hab's einfach ausgehalten, und jetzt sitze ich schon wieder auf einem Hochsitz, diesmal mit einem Jungen, der mich küssen will.«

»Igitt«, machte Vincent.

»Lach nicht! Ich hab ziemlich viel Mist erlebt, weißt du. Deshalb hab ich auf der Brücke gestanden, deshalb hab ich mir die Waffe besorgt. Um mich schützen zu können.«

»Oder um dich umzubringen?« Die Worte waren heraus, bevor er es sich überlegt hatte, und er hätte sie gern zurückgenommen, weil er befürchtete, dass sie sie verletzen könnten. Doch sie nickte nur.

»Ja, manchmal will ich aufgeben. Aber es gibt auch Augenblicke, in denen ich denke, es wäre logischer, meinen Feind auszuschalten als mich selbst.« Sie drehte sich um und sah Vincent gefasst an. »Vor allem, seit wir uns auf der Brücke begegnet sind, will ich kämpfen. Das soll jetzt kein Kompliment sein, das … ist eben so.«

»Okay.« Vincent schwirrte ein bisschen der Kopf. Er hatte durchaus eine ganze Menge Fragen, aber er hielt sich noch zurück, denn jetzt näherte sie sich seinem Gesicht und drückte ihre Lippen auf seine.

Ganz vorsichtig, nur mal so zum Gucken, so kam es ihm vor.

Und obwohl er mit Amelie gleich zu Anfang richtig heiß und wild rumgeknutscht hatte und nach ein paar Tagen noch viel weiter gegangen war, konnte er jetzt auch Gefallen an diesen vorsichtigen Annäherungen finden. Er wartete ab, lächelte ruhig, als sie sich zurückzog und »Schmeckst gut« sagte, lächelte, als sie sich die Hände vors Gesicht schlug und ausrief, dass er sie für völlig bescheuert halten müsse, und er tat es immer noch, als sie sich ihm wieder näherte, tat es so lange, bis sie seinen Mund mit ihrem öffnete und er dann doch vergaß, dass er es mit einem extrem scheuen, sensiblen Mädchen zu tun hatte. Denn so scheu war sie gar nicht mehr. Sie hatte die Augen geschlossen und ihre Finger in seine gehakt, was er gut fand, aber auch nicht so ideal, denn er hätte Johanna gern näher zu sich herangezogen, aber das ließ sie nicht zu. Sie dirigierte ihn, hielt ihn auf Abstand.

Sie braucht eben Zeit, dachte Vincent, der Himmel weiß, warum.

Aber war die Frage wirklich so schwer zu beantworten? Vincent hatte es die ganze Zeit bewusst unterlassen, über Johannas Verhalten nachzudenken, und als er sich jetzt endlich fragte, was bei ihr vorgefallen war, wünschte er sich plötzlich, er hätte sich nicht gefragt, denn die Antwort lag auf der Hand.

Als hätte sie gespürt, dass ihm etwas aufgestoßen war, hielt sie inne, lehnte sich zurück, beobachtete ihn. »Alles klar?«, fragte sie.

Er konnte nicht sofort antworten. Zum einen war er nicht sicher, ob seine Vermutung zutraf. Zum anderen wusste er nicht, wie er sich, wenn es denn so war, dazu stellen sollte. Mit Schaudern dachte er an die Nacht, in der er Kim gefunden hatte. Er sah ihre bleiche Haut im Mondlicht vor sich und er griff sich an den Mund, als müsse er dort eines ihrer versehentlich verschluckten Haare herausziehen.

»Du siehst aus, als hättest du ein Gespenst gesehen.«

»Entschuldige.« Er schüttelte den Kopf. »Ich hab an Kim gedacht.«

Aus den Augenwinkeln beobachtete er ihre Reaktion. Sie erstarrte, versuchte aber, es zu verbergen. Vincent beschloss, weiterzureden.

»Nachdem ich sie gefunden hatte, wusste ich eine Weile nicht, wie ich mich wieder normal einem Mädchen nähern sollte. Ich hatte sogar Schwierigkeiten, meine Schwester anzugucken, wenn sie in Unterwäsche durch die Wohnung gelaufen ist, schon das war mir unangenehm. Zum Glück hatte ich zu dem Zeitpunkt keine Freundin. Ich hab es also nur in Gedanken durchgespielt, wie es wäre, wenn ich eine hätte. Ich hab mich gefragt, ob ich Kim vergessen kann. Versteh das jetzt nicht falsch, das klingt, als hätten wir eine Beziehung gehabt, aber diese halbe Stunde da mit ihr im Wasser, die war einfach dermaßen heftig …«

Sie rutschte ein Stückchen weg von ihm und holte einmal

tief Luft. Ihre Stimme klang zaghaft: »Hast du dich vor ihr geekelt?«

»Nein.« Er ergriff ihre Hand. »Höchstens vor ihren Haaren«, fügte er mit einem dünnen Lächeln hinzu.

»Wenn du ihr Freund wärest, wenn du an Elias' Stelle wärst, und sie käme nach Hause, käme wieder zu dir«, fragte Johanna ernst, »würdest du dich dann vor ihr ekeln?«

»Nein«, wiederholte Vincent. Dann fiel ihm etwas ein. »Komisch, so was Ähnliches hab ich Elias auch gefragt.«

»Und?« Sein Blick traf ihren. Ihre Augen schienen sich an seine zu klammern. Sie zitterte ein bisschen. »Was hat er gesagt?«

»Er hat nicht geantwortet. Soo einfach ist das auch nicht.«

»Das ist mir so was von schnuppe«, stieß Johanna verächtlich hervor. »Ich will nicht, dass du Elias von uns erzählst, oder hast du es schon?«

Vincent schüttelte den Kopf. »Momentan haben wir wenig Kontakt.«

»Gut.« Jetzt kämpfte sie mit den Tränen, aber Wut war auch da. »Was hat er denn für 'n Problem, der arme Elias? Fühlt er sich in seiner Ehre angegriffen, weil er nicht mehr der Einzige ist, der sie angefasst hat? Hat man ihm was weggenommen? Ist die Freundin sein Besitz und er deshalb das Opfer, ja? Oder gibt er gleich ihr die Schuld? Hat Kim den Kerl selbst provoziert? Hat sie ein kurzes Röckchen angehabt, oder was? Hätte sie sich verschleiern sollen? Burka wie in Afghanistan, ja?!«

»Johanna, mach mal halblang«, unterbrach Vincent, aber seine Antwort ging in ihrem lautstarken Ausbruch unter:

»Denkt er, sie hätte vielleicht sogar Spaß dabei gehabt?!«

»Natürlich nicht ...«

»Aber wenn er doch so ein Problem hat ...«

»Das hab ich nicht gesagt!«, rief er.

Sie schnappte nach Luft, senkte die Stimme, kämpfte sichtlich mit den Tränen. »Hättest du damit ein Problem?«

Vincent spürte sein Herz hämmern. Darum ging es also. Natürlich, er hatte sich das ja schon gedacht. Elias und Kim waren hier nicht das Thema. Er sah Johanna so offen wie möglich an.

»Traust du mir das zu?«, fragte er leise und bemerkte, dass auch seine Augen feucht wurden.

»Nein«, sagte sie jetzt vehement, wobei ihre Stimme kippte und ihre Hände nun seine umklammerten: »Das heißt, du magst mich noch?«

»Sieht so aus«, antwortete er.

Daraufhin begann sie richtig zu weinen, leise allerdings, und erst, als auch das vorüber war, sagte er, so beiläufig wie möglich: »Also warst du nicht zufällig genau auf der Brücke, unter der ich Kim gefunden habe. Ich meine, es gibt bessere Plätze, wenn man sich vielleicht erschießen will: höhere Brücken, Orte, von denen aus man über die ganze Stadt gucken kann, wo einen Leute sehen, wo es eine richtige Show ist, zum Beispiel.«

Sie weinte nicht mehr, hatte beide Hände auf die Bank zwischen ihnen gelegt und sah ihre Finger an.

»Ich will jetzt auch gar nicht groß was wissen, weil ich auch erst mal damit klarkommen muss«, sagte er. »Sag mir nur, bitte, ob es ein Zufall war, dass du auf dieser Brücke warst, oder nicht.«

»Ich war bestimmt nicht als Schaulustige da«, flüsterte sie.

»So doof, so was zu glauben, kann nur einer sein.« Er versuchte ein schiefes Grinsen, überlegte fieberhaft, ob ihm etwas Lustiges einfiele, etwas, das Elias durch den Kakao zog und damit ihrer beider Verbindung stärkte, aber ihm fiel nichts ein. Er hatte eh schon mehr geredet, als er vorgehabt hatte, und plötzlich hatte er schrecklichen Durst, fühlte sich in dem beengten Hochstand zunehmend beklommen.

»Glück-auf-Girl«, sagte er, weil er das Positive dieses Namens mochte und an das Gute jenes Abends anknüpfen wollte, »du hast mich, als ich an dich gedacht habe, immer ein bisschen an Kim erinnert. Vom ersten Moment an. Seltsam, aber es war so.«

Sie nickte. »Manchmal denke ich auch, wir haben etwas gemeinsam.«

Er schloss seine Finger um ihre Handgelenke. »Okay«, sagte er, »dann verspreche ich dir jetzt, dass ich akzeptiere, dass da irgendetwas war, von dem ich nicht weiß, ob ich es genau wissen will.« Er lächelte und fand sich tapfer, fand sich eigentlich ganz gut, wie er's ausgesprochen hatte, was sie wohl auch so sah, denn sie versuchte ebenfalls, ein Lächeln hinzukriegen. »Vielleicht brauche ich auch ein bisschen Zeit, genau wie du.«

»Und das heißt«, in ihren Augen schwammen erneut Tränen, »dass du mich jetzt lieber nicht weiterküssen willst.«

»Doch«, sagte er, »aber draußen. Ich halt's hier drin nicht mehr aus.«

Erleichtert fiel sie ihm in die Arme und drückte sich an ihn. Er schmeckte Salz und sich auflösende Creme. Ausgerechnet jetzt hörte er Regentropfen auf dem Dach. Eigentlich hatte er sich eine solche Situation gewünscht: ein Liebespärchen, das sich an einem trockenen Ort vor einem Regenschauer schützt und sich zusammenkuschelt, aber danach war ihm nicht mehr. Er brauchte Bewegung.

»Diesmal will ich unbedingt rennen. Ich renne jetzt mit dir durch den Regen und küsse dich erst wieder bei mir zu Hause.«

Montag, 21. Oktober

24
Johanna

»Hilfe! Hiiiiiilfe!«

»Aufwachen! Johanna, du träumst! Meine Güte! Ich denke immer, es brennt oder Einbrecher sind im Haus. Ich kann mich nicht daran gewöhnen, dass jemand ständig nachts um Hilfe schreit, weil er Albträume hat.«

»Entschuldigung«, murmelte Johanna, noch ganz erschrocken und schlaftrunken. Ich kann nicht mehr, dachte sie, so kann es wirklich nicht weitergehen, lange halte ich das nicht mehr aus.

Brummelnd verzog sich Stefan wieder ins Schlafzimmer. »Ich wünschte, ich hätte so einen tiefen Schlaf wie deine Mutter, die hat's gut, die hört nichts.«

Zumindest diese Diskussion hatte Petra aber gehört. Pflichtbewusst kam sie zu Johannas Bett, fragte schlaftrunken, ob alles in Ordnung sei, und schlang die Arme um sie.

»Geht schon, danke.«

»Willst du mir was erzählen?«

Meinte sie das ernst? Wohl kaum. Es war mitten in der Nacht. Mit Sicherheit rechnete sie auch nicht mit der Antwort, die sie dann bekäme.

Johanna wünschte sich, dass Vincent da wäre. Ihm würde sie es vielleicht sagen. Wenn überhaupt jemandem, dann ihm.

»Ich kann mich kaum noch erinnern. Nur, dass wir beinahe umgekommen wären und ich meinen Freund warnen wollte.«

»Deinen Freund?«, fragte ihre Mutter hoffnungsvoll, wandte ihr das Gesicht zu und gluckste vor Freude: »Du hast einen Freund?«

»Weiß ich noch nicht.«

»Aber es bahnt sich was an?« Plötzlich war keine Spur mehr von Schläfrigkeit in Petras Gesicht. Sie wirkte, als wollte sie gleich mitten in der Nacht eine Sektflasche öffnen. Was ihr durchaus zuzutrauen wäre, dachte Johanna und fühlte sich etwas erleichtert und abgelenkt, ja sogar angesteckt von der lebensbejahenden Fröhlichkeit ihrer Mutter.

»Geküsst haben wir uns schon«, sagte sie deshalb.

»Oh, ich freu mich!« Petra juchzte. »Wie heißt er denn? Hast du ein Foto von ihm?«

»Nein!«

»Das kannst du doch mit deinem Handy machen!«

»Wieso sollte ich?« Johanna war verwirrt. Sie hatte vergessen, dass es den Spaß des Verliebtseins gab, dass man solche Geschichten gern teilte und Petra wie eine Freundin sein konnte, dass es Zeiten gegeben hatte, in denen sie zusammen gut drauf waren und sich alles erzählten.

Das Schlechte, das hatte Johanna dann für sich behalten müssen.

»Sag mir wenigstens, wie er heißt. Nur den Vornamen. Dann

schlafe ich mit dem Gedanken an den Namen ein und sage dir morgen, ob er der Richtige für dich ist.«

»Ach, Mama!«

»Sein Sternzeichen weißt du nicht zufällig?«

»Nein.« Jetzt musste sie ebenfalls lachen, obwohl ihr viel mehr nach Weinen zumute war. Dummerweise kam Stefan, die Nervensäge, auch wieder herein und fragte: »Hab ich einen Witz verpasst?«

»Raus, hier werden wichtige Frauengespräche geführt«, rief Petra überdreht, was Johanna an eine Klassenfahrt erinnerte. Das übertriebene Verhalten der Mutter war irritierend und schön zugleich, und weil Johanna ihrer Mutter in letzter Zeit ja nicht viel Grund zur Heiterkeit gegeben hatte und diese vielleicht einfach ausgehungert nach Spaß mit ihrer Tochter war, spielte sie mit.

»Eins verrate ich dir, Mama, aber nur eins, okay?«

»Ja?«, fragte Petra, während Stefan neugierig im Flur direkt an der Tür stehen blieb, wo er alles hören konnte. Johanna war es egal.

»Wie er heißt, sage ich nicht. Dafür ist noch nicht klar genug, ob wir zusammenbleiben. Aber ich verrate dir, wie er mich nennt. Er hat mir einen Namen gegeben.« Sie machte eine Pause, stolz und trotz des Albtraums glücklich, dass es Vincent gab. »Glück-auf-Girl.«

Ganz leise hörte sie ihre Mutter auflachen, ganz leise den Namen wiederholen und ein paar Tränen an ihrer Schulter weinen.

»Glück-auf-Girl«, sagte sie dann in normaler Lautstärke und mit einigermaßen gefestigter Stimme: »Der Name ist ab jetzt Programm. Ich bin so froh, dass du wieder unter den Lebenden bist!«

Freitag, 1. November

25
Vincent

Heute half Vincent seinen Eltern ausnahmsweise gern beim Aufräumen. Er bot sogar an, nach ihrer Abreise die Wäsche in die Maschine zu stopfen, das Ausräumen und Aufhängen nicht zu vergessen, Mineralwasser zu besorgen und den Hausflur zu putzen. Wenn sie bloß ihr Flugzeug nicht verpassten.

»Da siehst du mal, Martina, wie schnell er uns loswerden will.«

Mama grinste. »Er wird Damenbesuch erwarten.«

Vincent ließ sich nicht aus der Reserve locken. Mit ihrer Neugier mussten seine Eltern allein fertigwerden. Er hatte Johanna versprochen, bis auf Weiteres allenfalls ihren Vornamen zu verraten. Immerhin hatten seine Eltern Johanna kurz kennengelernt, als sie an dem Regentag mit zu ihm gekommen war. Das musste reichen.

»Wird Johanna bei uns übernachten?« Mama konnte es nicht lassen. »Ich frag nur, weil ich dir dann ja noch eine Decke und Handtücher herauslegen muss.«

»Als ob ich die allein nicht fände.« Vincent verdrehte die Augen. »Wann geht euer Flugzeug? Seid ihr nicht spät dran?«

Seine Mutter knuffte ihn.

Er knuffte zurück. Plötzlich sprudelte er über vor guter Laune: Vier Tage sturmfreie Bude lagen vor ihm. »Euren Hochzeitstag in Paris zu verbringen, finde ich eine super Idee. Wollte ich nur mal sagen. Ihr könnt ruhig häufiger allein verreisen.«

»Finde ich auch«, meldete sich Isa, die sich bisher verkrümelt hatte, um bloß keine Pflichten aufgehalst zu bekommen.

Bei ihrem Anblick erschien eine Sorgenfalte auf Mamas Stirn. »Du hältst dich aber an das, was wir besprochen haben. Unsere Abwesenheit ist nicht gleichbedeutend mit Partytime, verstanden? Sonst quartiere ich Oma bei euch ein.«

»Kein Platz mehr«, sagte Vincent kühl, »das Gästebett ist vergeben.«

»So ein Pech aber auch«, frohlockte Isa.

Papa mischte sich ein. »Vincents Freundin wird wohl kaum im Gästebett schlafen.«

Isa johlte noch lauter und behauptete, Vincent werde rot, was mit Sicherheit nicht stimmte. So eine Bemerkung machte ihm nichts aus. Auf Korsika hatte sein Vater einmal unbedacht in Vincents Zelt geschaut, während Amelie und er nackt darin gelegen hatten – das hatte allein seinen Vater in Verlegenheit gebracht. Er war es, der jedes Mal einen roten Kopf bekommen hatte, wenn er Amelie danach begegnete.

Auch konnte Vincent sich nicht vorstellen, dass Johanna über Nacht bleiben würde. Zwei Mal war sie bisher bei ihm gewesen: Beim ersten Mal war sie allen vorgestellt worden und hatte danach, auf seinem Sitzsack sitzend, eine Tasse Früchtetee getrunken. Erst als Vincent ihr seine Fotomappe gezeigt hatte, in der neben Bildern interessanter Bauten ein paar gelungene Tieraufnahmen zu sehen waren, war Johanna zu ihm aufs Bett gekommen und hatte zugelassen, dass Hände, Füße, Beine, Schultern sich berührten. So hatten sie sich über Eidechsen, die Käse fraßen, Felsen, die Gesichter hatten, und eine Schlange mit einer Kröte im Maul, die aussah wie ein Tennisball, amüsiert. Johanna hatte, obwohl sie anscheinend ruhig neben ihm saß, alle paar Minuten zur Tür geblickt wie ein kleines, die Umgebung absicherndes Beutetier.

Bei ihrem zweiten Besuch, am Mittwoch, war zufällig seine gesamte Familie ausgeflogen gewesen. Ideal zum Kuscheln, aber Johanna hatte nicht groß reinkommen wollen, sondern einen Kinobesuch vorgeschlagen, obwohl sie irgendwann vorher behauptet hatte, Kinos wegen der Enge und Dunkelheit nicht sehr einladend zu finden. Vincent hatte sich seinen Teil dazu gedacht, aber nicht nachgehakt.

»Also«, sagte Mama und drückte ihn zum Abschied. »Ihr seid groß und passt auf euch auf. Ich weiß, dass ich mich auf euch verlassen kann. Vincent, du schaust nach Isa, ja? Und du«, jetzt umarmte sie ihre Tochter, »machst ihm bitte keinen Ärger. Du bist, wie sonst auch, um neun zu Hause und lässt dein Handy an.«

Noch ein paar Ermahnungen, noch ein paar Gute-Reise-Wünsche, dann waren sie endlich weg. Isa fuhr sich mit dem Handrücken über die Stirn, als sei sie nass geschwitzt. »Hat Papa jetzt das Geschenk für sie eingepackt?«

»Keine Ahnung«, antwortete Vincent, »ist auch egal. Hauptsache, sie haben die Tickets.«

Isa strahlte. »Vielleicht haben sie ja die Rückflugscheine vergessen und merken es erst in Frankreich. Dann müssen sie länger bleiben.«

Er lachte, ging zur Stereoanlage und drehte sie voll auf. »Wochenende, Schwesterchen!«

»Yeah!« Sie tanzte auf der Stelle, wackelte mit dem Po und rief: »Das Leben kann beginnen!«

Kurz darauf machte sie sich auf den Weg zu ihrer Freundin.

Johanna kam wieder mit dem Mountainbike, sprang aber schon am gegenüberliegenden Ende des Marktplatzes ab und schob es langsam aufs Haus zu. Als ihr nachdenklicher Blick an der Fassade heraufwanderte, trat Vincent auf den Balkon und winkte.

Sie blieb stehen. Er konnte nicht erkennen, ob sie sich über seinen Anblick freute oder erschrocken war.

»Wartest du schon?«, rief sie herauf.

»Klar, was denkst du denn?«

Sie gab keine Antwort und er beobachtete von oben, wie sie ihr Rad an die Hauswand lehnte und festschloss.

»Ich drück auf.«

Wieder keine Antwort, aber er ließ sich nicht beirren. Er stürmte in den Flur und betätigte den Türöffner. Er freute sich auf sie und er freute sich, weil sie ihn besuchen wollte, obwohl sie wusste, dass sie die meiste Zeit mit ihm allein in der Wohnung sein würde.

Da ihm ja klar war, welch schlechte Erfahrungen sie gemacht hatte – mit wem, wusste er nicht, wahrscheinlich mit einem Exfreund, das schien ihm die naheliegendste Erklärung –, hatte er sich vorgestern im Kino bemüht, ihr nicht zu sehr auf die Pelle zu rücken. Als sie dann aber von sich aus fast auf seinen

Sitz kroch, hatte er ihr ins Ohr geflüstert: »Du bist total sexy, weißt du das?«

Daraufhin hatte sie angefangen zu weinen.

War dieses Kompliment wirklich so daneben, dass man gleich heulen musste? Für einen Moment war er verletzt gewesen, doch als sie anschließend im vom Popcorn miefigen Foyer standen – aufgekratztes Volk um sie herum, Geschnatter aus dem Café, Musik – und er sah, wie sie immer noch gegen die Tränen ankämpfte und rumdruckste, sie müsse ihm was erklären, hatte er nur den Kopf geschüttelt und behauptet, dass es schon okay sei.

Jetzt spürte er aufgeregtes Bauchgrummeln, als sie die Treppen heraufkam. Hoffentlich endete der Abend nicht mit einer Enttäuschung.

Ob Johanna Ähnliches befürchtete? Ihr Gesicht war rot, und als ihr Blick seinen traf, lachte sie verlegen auf.

»Na, Glück-auf-Girl«, grüßte er. »Wer sein Fahrrad liebt, der schiebt?«

Sie fuhr sich durch die Haare. »Ich wollte die Vorfreude auskosten.«

»Ja, ja«, machte er ironisch, denn er wusste, dass sie schummelte.

Aber auch er war aufgeregt. Heute war schließlich alles möglich.

Und so, wie sie ihn küsste, schien sie das auch zu wissen.

»Was möchtest du trinken?«, fragte er, nachdem sie sich voneinander gelöst und sie ihre Jacke aufgehängt hatte. Den Rucksack ließ sie nicht an der Garderobe, das hatte sie auch bei den letzten Besuchen nicht getan.

»Nur ein Wasser.« Sie folgte ihm in die Küche, ging dann

an ihm vorbei auf den Balkon und beugte sich übers Geländer.

»Du kannst aber gern auch einen Kaffee haben. Ich kann einen richtig guten Cappuccino mit Kakaoherz obendrauf.«

Sie lächelte. »Du bist süß. Wirklich nett. Sonst wäre ich auch nicht hier.«

»Und wenn du nicht nett wärst, hätte ich dich nicht eingeladen.«

Johanna legte den Kopf schief, formte einen Kussmund. »Was sind wir doch für süße Turteltäubchen!«

»Wir könnten glatt auf den Balkon ziehen, ein Nest bauen und den ganzen Tag gurren.«

»O ja«, spielte sie mit und breitete ihre Arme über dem Geländer aus, »und du würdest mich umgarnen und balzen und dein Brustgefieder würde in allen Farben leuchten, sodass ich nur so dahinschmelze. Aber eure Nachbarn sind blöd, die haben überall Nägel angebracht, damit bloß kein Vogel ausruhen kann.« Voller Unverständnis schüttelte sie den Kopf. »Ich denke, wer kein Herz für die Natur hat, hat auch keins für Menschen. Wusstest du, dass mir ein Rotkehlchen das Leben gerettet hat?«

»Echt?« Er reichte ihr ein Wasserglas.

»Im übertragenen Sinne. Es hat mir Lebensfreude zugesungen.«

Sie trank, sah ihn ernst an. Der Spaß war vorbei. Als wäre es die normalste Sache der Welt, sagte sie: »Ich werde nicht mit dir schlafen. Jedenfalls nicht heute.«

Vincent wich zurück. »Hups«, murmelte er etwas überfahren. »Nicht, dass ich mir das nicht vielleicht gewünscht hätte, also Kuscheln oder …«

»Kuscheln könnte okay sein.«

»Ja, nein.« Er verhaspelte sich, fühlte sich angegriffen. »Denkst du, ich bin einer, der dich sofort ins Bett kriegen will? Weil ich im Kino diese Bemerkung gemacht hab?«

»Nein. Entschuldige, Vincent.« Sie stellte das Glas auf den Boden, ergriff seine Hände.

Er zog sie weg.

»Tut mir leid«, wiederholte sie. »Ich denke auf keinen Fall irgendwas Schlechtes von dir. Du bist super. Ich hätte nie gedacht, dass ich überhaupt, und dann nach so wahnsinnig kurzer Zeit, zu einem Jungen nach Hause gehe. Aber ich möchte eben nicht, dass du enttäuscht bist oder es Missverständnisse gibt, du weißt schon.«

»Ich weiß gar nichts.«

»Doch.« Sie drehte ihm den Rücken zu und ließ den Blick über den Marktplatz schweifen, auf dem verhältnismäßig wenig los war. Leute mit Einkaufstaschen trotteten vorbei, bei der Eisdiele saßen noch ein paar Hartgesottene draußen, unter den Bäumen arbeiteten zwei Gärtner. Letztere beobachtete Johanna eine Weile genauer, dann schüttelte sie kurz den Kopf und sagte: »Du weißt, dass ich nicht zufällig auf der Brücke war.«

»Ja.« Vincents Stimme klang rau. »Aber damit hab ich kein Problem. Das hab ich dir gesagt. Ich dränge dich auch zu nichts. Weder, mir was zu erzählen, noch zu anderen Sachen.«

»Willst du denn etwas erzählt bekommen?«

Vincent zögerte. Er hatte sich darüber Gedanken gemacht, natürlich, aber letztendlich wohl nicht genug, denn obwohl er sich gesagt hatte, er würde sich ihre Geschichte wohl einigermaßen gelassen anhören können, merkte er jetzt, dass es nicht so war. Er wusste nicht, ob er sie überhaupt hören wollte. Daher schwieg er und dachte, dass auch sie nicht weiterreden würde. Doch das tat sie.

»Wenn ich hier in die Wohnung komme, gucke ich erst mal, wo mögliche Notausgänge sind. Ich überlege mir, ob es im Fall des Falles mehr Sinn machen würde, aus dem zweiten Stock runterzuspringen oder um Hilfe zu rufen.«

»Du brauchst weder das eine noch das andere.«

»Das weiß ich. Ist reiner Überlebensmechanismus.«

Auch Vincents Frage kam jetzt automatisch: »Hat ein Freund dir was angetan?«

»Nein. Er war nicht mein Freund. Ich kannte ihn nicht. Ein Fremder.«

»Ach so. Ich dachte, vielleicht dein Ex …«

Sie schüttelte den Kopf. »Nein. Trotzdem habe ich immer Angst, dass ich ihm zufällig wiederbegegne und er mir heimlich folgt, ohne dass ich's merke, und dass er dann …«

Vincent fragte sich, ob er zu ihr treten, sie trösten und berühren sollte. Er ließ es schließlich, weil er keinen Fehler machen wollte.

»Wie gesagt: Ich kannte ihn vorher nicht. Hab ihn von Weitem gesehen, aber das war's eigentlich schon. Er dagegen hatte mich beobachtet. Das ist mir aber erst nachher aufgegangen. Vorher kannte ich keinerlei Argwohn und Vorsichtsmaßnahmen. Ich bin an dem Morgen ganz normal aufgewacht und hab mir am Abend gewünscht, ich sei tot. Oft hab ich mir das gewünscht. Ich habe gedacht, dass ich es überhaupt nie wieder schaffen werde, eine männliche Person nett zu finden, aber jetzt bist du da, es funktioniert, und ich will es nicht vermasseln. Aber vielleicht kriege ich plötzlich Panik, haue ohne Erklärung ab oder mache sonst irgendwas Unverständliches, Blödes. Du musst wissen, ob du das aushalten kannst.«

Mit fragendem Blick drehte sie sich zu ihm um – nicht weinend, zum Glück. Er war sich sicher, dass sie sich diese Worte vorher gut überlegt und zurechtgelegt hatte. Sonst wäre sie kaum so gelassen.

Er dagegen hatte schweißnasse Hände. Trotzdem kam seine Antwort einigermaßen spontan und abgeklärt rüber: »Mich hat letztens schon ein Mädchen ohne ein Wort der Erklärung verlassen, das bin ich also gewohnt.«

»Du weißt, dass ich von was anderem rede.«

»Ja, sicher.« Aber ich weiß nicht, ob ich's hören will, wollte er sagen, fand sich dann aber unfair und war ja auch neugierig, ein bisschen zumindest. Er sagte: »Ich bin vielleicht abgehärtet, weil ich Kim gefunden habe. Das war mit Sicherheit noch 'ne Nummer schlimmer …«, er sah ihren irritierten Blick und bemühte sich hinzuzufügen, »… sie wäre ja fast gestorben.«

»Das wäre ich auch fast.«

Vincent blieb die Spucke weg. Er hatte den Eindruck, der Balkon sei plötzlich instabil geworden und schwanke. »Wie? Weil du damit nicht leben konntest oder weil er …?«

Er konnte den Satz nicht vernünftig zu Ende bringen. Direkt unter dem Balkon startete jemand mit viel Getöse einen Laubsauger und der plötzliche Lärm ließ sie beide zusammenfahren. Als sie merkten, wie schreckhaft sie waren, brach Johanna auf einmal in übertrieben wildes Gelächter aus. Tränen traten in ihre Augen, als sie den Arm nach Vincent ausstreckte und mit Galgenhumor sagte: »Siehst du, da sind schon die ersten unerwünschten Nebenwirkungen. Überleg dir gut, ob du mit mir zusammenbleiben willst. Das wird heftig. Ich warne dich …«

26
Johanna

Vincent ließ sich nicht abschrecken. Das wunderte sie wirklich. Sie saß auf seinem Bett, den Rücken an der Wand, ihren Rucksack neben sich, die Ringelsocken-Füße über die Kante hängend. Jetzt war er auf dem Weg in den Keller, um die Wäsche aufzuhängen. Sie selbst hatte ihn dazu aufgefordert, nachdem das Piepen der Waschmaschine ein paarmal zu hören gewesen war. So konnte sie einen Moment verschnaufen.

Du verbringst ein Kuschelstündchen bei deinem Freund und brauchst eine Pause, als wäre es schwere Arbeit. Das darfst du auch keinem erzählen.

Außer vielleicht ausgerechnet dem Freund selbst. Vincent war, weil er Kim gefunden oder weil er einfach einen offenen, warmherzigen Charakter hatte, möglicherweise sogar in der Lage, sie zu verstehen.

Sie hatte Vincent erklärt, warum sie im Kino geweint hatte: Weil der Mann fast die gleiche Bemerkung gemacht hatte.

Sie hatte Vincent erzählt, dass der Mann gedroht habe, sie umzubringen, wenn sie versuche zu fliehen, sie ihm aber dennoch entkommen sei.

Auch hatte sie Vincent gesagt, dass es für sie sehr schön sei, ihre Hände unter seinen Pulli zu schieben und die warme Haut seines Körpers zu spüren, was allerdings nicht hieß, dass sie gleichermaßen gut auch mit seinen Händen unter ihrem Shirt würde umgehen können.

Vincent hatte das alles geschluckt. »Du erzählst mir mehr, wenn du so weit bist«, hatte er gesagt. Doch als sie ihn gerade aufforderte, die Wäsche wegzubringen, hatte er für einen Moment so ausgesehen, als brauche auch er eine Pause.

Dabei lief es gut: Seine Küsse im Gesicht, am Ohr, im Nacken – wunderbar. Ein schönes Gefühl, fast eines, bei dem man die Augen schließen könnte, wenn auch nur fast. Seitlich am Hals, in der Knutschfleckzone, waren seine Lippen dagegen schon unerträglich, vorn am Hals lösten sie beinahe Atemnot aus und noch schlimmer war, als er seine Hand auf ihr Knie legte, das brachte sie vor Panik fast um den Verstand. Sie war aufgesprungen, durch den Raum gerannt, Luft schnappend, händeringend, und er, auf dem Bett, hatte nur den Kopf gesenkt, auf seiner Lippe rumgekaut und seine Finger angesehen.

»Du kannst nichts dafür«, hatte sie gerufen.

Vincent hatte stumm genickt, dann zum ersten Mal das Piepen der Waschmaschine gehört und gesagt: »Kaum bin ich allein, hab ich Hausmannspflichten, daran siehst du doch, wie harmlos ich bin.«

Es hatte nichts genutzt. Die Bilder waren auf sie eingeströmt.

Denn gepiept und geklingelt hatte es im Haus der Loskills auch ein paar Mal. Auf ihrem Handy – außer Reichweite – waren zwei SMS eingegangen, der Festnetzanschluss ihres Klavierlehrers hatte gebimmelt und eine Frau auf den Anrufbeantworter gesprochen: Klavierstunden wolle sie nach den Ferien für ihren fünfjährigen Sohn, der hochbegabt sei, und, ach, wie schade es sei, dass jetzt keiner dranginge, denn eigentlich wolle ihr ehrgeiziges Wunderjüngelchen schon jetzt, am besten gleich morgen, anfangen, sie selbst sei schon ganz aufgeregt vor Freude, sie redete und redete, ihre Stimme brannte sich in Johannas Hirn ein, während sie nicht um Hilfe rufen, sich nicht einmal bewegen konnte, nur etwas drehen und zerren und winden, und der Mann sie ansah und grinste, die Zigarette im Mundwinkel, die eine Hand auf ihrem Mund, die andere auf ihrem Knie, es tätschelnd, so wie den Hals eines Pferdes vielleicht, widerlich, eklig tätschelnd und dabei leise und albern die Stimme der Anruferin nachahmend. Als diese auflegte, sagte er in verstelltem Tonfall: »Bin schon ganz aufgeregt, wann wir endlich weitermachen.« Und da, und wenigstens das war etwas Gutes gewesen, hatte sie sich übergeben.

Nachdem sie jetzt kurz im Bad gewesen und der Moment der Erinnerung vorbei war, hatte sie sich völlig erschöpft zu Vincent aufs Bett plumpsen lassen. »Alles wieder im grünen Bereich.«

»Das heißt?«

»Du darfst mir deine Hand aufs Knie legen.« Sie hatte seine in ihre genommen, auf den Stoff ihrer Jeans gedrückt und umklammert gehalten. Die Waschmaschine hatte wieder gepiept und dann, nachdem sie einige Minuten schweigend und in dieser Haltung verbracht hatten, ein weiteres Mal. Da hatte sie Vincent losgeschickt.

Ihr Blick glitt zum Fenster, vor dem es dämmrig wurde. Wenn sie ein weiteres Stündchen bei ihm blieb oder gar zwei, würde sie im Dunkeln nach Hause fahren müssen. Es sei denn, sie bliebe wirklich bei ihm, wie er es vorgeschlagen hatte. Ob sie das beide aushielten? Wenn sie ihm bei der Pizza, deren Teig er schon vorbereitet hatte, von dem Horror erzählte? Wenn sie das wagte? Zwei Mal hatte sie es vergeblich versucht, zuerst bei einer jungen Lehramtsanwärterin, die anfangs nett und verständnisvoll gewesen war, ihr dann aber gesagt hatte, wegen des Examensstresses hätte sie jetzt keine Zeit mehr für Beratungsgespräche, und dann noch bei ein paar Freundinnen, die sich vor dem unheimlichen Weg von der S-Bahn-Station zum Busbahnhof gegruselt hatten. Diese wollten aber offensichtlich nur durchspielen, was passieren und wie man sich wehren könnte, und nicht etwas hören, das einer von ihnen wirklich passiert war. Sie hatten alle einen Moment betreten geguckt und waren über ihren Satz »Mir ist das tatsächlich mal passiert« hinweggegangen, als hätten sie ihn nicht gehört.

Wie viel konnte Vincent aushalten? Was durfte sie ihm zumuten?

Er war seit fast zehn Minuten im Waschkeller.

War das nicht verdammt lang? Wollte er vielleicht gar nicht mehr zurück zu dieser verstörenden Freundin, bei der er nie wusste, wie sie reagieren würde, bei der er immer vorsichtig sein musste, keine anzüglichen Witzchen machen und keine Zärtlichkeiten erwidern konnte?

Vielleicht fand er sie ja voll gestört?

In gewisser Weise war sie das.

Abrupt stand sie auf, trat zum Fenster und legte die Stirn gegen die Scheibe. Der Anblick der Gärtner gegenüber beunruhigte sie. Der Mann konnte jederzeit wieder auftauchen, konnte sie gleich heute Abend in der Grünanlage vom Rad zerren.

Es war noch nicht vorbei.

27
Das Mädchen

Draußen war es dunkel geworden. Die Umgebung vor den großen, zum Teil beschlagenen Scheiben war für die Leute drinnen nicht mehr recht zu erkennen. Hier und da noch die kahler werdenden Zweige eines Baumes, der durch die Laternen angeleuchtet wurde, an ein oder zwei Fenstern zeichneten sich auch schemenhafte Gestalten ab: abendliche Spaziergänger mit Hunden, Leute, die mit Sporttaschen aus dem Thermalbad nebenan kamen und kurz einen Blick in die hell erleuchtete Halle warfen.

Es war nach der Sommerpause der erste Tag der neuen Saison. Ihre Freundin hatte die Eislaufdisco vorgeschlagen. Zwar starteten Lightshow und DJ-Moderation erst ab der nächsten Woche, aber es gab gute Musik und Eistanzen bereicherte das normale Rumhopsen zudem um das Gefühl des Schwebens. Das zumindest war eine gute Entscheidung gewesen, dachte das Mädchen, als es sich jetzt mit der Hüfte gegen die Bande lehnte, die wenigen Läufer beobachtete und sich ausruhte. Blöd war nur, dass sich der Saisonstart eben doch nicht so herumgesprochen hatte, aus ihrem Bekanntenkreis war kaum jemand da, der Schwarm ihrer Freundin dagegen schon. Wahrscheinlich saßen die beiden jetzt irgendwo auf einer der Bänke zwischen den Spinden und hofften, sie würde sich allein beschäftigen oder in Luft auflösen. Wenn noch eine dritte Freundin mitgekommen wäre, wie ursprünglich geplant, hätte sie diese wenigstens an ihrer Seite gehabt und sich nicht total wie das fünfte Rad am Wagen gefühlt. Nervend! Vielleicht sollte sie ihren Bruder anrufen und bitten, sie abzuholen. Allerdings wäre das ein völlig verkorkster Start ins Wochenende, auch für ihn.

Sie seufzte, sah einem dünnen Mädchen mit roter Jacke zu, das eine kunstvolle Pirouette drehte. Wenn sie wenigstens wie eine Eisprinzessin fahren könnte! Aber sie hatte sich selbst die Schlittschuhe leihen müssen. Frustriert wandte sie sich ab und den Scheiben zu, gerade in dem Moment, in dem sie glaubte, auch von dort angesehen zu werden. Ja, es stand eine Gestalt direkt am Fenster vor ihr. Ein wenig erhöht, weil die Eishalle tiefer lag, sah der Mann auf das Mädchen herab, sein Gesicht nicht zu erkennen, nur zu erahnen, dass er zu ihr sah.

Aus einem Instinkt heraus drehte sie sich rasch wieder um, stieß sich von der Bande ab und legte mit weit ausholenden Schritten los. Sie gewann an Tempo, setzte die Arme ein, überholte eine langsame Läuferin, die sich in Trippelschritten übers Eis tastete, jagte die Auffahrt auf die zweite Ebene hinauf und spürte ihr Herz schneller schlagen. Dann würde sie den Abend eben sportlich sehen. Sich mal richtig bewegen, fahren üben, vielleicht sogar schauen, ob ihr auch eine Pirouette gelang. Unmöglich war das nicht. Sie war gelenkig und flott. Da pfiff sie doch auf ihre Freundin! Sollte die machen, was sie wollte, Hauptsache, sie nahm mit ihr später denselben Bus nach Hause.

Jetzt lag die Abfahrt vor ihr. Sie hatte richtig Fahrt drauf und freie Bahn, sie streckte die Arme aus wie Flügel und flog.

Auch die Zeit flog dahin, je mehr sie sich verausgabte. Während ihre Bewegungen sicherer und eleganter wurden, vergaß sie nicht nur den Groll auf ihre Freundin, sondern gewann richtig Spaß am Eislaufen. Sie hatte schon beschlossen, öfter herzukommen, als sie – etwa eine halbe Stunde später – wieder an die Bande fuhr, an die gleiche Stelle wie vorhin.

Der Mann stand noch da.

Natürlich konnte sie nicht hundertprozentig wissen, ob es derselbe war. Sie hatte sein Gesicht vorhin nicht erkennen können und sah es auch jetzt nicht. Doch Statur und Körperhaltung waren gleich. Der Blick war gleich. Der Typ sah sie an. Genau sie, kein Zweifel.

Plötzlich fror sie, obwohl ihr durch die Bewegung eigentlich warm sein musste. Sie wollte sich schon irritiert wegdrehen, da hob er die Hand. Erst winkte er, dann hielt er den Daumen hoch, so als wolle er ausdrücken, sie führe gut.

Daran war eigentlich nichts auszusetzen. Ein Lob von einem Fremden sollte sie freuen. Das Gegenteil war der Fall. Es beunruhigte sie. Wenn das Mädchen Typen kennenlernen wollte, dann von Angesicht zu Angesicht. Während er in der Anonymität blieb, fühlte sie sich hier unten in der grell erleuchteten Halle wie auf dem Präsentierteller. Die Eisfläche war nur durch wenige Läufer belebt, war weit und weiß und bot keinen Rückzugsraum.

Für heute war ihr die Lust aufs Laufen vergangen. Sie verließ das Eis und stakste wackelig und ungelenk in den Schlittschuhen über den Gummiboden. Den Blick des Mannes spürte sie im Rücken.

Mit wachsender Sorge suchte sie nach ihrer Freundin.

Verdammt, wo steckte die?

28
Johanna

Das Telefon klingelte.

»Keiner da«, murmelte Vincent. Er war etwas lockerer aus dem Waschkeller wieder aufgetaucht und hatte aus dem Pizzabacken einen großen Spaß gemacht: »Jeder macht eine Hälfte und die, die künstlerischer aussieht, hat gewonnen, die fotografieren wir großformatig und versteigern sie für hunderttausend Euro!« Jetzt zog ein unbezahlbar leckerer Duft durch die Wohnung, während sie wieder kuschelnd auf seinem Bett saßen.

Johanna gefiel, was sie vor sich sah: Vincents genießerisches Lächeln, seine geschlossenen Augen, die noch sommerbraunen Hände, seine im Nacken lang gewordenen Haarsträhnen, von denen sie zwei zu einem winzigen Zopf zu flechten versuchte. Was natürlich nicht klappte, aber einfach nur konzentriert auf eine kleine Stelle seines Körpers zu achten, war beruhigend.

Die Musik, die er ausgesucht hatte, war auch nach ihrem Geschmack, und richtig schön waren Vincents tiefe Laute des Wohlbehagens, sein Glucksen, wenn sie ihn kitzelte.

Jedes Mal dachte sie: Ich will es.

Und jedes Mal ließ jede seiner Berührungen sie erschauern.

Was, wenn er zu weit geht? Das wirst du nicht aushalten. Lauf lieber weg, bevor es zu spät ist.

Dagegen gab es magische Sätze:

Er wird nicht zu weit gehen.

Er weiß Bescheid.

Er versteht mich.

Er hat mich gern und ich kann ihm vertrauen.

Sein Kopf vor ihrem Bauch, seine Nase an einem Stück Haut zwischen hochgeschobenem Pullover und Hosenbund.

Herzrasen, himmlisches Prickeln und Triumphgefühl:

Ich liebe und werde geliebt.

Ich lebe und hole mir meinen Körper zurück!

Das Telefon klingelte immer noch.

»O Mann«, brummte Vincent ärgerlich. »Ich hab jetzt keine Lust dranzugehen. Soll er oder sie später noch mal anrufen oder aufs Band sprechen.«

Das da war Vincent, ihr Freund, den sie wollte, den sie sich ausgesucht hatte. Sie verbrachte ein ganz normales Wochenende mit ihrem Freund.

Das Telefon verstummte endlich.

Vincent schnurrte wie ein fetter Kater. Als die CD abgelaufen war, streckte er ein Bein aus und stellte sie mit dem großen Zeh wieder an.

»Wow, fast artistisch«, sagte sie.

»Reine Übung. Ein kleines Zimmer hat auch seine Vorteile, man braucht keine Fernbedienung.«

Ein ganz normaler Junge, ein ganz normales Mädchen.

29
Vincent

Vincent hatte gerade die Pizza aus dem Ofen geholt, als wieder das Telefon klingelte. Die Topflappen noch in der Hand, sauste er in den Flur, rief gut gelaunt: »Möller!«

»Wir sind's. Wir sind gut gelandet«, sagte Mama. »Alles in Ordnung bei euch?«

»Ja, wir essen jetzt gleich Pizza.«

»So spät? Ist ja schon nach halb zehn.«

Vincent staunte selbst. »Offenbar haben wir die Zeit vergessen.«

Er konnte das Lächeln seiner Mutter förmlich vor sich sehen. »Das freut mich für dich. Und Isa? Gebt ihr ihr was ab?«

»Die ist noch nicht da.«

Seine Mutter schwieg eine Sekunde. »Dieses raffinierte Gör«, sagte sie dann. »Ruf uns bitte gleich noch mal an, wenn sie zurück ist, ja? Sonst kann ich nicht gut schlafen.«

»Mach ich.« Er legte auf.

Plötzlich nicht mehr ganz so heiter, ging er zurück in die Küche, wo Johanna aus einem ihm in diesem Augenblick unverständlichen Grund Fotos vom Pizzablech machte.

»Dein Käsemund ist verlaufen.«

»Was?«, fragte er abgelenkt. Die Uhr am Herd zeigte 21:44.

»Ich habe den Kunstwettbewerb gewonnen, schätze ich mal.«

Er lächelte, trat zu ihr, lehnte den Kopf an ihre Schulter. »Hmmm«, machte er.

Johanna schien einen siebten Sinn für seine Stimmungen zu haben. »Stimmt irgendwas nicht?«, fragte sie.

»Ach, nein, ja, doch. Meine blöde Schwester. Sollte um neun zu Hause sein. Ich hab eigentlich keine Lust, ihr hinterherzutelefonieren. Aber meine Eltern machen sich schon Sorgen.«

Johanna schwieg einen Moment. »Du auch? Das brauchst du bestimmt nicht. Sie wird das Wochenende auskosten wollen.«

Vincent nickte.

»Außerdem weiß sie, dass ich hier bin. Bestimmt will sie uns nicht stören.«

Er nahm das Messer und zerschnitt energisch die Pizza. »So rücksichtsvoll ist Isa eigentlich nicht. Aber egal, jetzt essen wir erst mal!«

»Prost!« Johanna setzte sich ihm gegenüber und hob das Glas mit der Apfelschorle. Auch er nahm seins, stieß es dagegen.

Die Pizza war ihnen gut gelungen, er hatte Appetit, er hatte ein hübsches Mädchen vor sich, das in ihn verliebt war. Wenn er sie überredete, würde sie vielleicht über Nacht bleiben. Sie würden weiterkuscheln, ein bisschen wie mit angezogener Handbremse zwar, aber trotzdem schön. Er würde sich den Abend nicht verderben lassen.

»Ich glaube, wir haben immer in den Situationen Angst, die in den Filmen gezeigt werden. Nächtliche Wege, dunkle Parkhäuser, runtergekommene Viertel, Keller, Unterführungen, einsame S-Bahn-Stationen – da erwarten wir jeden Moment den Überfall. Aber oft passiert's überhaupt nicht dort, weil du da sowieso aufpasst wie ein Luchs. Kim ist an einem hellen Sommerabend mitten in der Innenstadt entführt worden und bei mir war's am Vormittag in der besten Wohngegend. Ich sag das nur, um dich zu beruhigen. Ich merke ja, dass du mit den Gedanken woanders bist.«

Er lutschte auf einem zu groß geschnittenen Stück Zwiebel herum.

»Sorry«, murmelte er. »Vor dir kann man auch nichts verbergen.«

»Schon okay«, antwortete Johanna, doch Vincent war sich nicht sicher, ob es das wirklich war. Er hatte Johanna erklärt, dass ihm ihre Geschichte nichts ausmachen würde. Ihm sei das ja nicht passiert, hatte er gesagt, er höre nur zu, sei nur indirekt und am Rande betroffen und könne damit problemlos umgehen.

Das war wohl etwas vorschnell gewesen.

Er schüttete sich noch ein Glas Saft ein und fragte scheinbar beiläufig: »Ist der Kerl, der dir das angetan hat, bestraft worden?«

Johanna hörte auf zu essen und legte ihr Besteck zur Seite. »Ich hab ihn nicht angezeigt.«

»Scheiße.«

»Ja. Aber ich wollte nicht riskieren, dass mir keiner glaubt.«

»Ich glaube dir doch.«

Ihre Finger spielten mit der Gabel. »Dich kannte ich damals nicht. Und den Menschen, die ich kannte, habe ich keine Hilfe zugetraut, obwohl sie mir vielleicht geholfen hätten und ich's einfach nur hätte versuchen müssen, sie darum zu bitten. Aber ich hatte keinen Mut mehr. Ich hatte keine Liebe mehr zu mir selbst, war mir nichts mehr wert und hatte auch kein Vertrauen mehr in irgendjemanden. Und dann so eine Befragung bei der Polizei durchzustehen? Nein danke.«

Vincent dachte an das unangenehme Gespräch mit Kommissar Delmer, der anfangs so unfreundlich zu ihm gewesen war, weil er ihn für den Täter gehalten hatte. Kim gegenüber hätte er sich anders verhalten, da war Vincent sich sicher, trotzdem verstand er Johanna und verstand sie auch wieder nicht, sobald er an Kim dachte.

»Ich war auch nicht kaltblütig genug, um irgendwelche Spuren zu sichern. Ich habe sofort danach geduscht. Ich musste einfach. Ich musste den Typen von mir abwaschen, verstehst du?«

Vincent hielt das halb volle Glas an seinen Lippen, ließ es nervös gegen die Schneidezähne klackern und hatte plötzlich nicht übel Lust hineinzubeißen.

»Ich bereue das natürlich mittlerweile. Als ich in der Zeitung über Kim las, habe ich spontan gedacht, dass …«, sie unterbrach sich, zögerte offenbar, den Satz zu beenden.

»… es derselbe war.«

»Ja. Deshalb war ich auf der Brücke. Eventuell mitschuldig zu sein, fand ich unerträglich. Aber es war ja nur so ein Gefühl. Da ist sicher nichts dran.«

Vincent sah sie an. Er hatte auch schon daran gedacht. Eine Kleinstadt, zwei junge Mädchen, der kurze Zeitraum …

»Vielleicht doch.« Mit einem Ruck stellte er das Glas ab. »Wir sollten was tun.«

Sie lachte erschrocken auf. »Und was? Ihn abknallen?«

Vincent lachte auch, unsicher. »Vielleicht nicht gerade das, aber ihn …«

»Kastrieren?«

Er zuckte die Achseln. »Warum nicht?« Wenn sie solches Rumflapsen jetzt brauchte, wollte er kein Spielverderber sein.

»Okay.« Johanna schüttete sich Apfelschorle nach, trank in

einem Zug. »Jetzt wär mir nach Alkohol zumute. Gibst du mir noch 'nen dreifachen Whisky, Vince?!« Das Glas in ihrer Hand zitterte. Ihre Stimmung schien zwischen Albernheit und drohendem Nervenzusammenbruch zu schwanken.

»Ich mein's ernst, Johanna«, sagte er eindringlich. »Der Typ darf nicht ungestraft davonkommen. Das siehst du doch auch so, oder?«

Sie bibberte jetzt so, dass er sie vorsichtig in den Arm nahm.

»Du kannst dich bestimmt an einiges erinnern. Wir müssen sammeln, was du über den Mann weißt. Könntest du ihn beschreiben? Würdest du ihn erkennen? Kim hat sein Gesicht ja anscheinend nicht gesehen. War er bei dir auch maskiert? Hast du seine Stimme gehört?«

»Ja, aber ich ...« Johanna wurde bleich.

Vincent drückte ihre Hände. »Wenn wir der Polizei eine Täterbeschreibung geben und sie packen ihn, dann wird es uns allen besser gehen.«

»Das bleibt doch nicht bei einer Personenbeschreibung, das ... das ist nur die Spitze des Eisbergs.« Sie schüttelte den Kopf, sah aus, als sei sie der Panik nahe. »Ich kann das nicht.«

»Doch, du kannst es«, sagte er beschwörend, »du bist das stärkste Mädchen, das ich kenne. Du bist das Glück-auf-Girl.«

Johanna schluchzte auf. Er sprang auf, kam um den Tisch zu ihr rüber, rutschte mit dem Ärmel über Pizzastücke, egal: Hauptsache, er war bei ihr.

»Und ich bin bei dir«, sagte er fest, sagte es dreimal hintereinander und hätte es seiner jetzt völlig aufgelöst weinenden Liebsten noch ein viertes Mal gesagt, wenn nicht wieder das Telefon geklingelt hätte.

Diesmal war sein Vater am Apparat: »Ist Isa immer noch nicht da? Wo steckt die denn? Wir haben extra gesagt, bis neun!«

Vincent sah zur Uhr herüber – 22:19.

»Ich rufe sie jetzt gleich auf dem Handy an, Papa.«

»Ja, bitte, mach das. Meld dich dann noch mal. Und grüß Johanna von uns.«

»Mach ich.« Vincent legte auf, warf Johanna ein Lächeln zu, strich ihr kurz über die Schulter und versuchte, was er wirklich schon längst hätte machen können, Isa zu erreichen.

Sie ging nicht dran.

»Blöde Kuh!« Vincent stellte sich ans Fenster, trommelte mit den Fingern gegen die Scheibe und ließ den Blick über den von Laternen spärlich beleuchteten Marktplatz schweifen. Ein leichter Nieselregen hatte eingesetzt. Zu sehen war niemand.

»Deine Unruhe kommt nur von unserem Thema, Vincent. Aber es ist überhaupt noch nicht klar, dass der Typ ein Serientäter ...«

»Und wenn doch? Dann könnte Isa die Nächste sein, oder?«

Er hörte Johanna schwer ausatmen. »Das wäre ein sehr, sehr großer Zufall«, sagte sie um Rationalität bemüht.

Vincent gab ihr recht und war doch nicht überzeugt, war nervös und unsicher, was er tun sollte. Er brummte: »Wir leben in einer Kleinstadt. Du, Elias, Kim, ich – das sind auch alles Zufälle, von denen man nicht gedacht hätte, dass ...«

»Kim hat uns zusammengeführt«, widersprach Johanna leise, »auf der Brücke. Hätte ich den Zeitungsbericht nicht gelesen, hätte ich nicht geglaubt, dass ich ihr was schuldig bin ...«

Vincent trat wieder zu ihr. »Hey, ist gut! Das weiß ich doch alles. Ich bin gerade nur etwas neben der Spur.«

Sie schlang die Arme um ihn, drückte ihr tränennasses Gesicht an seins. »Ich bin sicher, deine Schwester kommt gleich nach Hause.«

»Ich versuch noch mal, sie anzurufen … Mist, wieder nichts!«

»Es wird wohl öfter vorkommen, dass sie nicht gleich rangeht, wenn sie deine Nummer sieht.« Johanna putzte sich die Nase. »Hast du die Telefonnummern ihrer Freundinnen?«

»Zumindest einige.« Vincent setzte sich zurück auf seinen Platz, warf einen traurigen Blick auf die kalt gewordene, halb aufgegessene Pizza und rief nacheinander Isas Freundinnen an, nur um zu erfahren, dass Isa nirgends war. Mit Emily, mit der sie sonst am meisten herumhing und von der Vincent sicher war, dass sie wüsste, wo seine Schwester sich aufhielt, hatte sie sich gezofft.

Als Vincent schließlich seinen mittlerweile glühenden Kopf frustriert in die Hände stützte, nahm Johanna seine Hand und sagte mit Grabesstimme: »Du bist ganz durcheinander. Wegen mir, denke ich mal. Sonst würdest du das nie so eng sehen. Das tut mir wirklich leid, also, wenn es dir hilft, dann: okay. Dann bin ich dabei.«

Zuerst verstand er nicht, was sie meinte.

»Na, bei den … nennen wir es: Ermittlungen.« Sie lächelte dünn. »Vielleicht hilft es dir, uns, wenn wir etwas tun.«

»Gut.« Vincent freute sich, sofern seine Anspannung es zuließ.

»Ich habe aber eine Bedingung. Du erzählst niemandem davon. Weder, was ich erlebt habe, noch, was wir über den Täter an Informationen zusammentragen werden, wenn wir denn überhaupt was rausfinden.«

»Irgendwann müssten wir das schon tun, wir können ihn ja schlecht selbst festnehmen.«

»Sobald wir uns sicher sind, geben wir der Polizei einen anonymen Hinweis, damit sie ihn schnappen können.«

Wieder wollte Vincent widersprechen, aber sie forderte: »Entweder so oder gar nicht. Und du sagst nichts weiter, was ich nicht will. Versprochen?«

»Versprochen.«

»Okay. Und jetzt fahren wir mit den Rädern los und suchen Isa. Anschließend bringst du mich nach Hause. Hier rumzusitzen tut uns nicht gut, glaube ich.«

Er nickte dankbar und sie verließen die Wohnung, überquerten den Marktplatz, kurvten durch die verlassene Fußgängerzone, durch Grünanlagen, Gewerbegebiete und Siedlungen. Sie sprachen nicht miteinander, lauschten nur auf die Geräusche ihrer im Einklang schnurrenden Fahrräder. Eine Station nach der anderen – Cafés, Jugendtreffs, Discos, Bushaltestellen – klapperten sie ab.

Nach einer Dreiviertelstunde, in der sie vom Regen klatschnass wurden, meldete sich Vincents Smartphone. Gleich darauf schallte Isas erbostes Keifen durch die Nacht: »Was ist denn mit euch los?«

»Wir haben uns Sorgen gemacht!«, schimpfte Vincent.

»Wieso das denn? Wir haben gesagt, dass wir Urlaub haben! Damit warst du doch einverstanden! Ich war erst bei Emily und dann bei Orhan. Alles ganz easy. Emily sagt, du wolltest die Polizei rufen?! Hast du ’n Knall? Außerdem habt ihr eine Kerze brennen lassen, ihr Deppen! Mir macht ihr die Hölle heiß und selber riskiert ihr, dass das Haus abfackelt!«

Vincent würgte seine Schwester einfach ab. »Bleib, wo du bist. Ich komm jetzt nach Hause. Bis gleich.«

Er lehnte sein Fahrrad an einen Zaun und ging daneben in die Hocke. »Was ein Abend. Immerhin haben wir die Pizza wieder abtrainiert.«

Johanna hockte sich neben ihn. »Ich hab doch gesagt, dass sie wiederkommt.«

»Ja«, antwortete Vincent erschöpft. »Wahrscheinlich hab ich mich da in was reingesteigert.«

»Das verstehe ich nur zu gut. Mach dir keine Gedanken deswegen.«

So saßen sie eine Weile schweigend auf dem Bürgersteig. Johanna lehnte den Kopf an seine Schulter. Sie waren beide erleichtert – und doch nicht so sehr, dass ihnen nach Reden oder gar Jubeln zumute gewesen wäre.

30
Das Mädchen

Das Mädchen war so froh, dass es seine Freundin nicht zur Rede stellte. Weswegen auch? Die Freundin hatte ein Recht zu knutschen, und sie hatte die Eishalle weder ohne sie verlassen, noch sie vergessen. Als das Mädchen seine Freundin endlich fand, kam die gerade mit drei Tassen Kakao angewackelt, lachend, weil sie befürchtete, beim Gehen auf Kufen etwas zu verschütten. Während sie genüsslich schlürften, verschwand die Unruhe, die der Mann in dem Mädchen ausgelöst hatte. Er stand auch nicht mehr hinter der Scheibe, als die Freundinnen später noch ein paar Runden gemeinsam drehten. Daher erwähnte das Mädchen ihn nicht einmal.

Der Spuk war vorbei, schien es.

Zu dritt traten sie hinaus in die dunstige Nacht. Die Freundin hielt die Hand ihres Freundes und erzählte aufgekratzt, dass sie heute schon das erste Weihnachtsgeschenk gekauft habe. Auch andere Leute waren mehr oder weniger laut redend auf dem Weg zu Parkplätzen und Bushaltestelle, denn Thermalbad und Eishalle schlossen zur gleichen Zeit. Für einen kurzen Zeitraum war der Straßenabschnitt also relativ belebt: Abholer warteten in den Autos, Motoren liefen, Musik, Rufe von Leuten, die sich verabschiedeten.

Die Freundin plapperte munter weiter, aber nichts wirklich Interessantes.

Jemand winkte. Ein Mann, groß, hager, ohne Tasche. Ein Schreck durchfuhr das Mädchen. Sie kniff die Augen zusammen, überlegte, ob es sich um den Typen vom Fenster handelte, bis sie zwei Jungen auf ihn zugehen und mit ihm in ein Auto steigen sah.

Dummerweise war jetzt das Gefühl des Beobachtet-Werdens wieder da. Es war so unangenehm, dass das Mädchen wieder und wieder auf die Uhr sah. Noch fünf Minuten, noch vier, noch drei, bis der Bus kam.

Das Getümmel lichtete sich, aber die Angst hatte sich in ihr festgesetzt. Als der Bus heranschnaufte und sie in einem Pulk Menschen einstieg, glitt ihr Blick noch einmal über den Parkplatz. Zwei Klein- und ein Lieferwagen starteten just in diesem Moment, aber nur einer folgte dem anfahrenden Bus.

Samstag, 2. November

31
Vincent

Für den Samstag hatte Vincent sich einen langen Kuscheltag gewünscht, aber Johanna schlug vor, dem trüben Wetter mit einem Besuch im Freizeitbad zu trotzen. Dass sie das Ausflugsziel eine »große Badewanne für zwei« nannte, gefiel ihm, und als sie dort waren, fand er es noch besser als gedacht. Es war nur wenig los. Im Außenbereich, wo der Dampf des warmen Wassers in den grauen Himmel stieg, waren sie fast allein. Hand in Hand ließen sie sich auf der Oberfläche treiben oder von der Strömung mitziehen. Dabei fummelten sie spielerisch unter Wasser herum, wo es niemand sehen konnte. Johanna schien das besonderen Spaß zu machen. Er hatte den Eindruck, die körperliche Annäherung fiele ihr hier leichter als zu Hause auf seinem Bett.

Als sie am Nachmittag das Bad verließen, hatten sich in der dichten Wolkendecke erste blaue Löcher gebildet. Langsam schlenderten sie Richtung Bushaltestelle.

Vincent hatte schon die ganze Zeit überlegt, ob und wie er

das Thema »Ermittlungen« wieder anschneiden sollte. Er wollte weder Johanna drängen noch sich selbst um mögliche Zärtlichkeiten bringen, aber die gestrige Idee einfach wieder vergessen konnte er auch nicht.

Wer weiß, womöglich wartete Johanna sogar darauf, dass er die Initiative ergriff, weil sie sich selbst nicht traute?

»Glaubst du, dass der Kerl noch hier in der Gegend ist?«, fragte er geradeheraus, als sie an der Eishalle anhielten und kurz durch die Fenster ins Innere sahen. Die Läufer, hauptsächlich Familien mit Kindern, hatte man von hier oben gut im Blick.

»Ich hoff's nicht«, murmelte Johanna.

»Ich frage mich, ob du ihn beschreiben kannst, sodass wir eine Art Phantombild machen können. Zeichnen kann ich allerdings überhaupt nicht. Du?«

Johanna schüttelte den Kopf und das Gespräch verebbte.

Offensichtlich hatte Johanna nicht vor, das Thema weiterzuführen. Doch Vincent wollte nicht davon lassen, im Gegenteil: Je mehr Johanna den Kopf einzog, desto mehr glaubte er, ihr helfen zu müssen, sich zu behaupten.

»Ein paar Anhaltspunkte könntest du mir doch sicher geben, damit ich ihn erkenne, falls ich ihn zufällig mal sehe. Stell dir vor, ich lern ihn kennen und denk an nichts Böses, dabei müsste ich die Polizei rufen!« Die Vorstellung regte Vincent so auf, dass ihm fast schlecht wurde.

»Dass ihr etwas miteinander zu tun bekommt, ist selbst in diesem Kaff unwahrscheinlich.«

»Aber auch nicht ausgeschlossen.«

»Ich mach's doch, hab ich gesagt. Verflixt noch mal!« Johanna wurde laut. Sie schlang die Arme um ihren Körper und verzog das Gesicht, als habe sie Schmerzen. »Das ist nicht so einfach, verstehst du?«

Er sah ja, dass es das nicht war. Nervös zog sie an ihren Ohrläppchen. »Ich hab gehofft, das wäre gestern nur so eine spinnerte Idee von dir gewesen. Aber offensichtlich hab ich mich da getäuscht.«

»Wir müssen nichts überstürzen«, lenkte er ein. »Ich dachte nur, je eher, desto besser. Ich meine, man weiß ja nicht, wann so einer wieder zuschlägt.«

Ihre Miene wurde starr und abweisend, aber er bekam die gewünschte Antwort: »Also: Alter etwa um die 25, schlank, muskulös und etwa einsachtzig groß. Dunkelblond. Kurze Haare. Verschwitzte, klebrige, eklige Haare. Reicht das?«

Vincents Kehle wurde trocken. Behutsam griff er nach Johannas Händen, löste sie von ihren knallroten Ohrläppchen. Ein älteres Paar, das an ihnen vorbeiging, glotzte. Er hätte sich ohrfeigen können, dass er Johanna hier draußen auf das Thema angesprochen hatte. Denn jetzt, da sie zu reden begonnen hatte, schien sie damit nicht mehr aufhören zu können.

»Der Körpergeruch wie nasses Gras. Feucht-heißes, zerdrücktes, moderndes Gras. So wie Salatblätter, die zu faulen anfangen. So hat er gerochen. Die Augen waren grau wie Beton. Die Hände schwielige Pranken mit kleineren Verletzungen. Er arbeitete viel draußen und muss mal Neurodermitis oder eine Hautkrankheit gehabt haben. Oder er nimmt einfach keine Creme!«

Die letzten Worte schrie sie so laut, dass sich die Leute umdrehten.

Vincent hoffte, dass sie es nicht bemerkte. Voll Schrecken merkte er, dass er sie nicht halten konnte, als sie sich losriss und wegrannte, rannte, als wäre er derjenige, der sie bedrängte, und vielleicht war er das ja auch. Vincent meinte es gut, aber sein Bemühen war womöglich nur für andere gut, nicht für Johanna.

Er wollte als ihr Beschützer auftreten und Rache nehmen. Sie wollte nichts von beidem.

Daher war Vincent heilfroh, als Johanna, der er um das Oval der Eishalle gefolgt war, stehen blieb, in ihrem Rucksack nach einem Taschentuch kramte und sich die Nase putzte. Langsam näherte er sich ihr. »Sorry, ich schieße manchmal etwas übers Ziel hinaus.«

Sie ließ sich in seine Arme fallen und sagte: »Entschuldigung.«

»Nein, ich hab den Fehler gemacht. Ich wollte das zu schnell wissen und vielleicht auch nicht im rechten Augenblick.«

»Ich weiß nicht, ob es dafür einen richtigen Augenblick gibt, Vincent. Einen, in dem es leichtfällt, so was zu erzählen.« Sie wirkte plötzlich wie ein kleines Mädchen. »Dass du den Täter suchen willst, finde ich einerseits toll, es ist ehrenhaft, mitfühlend, uneigennützig, aber, weißt du, dass ich da unbedingt mitmachen muss ... das tut einfach nur weh.«

»Verstehe.« Vincent senkte den Kopf, knetete seine Finger. »Ich dachte, du willst es auch, traust dich aber nicht so richtig und brauchst meine Unterstützung. Ich wollte dir auch zeigen, dass mir das nicht gleichgültig ist.«

»Das ist lieb.« Sie seufzte. »Ich schreib dir ein paar Dinge auf. Aufschreiben ist einfacher als Aussprechen. Komm, da ist der Bus.«

Sie stiegen ein. Drinnen holte sie einen Kuli aus ihrem Rucksack, nahm ein Werbeblatt, das auf den Sitzen gelegen hatte, und schrieb auf die weiße Rückseite untereinander ein Datum, den Namen eines Stadtteils, eine Altersangabe sowie Haarfarbe, Größe, Statur. Außerdem:

Hat wenig Geld, macht kleine Jobs.

»Woher weißt du das?«

Sie zögerte eine Millisekunde. »Nur so ein Gefühl. Und wegen seiner Kleidung. Sie war nicht wirklich sauber.«

Vincent runzelte die Stirn. Er hatte den Eindruck, dass das nicht alles war, dass sie etwas zurückhielt. Er wartete auf weitere Erklärungen, aber sie hatte anscheinend alles Wesentliche mitgeteilt, reichte ihm das Blatt und blickte aus dem Fenster.

Für den Rest der Fahrt sollte er sie wohl in Ruhe lassen.

32
Kim

Kims neues Zimmer gleicht einer bunten Höhle. Sie malt viel, nicht nur, weil die Therapeutin es ihr geraten hat, sondern weil es ihr Wunsch ist. Die drei Briefe zu schreiben, ist ebenfalls ihr Wunsch gewesen. Sich zu verabschieden von Elias, ihrer Freundin Marlene und ihrer Klasse. Dafür nimmt sie die Worte wie aus einem Baukasten, das Persönliche ist nur ihre Handschrift. Während sie schreibt, stehen die Farb- und Buntstiftkästen offen vor ihr, denn sie mag den leichten Duft der Farben. Er übertüncht den Geruch der neuen Möbel, den sie nicht mag. Überhaupt ist ihre Nase empfindlich: Lieber das Bad vor dem Betreten mit Parfüm einsprühen, als Gefahr zu laufen, die falsche Seife zur riechen. Und sich mit der falschen Seife an andere schlimme Gerüche zu erinnern, an die Ausdünstungen eines Körpers, den Moder eines Kellers, die Trostlosigkeit einer nach Mottenkugeln riechenden Strickjacke. Neuerdings werden ihr manche Fetzen wieder erinnerlich: Einmal, als sie sich zum wiederholten Mal in das Teppichmuster im Raum der Therapeutin vertiefte, sah sie stattdessen das Muster der Damenstrickjacke vor sich und wusste wieder, wie der Mann sie ihr über den Kopf geworfen hatte.

Im Keller – es war doch ein Keller, oder? Zumindest war es ein kühler, nach Feuchtigkeit und Schimmel riechender Raum ohne Tageslicht – hatte sie sich in das Muster der fremden Jacke geflüchtet, sich zwischen olivgrünem, grauem, gelbem oder orangefarbenem Garn versteckt. Wie grausam die Erkenntnis dann, dass sie sich nicht hatte verstecken, nicht hatte fliehen, nicht seinen Körper abwehren können.

Wenn so etwas kommt – die Rückkehr der Qual, der Anblick des Musters, das Raue des Stoffs, die Atemnot, der Geruch, die Hände – wenn so was kommt, tut es Kim körperlich weh, es zerreißt und sprengt sie und schlägt in ihr alles in Stücke.

Die Therapeutin sagt, sie solle versuchen, sich vorzustellen, an ihrem sicheren Ort zu sein. Kim fragt sich oft, wo der sein soll. Im Zimmer der Therapeutin? Im neuen Zuhause, dreihundert Kilometer von der Heimat weg, wo sie keinen kennt außer Papas neuen Kollegen und den Nachbarn nebenan? Wer weiß denn, was das für Menschen sind? Gibt es Sicherheit also nur in ihrem Kopf? Eine Zeit lang hat Kim versucht, das Fantasieland ihrer Kindheit zurückzuholen, die Pferde mit den wehenden Mähnen, die Einhörner und Flugdrachen, die alle ihre Freunde waren. Selbst das alte Kuscheltier musste wieder ins Bett. »Das ist traurig und es hilft nicht, wieder mit meinem Teddy zu schmusen, als sei er jetzt mein Freund, aber anderes kann ich mir nicht vorstellen«, schreibt sie in kleinen, vorsichtigen Buchstaben auf das Papier und will im nächsten Moment zum Pinsel greifen und den Satz mit wilden Strichen wieder übermalen. Ande-

rerseits ist es ihr selbst gestecktes Ziel, an diesem Wochenende endlich die drei Nachrichten zu verschicken. Dreimal zu schreiben: »Ich lebe noch. Und ich werde überleben. Ich bin es wert, weiterzuleben, und ich bin es wert, geliebt zu werden, obwohl ich mir das im Moment überhaupt nicht vorstellen kann.«

Kim könnte kotzen. Kotzen, wenn sie sich laut sagen soll, dass sie sich liebe und es wert sei, geliebt zu werden. Jedes Mal ein Drama vor dem Spiegel und oft einfach weggelassen. Schreiben wird sie das schon gar nicht. Dafür schreibt sie Elias, dass sie ihn vermisst, obwohl sie nicht weiß, ob das stimmt; mehr vermisst sie die Kim, die sie mal war, als neue Kim vermisst sie ihn nicht. Statt von diesem Chaos in ihrem Inneren zu berichten, fängt sie den Brief noch mal neu an, schreibt einfach so, wie ihr die Worte in den Sinn kommen, und eh sie sich's versieht, erzählt sie einen Traum und schreibt von der Jacke, die praktisch das Einzige sei, an das sie sich ganz bewusst erinnere, und dass es schon schwierig genug sei, diese Scheißstrickjacke zu beschreiben, denn beschreiben solle sie sie, sagt die Therapeutin – für die Polizei. »Kommissar Delmer hofft immer noch, dass ich ihm eines Tages eine Täterbeschreibung und einen Hinweis auf den Ort, an dem er mich festgehalten hat, liefere, aber das werde ich wohl nicht schaffen, dafür weiß ich zu wenig, habe ja nur die Jacke gesehen. Das tut mir leid. So viel tut mir leid! Herr Delmer und meine Therapeutin sind ganz verzweifelt deswegen, denn beide befürchten, der Mann, der mich entführt hat, könne es wieder tun, habe es vielleicht schon getan. Er sei nämlich sehr umsichtig vorgegangen, außer, dass er mich hat entkommen lassen. Sie glauben, dass er davon ausging, dass ich schon tot sei.«

Erschöpft schließt Kim die Augen, dreht das Blatt um, steht vom Schreibtisch auf. Sie möchte zu ihren Eltern ins Wohnzimmer, möchte nicht allein sein, auch nicht in ihrer warmen, bunten Höhle im gut von der Familie bewachten dritten Stock in einer anderen Stadt. Sie hat

Angst, denn sie weiß, dass Delmer und die Therapeutin mit ihren Befürchtungen richtigliegen: Sollte der Mann noch ein Mädchen kidnappen, wird ihm kein Fehler unterlaufen.

33
Vincent

Die Sonne war herausgekommen.

Im Café hatte Vincent es geschafft, Johanna auf andere Gedanken zu bringen. Sie war heiter und anschmiegsam gewesen und wollte – das war das Beste – ihn am Abend wieder besuchen.

Vincent pfiff vor sich hin. Er war gut gelaunt. Zum Abschied, als Johannas Freundin am Treffpunkt in der Fußgängerzone aufgetaucht war, hatte Johanna ihm nämlich noch eine Art Geschenk gemacht.

»Jetzt traue ich mich was, was ich lange nicht gemacht habe. Für dich«, hatte sie ihm zugeflüstert und sich zu seiner und Natalias Überraschung ans Klavier vor dem Musikgeschäft gesetzt. Sie hatte eines der Stücke, die sie am gestrigen Abend in seinem Zimmer gehört hatten, gespielt, und zwar so gut, dass die Leute stehen blieben. Das taten zwar immer welche, aber diesmal schienen sie richtig begeistert. Die Melodie noch im Ohr, machte er sich auf den Weg zu Elias.

Vincent war lange nicht bei ihm gewesen, und je näher er der Straße kam, in der sein Freund – war er das überhaupt noch? – wohnte, desto mulmiger wurde ihm. Er hatte Elias und seine anderen Kumpel ziemlich vernachlässigt, seit er mit Johanna zusammen war. Einmal hatte er sogar das Training ausfallen lassen. Sollte er wieder umkehren? Aber dann brauchte er letztlich gar nicht mehr aufzutauchen.

Also holte er tief Luft und klingelte. Er musste eine Weile warten, was ihn an den Abend im August erinnerte, als er Johanna das erste Mal gesehen hatte. Über die Waffe hatten sie die ganze Zeit kein Wort verloren. Vielleicht sollte er seine Freundin doch mal fragen, wo diese sich befand. Er war davon ausgegangen, dass Johanna sie ihrem Opa zurückgebracht hatte, doch jetzt fiel ihm ein, dass sie erwähnt hatte, die Großeltern wohnten so weit entfernt, dass sie sie nur ein, zwei Mal im Jahr sähe.

»Ach nee, wer ist das denn?« Elias sah ihn provozierend an. »Kennen wir uns?«

»Hallo«, grüßte Vincent. »Ich dachte, ich schau mal, was du so treibst.«

Elias zuckte resigniert die Achseln, schien sich aber über den Besuch zu freuen. »Komm rein, Vince.«

Der betrat die Wohnung, begrüßte Elias' Eltern und setzte sich dann mit Elias in sein Zimmer. Wüst sah es darin aus, ein wildes Durcheinander von Computerzubehör, Schulheften, Zeitschriften, Kekspackungen und Chipstüten.

»Du hast zugelegt, Alter.« Vincent konnte sich die Bemerkung nicht verkneifen.

Elias seufzte und schlug sich mit der flachen Hand auf sein Bäuchlein. »Scheiße, ja.«

»Kann man was gegen machen. Montag, 19 Uhr, Training. Weißt ja, wo.«

Elias nickte. »Ich hab überlegt, wiederzukommen. Aber wenn man erst mal raus ist …«

»Kein Thema«, antwortete Vincent gelassen, »aber ich weiß, dass sich alle freuen würden, dich wiederzusehen. Yannik hat mir gesagt, ich soll dich einfach holen und herschleifen, aber …«, er zuckte mit den Schultern, »du kannst ein ziemlicher Sturkopf sein.«

Elias grinste leicht. »Sturköpfe sind Menschen, die ihrer Meinung treu bleiben. Das hat Vorteile. Sie lassen sich nicht manipulieren und sind verlässlich.«

»Na dann …«

Sie flapsten herum, redeten über den Verein, die Schule, Freunde und Blödmänner, über Belanglosigkeiten. Erst nach einer ganzen Weile wagte Vincent, Elias auf Kim anzusprechen. Dazu musste er nur den Blick auf die Fotos von ihr richten, die mit Stecknadeln über Elias' Schreibtisch an die Wand gepinnt waren.

»Hast du was von ihr gehört?«

Die Leichtigkeit verschwand aus Elias' Stimme. »Nein. Null. Ich hab ihr ein Päckchen zum Geburtstag geschickt, aber nicht mal darauf hat sie reagiert.«

»Schade. Es täte gut zu wissen, dass sie zumindest körperlich gesund ist.«

Elias schwieg.

Vincent wusste nicht, ob er es wagen sollte, das Thema fortzuführen. Es drängte ihn, mit jemandem zu reden, aber Johanna zuliebe durfte er nicht zu viel verraten.

»Was mich wurmt«, sagte Elias leise, »ist, dass ich in keiner Weise helfen kann, den Kerl zu finden. Der läuft hier noch rum und die Polizei hat vielleicht schon aufgehört zu suchen …«

»Ich glaub nicht, dass die Polizei aufgegeben hat«, widersprach Vincent.

»Es passiert aber nichts.« Elias' Miene verdüsterte sich.

Vincent zögerte, gab sich dann aber einen Ruck. »Wenn wir beide versuchen würden ...«

»Was versuchen?«

»Na, es selbst in die Hand zu nehmen. Aber das ist vermutlich Schwachsinn, wie sollen wir etwas in Erfahrung bringen, wenn die Polizei nicht mal ...« Er ließ den Gedanken in der Luft hängen.

Elias griff ihn auf. »Das einzig Auffällige, das kurz vorher passiert ist, war das mit der Kette.«

»Welche Kette?«

Er zog ein Foto von der Wand und reichte es Vincent.

Kim lachte in die Kamera, braun gebrannt und fröhlich, in der Hand eine Eiswaffel, am Hals eine Kette aus pastellfarbenen Plättchen.

»Selbst gemacht? Sieht kindlich aus.«

»Die hat ihr ein Mann geschenkt, als sie die Wand des Rathauses bemalt hat. Sie hatte mit ihrem Entwurf den Wettbewerb gewonnen, erinnerst du dich? Beim Sommerfest war sie zwei Tage lang *unsere bekannteste Nachwuchskünstlerin*. So stand es jedenfalls im *Stadtanzeiger*.«

»Das war, als wir im Urlaub waren.«

»Ich war auch nur kurz da. Ich steh nicht so auf Volksfeste. Aber Kim fand's gut. Zweihundert Euro hat sie für die Malerei gekriegt. Dazu jede Menge Aufmerksamkeit. Und diese Kette.«

»Wie sah der Mann aus, weißt du das?«

»Leider nein. Das hat sie mir nicht erzählt. Angeblich hat er sie nicht direkt angesprochen, sondern ihr die Kette mit einem

Grußkärtchen zu ihren Farben gelegt, während sie auf der Toilette war. Auf dem Kärtchen stand, dass sie toll male und er sie gern in der Eisdiele gegenüber treffen wolle. Aber da ist sie nicht hingegangen.«

Vincent zeigte auf das Eis.

»Das hab ich ihr ausgegeben«, stellte Elias richtig.

»Und jetzt glaubst du, der Mann, der ihr die Kette geschenkt hat …«

»Es ist der einzige Anhaltspunkt, den ich habe. Ein paarmal habe ich überlegt, es der Polizei zu sagen, aber dann hab ich's gelassen. War einfach froh, die Bullen nicht mehr sehen zu müssen.«

»Kann ich das Foto haben?«

Elias stutzte. »Wozu?«

Verlegen druckste Vincent herum. »Nur so. Du hast doch sicher noch die Datei und kannst es dir neu ausdrucken.«

»Ja, aber was willst du damit?«

Vincent hatte versprochen, Johanna nicht zu verraten. »Als Erinnerung«, versuchte er eine Erklärung und merkte sofort, wie dämlich sie klang.

Prompt kniff Elias die Augen zusammen. »Vince, wenn du was weißt, sag es mir!«

»Ich weiß praktisch nichts.«

»Irgendeinen Gedanken hast du aber doch. Hey, ich dachte, wir machen das zusammen.«

Vincent seufzte. Er wollte das Versprechen, das er Johanna gegeben hatte, unbedingt halten. Andererseits mochte er seinen Freund nicht enttäuschen, zudem hatte er das starke Bedürfnis, das Problem endlich mit jemandem zu teilen und sich Elias anzuvertrauen.

Elias, der merkte, dass es in Vincent arbeitete, beugte sich vor, guckte ihn aufmerksam an und tippte mit zwei Fingern auf das Foto. »Ich geb dir das nur, wenn du mir erzählst, was los ist.«

»Das kann ich nicht. Ich bin in einer bescheuerten Situation, das hat nichts mit dir zu tun. Ich habe jemandem was versprochen und das muss ich halten. Glaub mir, ich will dir nur helfen. Und dafür muss ich das Foto jemandem zeigen.«

»Wem hast du was versprochen?«

»Kann ich nicht sagen! Hab ein bisschen Geduld, okay? Ich verspreche dir: Wenn ich tatsächlich was rauskriege, sage ich es dir sofort. Aber jetzt muss ich los. Gibst du mir das Foto?« Elias nickte und hielt es ihm hin, aber Vincent wusste, dass er nicht lockerlassen würde, bis er alles erfahren hatte.

Sonntag, 3. November

34
Johanna

Vincents Berührungen zuzulassen war das schwierigste Stück auf Johannas Weg zurück zu sich selbst. Weil das genussvolle Prickeln so nah am Schrecken lag, weil die Erinnerung an den Schmerz im Körper gespeichert war.

Kaum waren sie zusammen unter die Decke geschlüpft, kam es ihr vor, als wäre sie nicht mehr aus freien Stücken in Vincents Zimmer, sondern wieder mit dem anderen Mann im Haus der Loskills. Eingeschlossen, verloren und ausgeliefert, abgeschnitten von sich selbst war sie, denn damals hatte sie sich irgendwann nicht mehr wie sie selbst gefühlt, sondern wie eine Fremde, die mit dem Geschehen nichts zu tun hatte. Auch jetzt, bei Vincent, fühlte sie sich fremd in ihrer Haut.

Immer wieder musste sie sich im Kopf vorsagen, wer und wo sie war.

»Mach ich was falsch?« Vincent sah so süß aus mit seinem Hundeblick und dem zerstrubbelten Haar. Sie mochte ihn so gern.

Sie biss sich in die Hand, kämpfte mit den Tränen: ein erfolgloser Versuch. »Ich schaff's nicht.«

»Soll ich irgendwas anders machen?«

»Nein.« Sie drehte sich um und fluchte innerlich. *Denk einfach nicht dran, vergiss es endlich, es ist schon über ein Jahr her!*

»Ich hol dir mal ein Glas Wasser.« Seine Hand fuhr ihren Rücken herunter, einmal liebevoll vom Nacken bis zum Po, und gerade das war jetzt das Falsche, die Berührung ließ sie so laut aufquieken, dass zwei Sekunden später Isa an die Tür hämmerte.

»Ey, was macht ihr da drin? Schnoffi, lass Johanna leben!« Ihr Aufruf ging in Lachen über, gefolgt vom gegackerten Rat ihrer Freundin Emily: »Isi, jetzt sollten wir wohl mal die Polizei holen.«

»Schnauze da draußen!« Vincent sprang zur Tür und schloss sie ab, damit die Mädchen nicht plötzlich ungebeten im Raum standen. Das schienen sie besonders lustig zu finden.

»Hallooo! Wir wollen wissen, was ihr macht.«

»Wir üben ein Theaterstück, ihr dummen Puten. Und jetzt nervt nicht! Sonst kannst du dir das Referat abschminken, Isa, klar?«

Daraufhin gaben sie Ruhe.

Johanna wischte sich eine Träne aus dem Gesicht. »Das war 'ne gute Idee.«

»Theaterstück? Das glaubt sie mir nie. Aber dass ich ihr das Deutschreferat nicht schreibe, wenn sie keine Ruhe gibt, schon.« Er schlüpfte in seine Jeans. Hatte er jetzt vor, das Kuscheln zu beenden? Johanna wollte, dass er blieb. Sie beugte sich vor und schlang die Arme um ihn. »Du bist bestimmt ein toller großer Bruder. Noch besser bist du als Lover. Nur ich bin leider sauschlecht. Es tut mir so leid für dich.«

»Quatsch. Du solltest dir selber leidtun.«

»Ich bin aber gern mit dir zusammen. Schade, dass du dich angezogen hast.«

»Ist nicht deine Schuld.«

»Doch. Ich habe damals einen Fehler gemacht, hab die Gefahr unterschätzt, die von dem Mann ausging.« Leiser fügte sie hinzu. »Das ist auch ein Grund, warum es mir so schwerfällt, darüber zu reden.«

Zum Glück ging Vincent über den letzten Satz hinweg. »Du konntest vorher doch nicht wissen, was passiert. Du kanntest ihn ja nicht. Und selbst wenn du ihn gekannt hättest, wenn es dein Onkel gewesen wäre oder so – das kann man dem Opfer nicht vorwerfen. Man kann doch nicht in jedem Menschen einen potenziellen Verbrecher vermuten.«

»Schön, dass du das sagst. Aber so ganz stimmt es nicht. Ich habe den Mann durchaus ein paar Mal gesehen und hatte ein mulmiges Gefühl dabei. Ich mochte ihn nicht. Ich hatte fast Angst vor ihm. Ja, doch, Angst. Und hab ihn *trotzdem* ins Haus gelassen.«

Vincent horchte auf. »In welches Haus?«

Das hatte sie gar nicht verraten wollen. Sie wand sich. Sie wollte ihn nicht anschwindeln, wollte fair sein und ehrlich und es aussprechen und scheute doch wieder davor zurück. »Wo es passiert ist.«

Natürlich war er irritiert. Er musste angenommen haben, sie sei irgendwo draußen in ein Gebüsch gezerrt oder wie Kim verschleppt worden. Sie hatte Vincent nicht unabsichtlich in dem Glauben gelassen. Hätte der Mann sie völlig unvorbereitet überfallen, hätte er sich nicht vorher schon gezeigt, nicht schon mit der Gartenschlauch-Geschichte angedeutet, dass sie sich vor ihm in Acht nehmen musste, wäre es viel einfacher. So – und das wusste der Gärtner auch – schämte sie sich für ihre Naivität, warf sich vor, den Job bei den Loskills nicht schon beim kleinsten Unbehagen hingeschmissen zu haben, gab sich eine Mitschuld an ihrem Schicksal, ob sie wollte oder nicht. Der Gärtner hatte ihr während der Stunden in seiner Gewalt mehrmals eingeredet – lüstern ins Ohr geflüstert hatte er es ihr –, dass sie ihn ja die ganzen Tage über bewusst angemacht habe, wenn sie sich auf der Sonnenliege geräkelt hatte. Und obwohl sie vom Verstand her genau wusste, dass das nicht stimmte, dass das nur einer seiner Taktiken war, sie zum Schweigen zu bringen, wirkten seine Worte. Johanna schämte sich unendlich. Sie konnte Vincent, der sie abwartend ansah, nicht alles sagen, zumindest noch nicht.

Ihn im Dunklen tappen zu lassen, behagte ihr natürlich nicht, aber sie musste das tun. Zwar würde sie ihn nicht belügen, aber je weniger er wusste, desto besser.

»Irgendwie hab ich gedacht … Jo?«

»Nein. Ich war in einem Haus, einem leeren Haus, und da … da …«

»Ja, waren denn da vielleicht noch andere Leute? Nachbarn? Menschen auf der Straße? Gab's da keine Zeugen? Wo war das denn genau? Das ist doch ein Wahnsinnshinweis!«

»Stopp«, sagte Johanna. Sie wollte das nicht, nicht so, nicht solchen Stress.

Vincent verstand und fuhr ihr mit der Hand über die Wange. »Eins nach dem anderen, ich weiß. Lass dir ruhig Zeit mit dem Erzählen. Ich bin immer gleich fürs Handeln, ohne deine Gefühle zu bedenken.« Lieb klang er, nur ein klein bisschen ungeduldig, und sie wollte ja reden. Mit wem sollte sie reden, wenn nicht mit ihm?

Also suchte sie nach Worten, stammelte fast wie ein Kleinkind, bis er aufstand und zu seinem Schreibtisch ging.

Sicher reicht's ihm so langsam, dachte Johanna. Und er hat ja recht! Kannst du denn deine verdammte Scham nicht überwinden? Du weißt doch, dass der Gärtner gelogen hat, als er behauptet hat, du hättest auch Spaß daran! Du weißt, dass Vincent diese Lügen nie glauben würde, dass du Vincent vertrauen kannst! Also, was ist denn am Reden so schwierig? Du hast doch nichts vergessen! Du siehst alles vor dir, jede noch so kleine Einzelheit siehst du, spürst du, schmeckst du, riechst du, alles ist da. Du musst dich nur endlich trauen, es auszusprechen, Vincent vertrauen, dir selbst vertrauen. Rede endlich!

Doch Reden würde das Geschehene in die Gegenwart holen, den Mann, die Tat, die Schmerzen.

Vincent kam zurück, mit einem Foto in der Hand.

»Das hab ich von Elias. Er sagt, Kim habe kurz vor ihrer Entführung von einem Unbekannten diese Kette hier geschenkt bekommen.«

»Wo ist die Kette? Hast du sie weiterverschenkt oder weggeworfen? Was? Weißt du, dass ich es gar nicht mag, wenn man so achtlos mit meinen Geschenken umgeht?«

Die Wucht, mit der Johanna die Stimme des Mannes in ihrem Kopf hörte, war so stark, dass sie glaubte, sich sofort übergeben zu müssen. Sie griff nach Vincents langem, ausgeleiertem T-Shirt, zog es über, lief zur Tür, wollte sie aufreißen: abgeschlossen.

Abgeschlossen!!!!

Die Haustür abgeschlossen, der Schlüssel nicht im Schloss und auch nicht dort, wo er sonst liegt. Zum Garderobenschrank gehechtet, fast über die Katze gestürzt, Schubladen aufgerissen, Ersatzschlüssel Fehlanzeige, und er schon zu hören, schon wieder hinter ihr her, polternd auf der Treppe, schnaufend, grollend, geifernd, gierig.

Wohin? Ins kleine Gästebad! Innen steckt noch der Schlüssel. Sie verriegelt die schmale Tür. Er prallt dagegen, lacht höhnisch.

»Die breche ich mit dem kleinen Finger auf, wenn ich will! Komm raus oder willst du Ärger mit mir?!«

Das Klofenster. Gerade groß genug. Aber sie ist nackt! Wenn sie wenigstens ein Handtuch hätte, doch die, die hier liegen, sind winzig, sind nur zum Händeabtrocknen. Trotzdem! Da ist ein Fenster, eine Fluchtmöglichkeit!

Sie stützt den Fuß auf dem Klodeckel ab, stemmt sich hoch, schiebt zuerst den linken Arm ins Freie...

Und wird gepackt. Seine Hand.

Wie damals wird sie festgehalten. Aber es ist Vincents Hand. VINCENTS Hand!

»So warte doch!« Vincent schloss auf. Der Schlüssel fiel auf den Boden. Auch er war durcheinander.

Sie stürzte durch die Wohnung ins Familienbad, das groß und hellblau gekachelt wie ein Schwimmbad war und in dem mehr Zahnbürsten in einem bekleckststen Becher steckten, als Leute eigentlich dort wohnten, und mehr Handtücher auf dem

Boden lagen, als an den Haken hingen, denn Isa und Emily hatten sich gegenseitig Strähnchen in die Haare gefärbt: Alufolie, Farbe, Spritzer, ein halb voller Kaffeebecher, Chaos, der Geruch nach Friseur und das Flair eines fröhlichen Wochenendes ohne Eltern.

Johanna beugte sich über die Toilette, würgte, aber es kam nur ein bisschen Spucke. Sie setzte sich auf den Badewannenrand, ließ kaltes Wasser ins Waschbecken laufen, schaufelte es sich ab und zu ins Gesicht.

Vincent klopfte an die Tür.

»Alles in Ordnung, komm rein!« Sie hob die Hand, nickte matt.

»Isa lässt fragen, was das für ein Stück ist, das wir proben.«

Johanna hätte lieber geweint, aber sie musste einfach lachen, streckte die Hand nach ihm aus, zog ihn zu sich, unglaublich froh, dass er sie trotz des Wirbels, den sie hier veranstaltete, noch zu mögen schien.

»Mir geht's gut bei dir, Schnoffi – schräger Name übrigens.«

»Ist Isas Erfindung. Und 'ne lange Geschichte.«

»Wirklich gut geht's mir bei dir – auch wenn's nicht so aussieht.«

»Na, da bin ich ja froh.« Er setzte sich neben sie auf den Wannenrand.

Johanna holte tief Luft und erklärte: »Er hat mir auch so eine Kette geschenkt. Höchstwahrscheinlich ist es derselbe Mann.«

Vincent nickte und schwieg. Sie wusste, was er dachte, und knetete ihre Finger. »Er hat sich ein Jahr Zeit gelassen, bis er sich ein neues Opfer gesucht hat. Wir müssen nichts überstürzen.«

Vincent widersprach nicht, obwohl sie ihm ansah, dass ihn ihr Argument nicht überzeugte. Sie wussten ja überhaupt nicht, ob es nicht noch weitere unbekannte Opfer gab.

»Ich werde auf jeden Fall meine Schwester warnen. Ich zeige ihr das Foto der Kette und deine Beschreibung, sage, die Infos hätte ich von Kommissar Delmer. Das ist nicht ideal, aber das muss ich tun. Das ist das Mindeste, Jo.«

»Okay.« Sie legte ihren Kopf an seine Schulter.

»Eigentlich müsste ich mit dem Foto zur Polizei gehen …«

»Bitte, noch nicht. Ich will niemanden in Gefahr bringen, bestimmt nicht, ich … ich will nur selber nicht noch mehr zu Schaden kommen. Gib mir ein bisschen Zeit.«

Vincent seufzte, er war nicht überzeugt. »Wenn wir die haben«, murmelte er.

35
Das Mädchen

Am späten Sonntagnachmittag wollte das Mädchen noch einmal los, sich etwas gönnen, nachdem es den Tag fürs Lernen geopfert hatte. Was sie heute kaum in den Kopf bekam, würde sie auch morgen früh um acht nicht wissen, und wenn die Aufgabenzettel ausgeteilt wurden und sie vor Aufregung wieder ihr Klausurenblackout hatte, war das Lernen sowieso für die Katz gewesen.

Also hatte sie sich mit ihrer Freundin fürs Kino verabredet –

diesmal nur sie beide, ohne knutschsüchtige Typen. Im Gegenteil, sie wollten vorher ins Café und in Ruhe quatschen.

Das Mädchen stellte sich an die Bushaltestelle, an der es täglich mehrmals ein- und ausstieg, und schob die Hände in die Taschen. Kühl war es geworden, auch wenn die Herbstsonne ab und zu durch die Wolken brach. Um diese Jahreszeit wurde es früh dunkel. Seit letztem Freitag, seit dem Besuch in der Eishalle, hatte sie eine schleichende Verunsicherung ergriffen. Nichts, was greifbar oder wirklich der Rede wert gewesen wäre, weshalb sie auch niemandem davon erzählte, denn sie wollte keinesfalls so ängstlich wirken wie ihre Tante, die immer alle Türen abschloss. Das Mädchen war tough.

Doch jetzt, hier an der Bushaltestelle, hatte sie dasselbe Gefühl wie Freitagabend. Und wie gestern Mittag, als sie den Bus genommen hatte, um ihre Oma im Krankenhaus zu besuchen. Und wie gestern Abend, als sie mit ihrer Mutter und ihrem Hund einen Spaziergang durch die Kleingartenanlage gemacht hatte. Und wie heute Mittag, als sie mit Rusty allein draußen war zum kurzen Gassigehen, weil das Wetter so ekelhaft war.

Sie ließ den Blick erst in die eine, dann in die andere Richtung gleiten. Auf der anderen Straßenseite gingen zwei Türkinnen mit Kopftüchern; komplett in ihr Gespräch vertieft, achteten sie nicht auf das Mädchen. Ansonsten war niemand da, die ganze Gegend schien wie ausgestorben. Keine Bedrohung auszumachen, aber auch keine möglichen Helfer, keine Zeugen und kein Schutzraum, falls Schutz nötig würde.

Unruhig trippelte sie auf und ab.

Aus einem der heruntergekommenen Wohn- und Geschäftshäuser drüben traten ein Mann und ein Kind. Der kleine Junge hopste freudig um seinen Vater herum, bis sie ins Auto stiegen. Der Wagen wurde aus der Parklücke rangiert. Als er weg war, entdeckte das Mädchen, dass in dem dahinter parkenden Lieferwagen jemand saß.

Jemand, der herüberguckte und sie ansah.

Der konnte einfach auf jemanden warten. Zum Beispiel auf seine Freundin, die vielleicht in einem der sonntags geschlossenen Läden putzte. Oder auf sie.

Ihr Herzschlag beschleunigte sich.

Auf die Entfernung war das Gesicht des Mannes nicht zu erkennen, zumal er sich im Sitz zurückgelehnt und die Sonnenblende heruntergeklappt hatte. Sonnig war es eigentlich nicht mehr, und für eine Pause im unbeheizten Auto zu frostig.

Sie überlegte, ob sie zurück nach Hause gehen und in Begleitung wieder herunterkommen sollte. Zu zweit oder zu dritt könnten sie auf den Lieferwagen zugehen und den Typen einfach ansprechen. Wobei dieser – wenn er überhaupt noch da wäre – natürlich leugnen würde, sie beobachtet zu haben. Außer ihrem mulmigen Gefühl hätte sie nichts, weshalb sie ihn zur Rede stellen konnte. Sie würde sich hundertprozentig blamieren. Zwar würden ihre Eltern sagen, als junges Mädchen könne sie gar nicht vorsichtig genug sein – vor allem nach dem, was mit dieser Kim Klingenberg passiert war; dennoch wollte sie es nicht.

Sie wollte nicht, dass der Typ ihr frech ins Gesicht grinste, ähnlich wie der, der ihr auf der Kirmes einmal das Portemonnaie geklaut und es ihr leer als Fundstück zurückgegeben hatte. Wenn man nichts beweisen kann, steht man ziemlich doof da. Das hatte das Mädchen damals gelernt. Die Dreistigkeit der Täter, die wussten, dass man ihnen nichts anhaben konnte, schüchterte ein, beschämte und stempelte einen zum zweiten Mal zum Opfer.

Der Mann sah immer noch rüber, jetzt hob er sogar die Hand, als wolle er ihr zuwinken.

Arschloch! Am liebsten hätte sie ihm den Mittelfinger gezeigt, aber ihre Hände waren zittrig und schweißnass.

Montag, 4. November

36
Vincent

Vincent wollte weder seine Freundin zu einer Aussage nötigen noch die Sache auf sich beruhen lassen. Am vergangenen Abend hatte er Isa gewarnt – was einfacher gewesen war als gedacht, denn sie hatte ihn wundersamerweise ernst genommen und Johannas kurze Beschreibung aufmerksam durchgelesen. Vincent war sich zwar sicher, dass Isa ihm seine Erklärung, diese Daten habe er von der Polizei, nicht abnahm. Da die beiden Mädchen sich zu mögen schienen, hatte seine Schwester ihre Neugier jedoch einigermaßen gezügelt.

Anders dagegen Elias: Er hatte mehrfach angerufen, wohl um zu fragen, ob Vincent schon etwas herausbekommen hätte. Vincent hatte die Nummer erkannt und war einfach nicht drangegangen.

Das war ihm allerdings von Mal zu Mal schwerer gefallen. Die Zwickmühle, in der er jetzt steckte, bereitete ihm zunehmend Bauchschmerzen.

Wenn er sich die schutzlose, nackte, panische Kim im Wasser wieder vor Augen rief, verstand er Johannas Weigerung zu reden. Für Kim war er in diesem Moment keiner gewesen, der Rettung brachte, und auch Johanna schien nicht zu erkennen, *was* sie und andere retten würde. Aber war es wirklich seine Aufgabe, ihr die Augen zu öffnen? Hatte er überhaupt eine Aufgabe bei alledem?

Rumsitzen und die Hände in den Schoß legen war jedenfalls nicht seine Sache. Deshalb hatte er am gestrigen Abend Kims Foto kopiert und die Kopie so zurechtgeschnitten, dass nur Hals und Kette zu sehen waren.

Jetzt, zehn Minuten vor Unterrichtsbeginn, tingelte er über den Schulhof und zeigte einem Mädchen nach dem anderen das Foto.

»Morgen! Wisst ihr zufällig, wo man so eine Kette kaufen kann?«

Köpfe beugten sich über das Bild, fällten Urteile von »selbst gemacht« über »potthässlich« bis hin zu »billig« und »etwas sehr kindlich«.

»Schon gut«, murrte Vincent, »ihr sollt sie euch ja nicht umhängen. Nur überlegen, wo man so was kaufen kann.«

»Spielzeugladen. Ist was für kleine Mädchen.«

»Oder beim fahrenden Händler. Vielleicht vom Weihnachtsmarkt.«

»Internet!«

Vincent holte einen Notizblock. »Aber es gibt doch bestimmt auch Läden, in denen es so was geben könnte.«

»Im Dritte-Welt-Laden vielleicht«, vermutete Sanne, die in Englisch neben ihm saß. »Willst du so eine deiner Freundin schenken? Da würde ich dir lieber so was in dieser Richtung empfehlen.« Sie zog den Reißverschluss ihrer Jacke auf und präsentierte eine schlichte silberne Kette mit zwei Herzanhängern. »Die hab ich von meinem Freund, passend zu den Ohrringen. Ohrlöcher hat sie ja wohl, oder?«

»Wie heißt denn deine Freundin eigentlich? Kennen wir die?« Natascha war jetzt auch dazugestoßen. »Wann stellst du sie uns mal vor?«

»Ja, eben, Vince, wann gibst du mal wieder einen aus?« Yannik schlug ihm auf die Schulter und Vincent steckte das Foto schnell in die Schultasche, denn jetzt kam auch noch Elias angedackelt.

»Ich hab dich gestern bestimmt zehn Mal angerufen.«

»Er hat doch jetzt 'ne Freundin«, rief Sanne, »da darfst du ihn nicht stören, du Dusel!«

»Wusste ich gar nicht«, wunderte sich Elias.

»Und ob!« Natascha hakte sich bei Vincent ein und schunkelte ihn etwas hin und her. »Große Liebe! Er sucht sogar schon Schmuck für sie aus. Ich freu mich für dich, Vince!«

Elias' Augen wurden schmal. »Was für Schmuck?«

»Geburtstagsgeschenk«, log Vincent und wollte sich verdrücken. »Tja, ich frag noch mal woanders, ob jemand den Laden kennt.«

Elias folgte ihm und hielt ihn mitten auf dem Platz auf. »He, warte mal, was läuft denn da? Du weißt doch was!«

»Schrei noch lauter, dann kriegen's alle mit.« Vincent eilte weiter und bog um eine Ecke des Gebäudes, wo sie außer Sichtweite der anderen waren. Er merkte, dass er sich genau an der Stelle befand, an die er sich vor ein paar Wochen mit Johanna zurückgezogen hatte, und setzte sich auf denselben kleinen Sitzklotz wie damals.

Elias blieb stehen. »Also, was ist los?«

Vincent schüttelte den Kopf. Er wollte Johanna unter keinen Umständen verraten, aber das fiel so verdammt schwer. Die Situation belastete ihn schließlich auch. Gestern Abend war es solch eine Erleichterung gewesen, Isa auf ihre Frage »Hat Johanna ein Problem?« mit einem klaren »Ja« zu antworten. Es hatte ihm gutgetan, den mitleidigen Blick seiner Schwester zu sehen, von ihr in den Arm genommen und getröstet zu werden.

Selbstverständlich hatte er rasch hinzugefügt: »Aber bitte verrat nicht, dass ich dir das gesagt habe. Bitte, lass dein Smartphone aus. Wenn du Johanna magst, tu mir den Gefallen. Das würde es für sie nur noch schlimmer machen.«

Isa hatte zuerst einen Flunsch gezogen, dann aber sehr verständig genickt, und das hatte Vincent so unglaublich gutgetan, als wäre ein Teil der Last von seinen Schultern genommen.

»Die Kette ist eine Spur«, konstatierte Elias.

Vincent seufzte und widersprach nicht.

»Soweit ich weiß«, murmelte Elias, »arbeiten Cops immer zu zweit. Nie allein. Wie Taucher. Das ist sicherer. Das macht Sinn.«

Vincent zögerte, dann gab er sich einen Ruck. »Du hast den richtigen Riecher gehabt.«

Während es klingelte und die Schüler ins Gebäude strömten, sprach Vincent schließlich aus, was er nicht länger für sich behalten konnte. »Vor Kim hat der Mann schon mal ein Mädchen überfallen.«

Elias fiel die Kinnlade runter. »Waaas?« Er begann mit geballten Fäusten zwischen den bunten Betonklötzen auf und ab zu tigern. »Man hätte es also verhindern können?«

»Nein, das war unmöglich«, versuchte Vincent seinen Freund zu beruhigen. »Keine Chance.«

Aber stimmte das? Er drehte den Kopf zur Seite, damit Elias ihm nicht in die Augen schauen konnte. Er hoffte inständig, dieser würde den Zweifel und die Lüge darin nicht bemerken, und anscheinend klappte es, denn Elias rannte wieder um die Sitzklötze, trat gegen ein weggeworfenes Plastiktrinkpäckchen, trat gegen den Stein, verzog den Mund vor Schmerz, knurrte.

»Und das weißt du, weil der Täter ihr zuvor so eine Kette geschenkt hat?«

»Ja.«

»Verdammte Scheiße!« Elias ließ eine Salve von Schimpfwörtern los. »Hast du dem Mädchen das Bild gezeigt und sie hat die Kette erkannt?«

»Ja. Und das ist alles, was ich dir sagen kann. Du fragst mich jetzt bitte nicht, wie das Mädchen heißt. Ich werde es dir sowieso nicht sagen. Wenn wir zusammenhalten wollen, dann bedräng mich nicht mit so einer Frage.«

»Du bist aber sicher? Also, nicht dass sie lügt und sich wichtigmachen will?«

Vincent lachte bitter. »Nee. Glaub mir, ich würd mich freuen, wenn's so wär. Wenn sie mich die ganze Zeit belogen hätte, wenn ihr nichts passiert wäre, wenn es ihr nicht schlecht ginge und sie alles gespielt hätte, um sich interessant zu machen, dann würde ich mich für sie freuen. Ich würde sie verlassen, aber freuen würde ich mich trotzdem für sie.«

Elias schluckte. »Deine Freundin.«

»Ja, Alter, wir haben mehr gemeinsam, als du so denkst.« Vincent merkte, dass er jetzt selbst mit den Tränen kämpfte, und als Elias ihm den Arm um die Schulter legte, wurde das Bedürfnis, seinen Schmerz rauszulassen, noch stärker.

»War eigentlich schon immer so, oder?«, fragte Elias. »Weißt du noch, wie wir beide das gleiche rote Rennrad zu Weihnachten geschenkt bekommen haben und wie's uns beiden innerhalb von einer Woche geklaut worden ist?«

»Fast einen Monat hab ich meins länger gehabt.«

»Wow. So genau erinnere ich mich nicht. Aber Bänderrisse haben wir auch beide gehabt ...«

»Und Fünfen in Mathe.«

»Wir sind voll die Loser, Vince.«

»Aber kosmisch miteinander verbunden.«

Sie lachten und das tat Vincent unglaublich gut. Selbst wenn er sein Versprechen Johanna gegenüber gebrochen haben sollte, war er in diesem Augenblick froh darüber.

»Okay«, sagte Elias. »Was machen wir jetzt?«

»Ich dachte«, Vincent fühlte sich wie vor einer wichtigen sportlichen Herausforderung, als sei er der Trainer und bespräche mit seiner Mannschaft die Taktik für das wichtige Spiel, »du klapperst die Schmuckläden ab, fragst nach der Kette, ob sie sie im Angebot haben und wer so eine gekauft hat.« Vincent reichte ihm die Notizen, die er nach den Angaben der Mädchen gemacht hatte, sowie eine Kopie des zurechtgeschnittenen Fotos. Zuletzt holte er eine Kopie von Johannas Täterbeschreibung aus seiner Schultasche. »Der Mann, den wir suchen: So in etwa sieht er aus.«

Elias pfiff durch die Zähne. »Sehr gut. Sehr, sehr gut.« Er nickte. »Ich würde am liebsten sofort anfangen. Was machst du?«

»Ich werde mit meiner Freundin das Internet durchforsten und alle Fotos, die wir vom Stadtfest finden, ansehen. Vielleicht ist der Täter zufällig auf einem der Bilder.« Er verschwieg, dass Johanna von diesem Plan noch nichts wusste und möglicherweise gar nicht damit einverstanden sein würde.

»Kenne ich deine Freundin zufällig?«

Vincent stand auf. »Keine Fragen zu ihr. Das war abgesprochen.«

»In Ordnung«, machte Elias gedehnt. »Obwohl … was hat sie gegen mich? Ich bin schließlich Kims Freund. Kim wäre sicher einverstanden, dass ich …«

»Elias, bitte! Du hast es versprochen. Und du weißt nicht, wie Kim sich jetzt fühlt.«

Elias seufzte und trat von einem Fuß auf den anderen. »Nee, leider nicht.« Dann wandte er sich ruckartig Richtung Schultor und gab Vincent einen Wink mit dem Kopf. »Los, regen wir uns bei sinnvollen Dingen wie Chemie ab. Zum Glück habe ich heute nur vier Stunden. Danach leg ich sofort los. Ich gehe nicht mal zwischendurch nach Hause. Ich laufe die ganze Stadt ab. Heute Abend rufe ich dich an, dann tauschen wir uns aus.«

»Heute Abend ist Training, schon vergessen?«

»Ich befürchte, Vince, daraus wird wieder nichts. Es sei denn, wir können uns eine sportliche Denkpause erlauben, aber das werden wir sehen.« Elias gab ihm einen Klaps auf die Schulter.

Sie gingen los, Elias schnell, als wolle er die lästigen Stunden möglichst schnell hinter sich bringen, Vincent langsamer, nicht mehr so sicher, ob sein Entschluss, Elias einzuweihen, wirklich richtig gewesen war.

37
Johanna, 14:00 Uhr

Johanna hätte lieber Nein gesagt. Sie hätte ihm gern an den Kopf geworfen, dass sie nicht mit ihm zusammen war, um Detektiv zu spielen. Und sie hätte auch nichts dagegen gehabt, den letzten Tag, an dem er ohne Eltern war, gemütlich kuschelnd bei ihm im Bett zu verbringen. Aber sie hatte die Kette gesehen, die Kim bekommen hatte, und damit war es klar: Der Gärtner hatte Kim entführt und in den Kanal geworfen, und nach den zwei Taten, die er mindestens schon begangen hatte, musste man auch weitere befürchten. Johanna grauste sich vor dem, was Vincent vorhatte – über sein Argument, Fotos könnten nicht beißen, hatte sie nur gelacht –, aber sie wusste auch, dass sie keine andere Wahl hatte, als mitzumachen.

Die Alternative wäre, Vincent zu verlassen, aber wenn das nächste Mädchen …

Wollte sie dann wieder todessehnsüchtig auf einer Brücke stehen?

Wollte sie das?

Sie hatte sich Bedenkzeit erbeten, nachdem Vincent ihr am Telefon seinen Plan geschildert hatte. Er hatte das nicht kommentiert, aber sie hatte sein schnelles Atmen gehört, dann seine Frage, ob er sie später noch mal anrufen solle.

Und da hatte sie zugesagt. »Ich komme gleich zu dir.«

»Und nachher können wir es uns ja gemütlich machen, ja?« Seine Stimme war förmlich übergequollen vor Erleichterung. Warum, verdammt, war es ihm so wichtig, den Täter zu fangen? Nicht, dass es ihr nicht auch wichtig wäre. Sie wusste, ihr Schweigen konnte den Tod für eine andere bedeuten, aber das Reden war Folter für sie.

Deshalb verriet sie ihm auch nicht, dass es sich um den Mann handelte, der im letzten Sommer im Hainbuchenweg Gartenarbeiten ausgeführt hatte. Johanna wusste sogar noch, wie die Nachbarn der Loskills hießen, bei denen er beschäftigt war: Simmer. Vincent konnte also einfach die Simmers anrufen, behaupten, er suche auch einen Gärtner, und sich nach dem erkundigen, der letzten Sommer bei ihnen gearbeitet hatte. Vincent bekäme einen solchen Anruf sicher ohne großes Herzrasen und Rumstottern hin. Und dann konnte er den Namen anonym der Polizei zuspielen.

So einfach ...

Sie bremste heftiger als nötig, als sie auf den Marktplatz einbog. Vincent wartete wieder auf dem Balkon. Es wäre so einfach, ihm die Wahrheit zu sagen. Ein Anruf würde genügen und er hätte freie Hand zu entscheiden, wie er den Namen dem Kommissar mitteilen wollte. Sollte er doch behaupten, Kim hätte diesen Namen noch genannt, bevor sie im Kanal ohnmächtig geworden war! Sollte er sich doch eine plausible Erklärung ausdenken – wenn er sie nur nicht mit hineinzog.

Aber das war wohl kaum möglich.

Schon allein seine Fragen!

Er würde wissen wollen, wieso sie dem Mann nach der Sache mit dem Gartenschlauch überhaupt die Tür geöffnet hatte, wieso sie, als die Messer in der Schublade offen vor ihr lagen, ihm nicht eines davon in den Bauch gerammt hatte, wieso sie so viel mit sich hatte machen lassen. Woher waren sie gekommen: die Angst, die Starre, die viel zu lange Ergebenheit in das Ausgeliefertsein?

Vincent winkte und rief ihr etwas zu. Er sah, dass sie schon da war, sich aber samt Rad kaum vom Fleck bewegte.

Er wusste weder vom Schlauch noch den Messern noch dem Haus des Klavierlehrers. Er konnte keine unbequemen Fragen stellen, konnte nicht den Finger in die Wunden legen, sie nicht dazu bringen, sich in Grund und Boden zu schämen.

Er würde das ja auch gar nicht wollen, denn er warf ihr nichts vor. Er liebte sie. Aber sie liebte sich nicht. Sie schaffte es nicht, zu dem, was geschehen war, zu stehen, schaffte es ja kaum, auf Vincent zuzugehen.

Also: Fotostunde. Das war ein Kompromiss. Ein Anfang. Wovon auch immer.

Sie hatte die Waffe wieder eingesteckt. Wochenlang hatte sie sie in ihrem Zimmer versteckt; jetzt brauchte sie die Sicherheit, die sie ihr gab, erneut. Ihr war, als würde der Mann ihr wieder näher kommen, als würde er gefährlich werden, sobald sie sich mit ihm – und sei es nur auf einem Foto – beschäftigte.

38
Vincent, 14:15 Uhr

»Ich habe schon ein bisschen angefangen und ein paar Seiten gespeichert, auf denen ich Fotos gefunden habe.« Da Isa nicht zu Hause war, hatte Vincent seinen Laptop der Bequemlichkeit halber auf dem großen Küchentisch platziert und zwei Stühle davorgestellt.

Johanna setzte sich schweigend und mit hartem, verschlossenem Gesichtsausdruck. Verunsichert griff er sich den anderen Stuhl, schob ihn dicht an ihren.

»Leider scheinen meine Facebook-Freunde alle nicht besonders interessiert an Volksfesten zu sein, aber das eine oder andere Foto habe ich gefunden. Auf der Homepage der *Allgemeinen Zeitung* gibt's auch eine Fotostrecke, die man anschauen kann, ohne Abonnent zu sein. Beim *Stadtanzeiger* ist die Ausbeute online leider nicht so groß, aber ich denke, die Redaktion hat bestimmt noch Bilder in den Archiven, vielleicht können wir da später noch vorbeigehen und nachfragen.« Er redete schneller und viel mehr als sonst. Seine Nervosität schien kaum kleiner als die von Johanna.

»Was meinst du, Jo? Fangen wir an?«

Er hörte Johanna geräuschvoll schlucken. »Ich weiß aber nicht, was ich mache, wenn er drauf ist.«

Er nahm sie in den Arm und küsste sie auf die Backe und das

Ohr, denn ihr Gesicht drehte sie weg. Mit dem einen Arm hielt er sie fest, mit dem anderen klickte er sich durch die Fotostrecke der *Allgemeinen Zeitung*. Auf zwei Bildern war Kim drauf: auf einem gab sie dem Bürgermeister die Hand, auf dem anderen stand sie mit Farben und Pinseln ausgestattet vor der Rathausmauer. Für seine Zwecke interessanter waren allerdings die Fotos, die die Besucher des Fests beim Bummeln zeigten.

»Ist er irgendwo drauf? Erkennst du ihn wieder?«

»Nein«, sagte sie mit heiserer Stimme.

»Guck sie dir genau an! Auch die Leute ganz hinten am Bierstand und die da, von denen man nur Ausschnitte der Gesichter sieht.«

»Tue ich doch.«

Johanna kniff die Augen zusammen, beugte sich vor. Foto für Foto sahen sie sich an: Männer mit Muskelpaketen, Männer mit tätowierten Armen, Männer mit Bierkrügen und roten Schnapsnasen, Männer, die in Würstchen bissen, Männer mit kleinen Mädchen an der Hand.

War er denn wirklich nicht dabei?

»Soll ich mal irgendeinen Ausschnitt größer zoomen?«

Sie schüttelte den Kopf.

»Wir haben noch die eine oder andere Chance.« Er wechselte zu den Facebook-Seiten, dann zum Webauftritt des *Stadtanzeigers*.

»Hier ist noch eins mit vielen Leuten …?!«

»Vergiss es, Vincent! Er ist nicht drauf.« Sie lehnte sich im Stuhl zurück. »Das war's. Geschafft. Fertig. Puh.«

»Schade!« Vincent konnte seine Enttäuschung kaum verbergen.

»Aus deiner Sicht mag es schade sein«, Johanna stand auf. »Du kämpfst für die gute Sache und hast keinen Erfolg gehabt. Aber ich muss erst mal gegen mich selbst kämpfen und ich kann nicht einfach so von einem auf den anderen Tag den Mut aufbringen, mich diesem kranken Arschloch zu stellen. Natürlich würde ich gern helfen, richtig helfen, aber«, sie stützte sich mit den Händen auf der Stuhllehne auf, als wäre sie körperlich erschöpft, »ehrlich gesagt bin ich einfach nur erleichtert, dass ich nicht noch mal in diese Augen gucken musste, und das kannst du mir bitte gönnen.«

»Das gönne ich dir ja.« Vincent wusste nicht recht, wie er Johannas Verhalten einschätzen sollte. Übertrieb sie nicht ein bisschen? Andererseits war er ein Junge. Konnte er das wirklich beurteilen?

Um die Stimmung aufzuhellen, schlug er vor, sich mit etwas Süßem zu belohnen. Sie könnten Waffeln mit Vanilleeis und heißen Kirschen essen, deren verführerischer Duft durchs gekippte Fenster vom neu eröffneten Café am Markt bis in die Küche wehte.

»Ich lad dich ein. Das bringt uns auf andere Gedanken. Solche Waffeln habe ich mit meinen Eltern in den Nordseeurlauben gegessen.«

»O ja, lass uns ans Meer fahren, statt Verbrecher zu fangen!«

»Sofort? Soll ich mein Zelt und mein Surfbrett holen?«

Johanna nickte und lehnte sich an ihn. »Obwohl es für Camping schon zu kalt ist.«

»Ich wärme dich.«

»Das tust du doch sowieso schon.« Sie kuschelten und küssten sich als wären sie ein ganz normales Paar. Als hätten sie alle Zeit der Welt.

Als Elias anrief, war Johanna zum Glück gerade im Café zur Toilette gegangen. »Satz und Sieg, Vincent! Ich habe den Laden gefunden. Ganz kleine Klitsche in der Andreasstraße. Verkaufen mehr Spielzeug, Schreibwaren und so 'n Kram. Die Kette ist spottbillig, kostet nur zwölf Euro.«

»Das ist supertoll, aber ich kann jetzt nicht reden«, unterbrach Vincent gepresst. »Ich melde mich später bei dir.«

»Wann später? In einer Stunde? Auf jeden Fall noch heute, ja?!«

»Ja.« Vincent behielt die Tür zur Toilette im Blick.

»Ich kriege nämlich vielleicht noch mehr raus. Ich warte hier auf die Verkäuferin, die sonst im Laden ist. Sie hat gerade Pause. Momentan ist nur die Vertretung da, die mir nichts darüber sagen konnte, ob überhaupt irgendwann jemand mal so eine Kette gekauft hat.«

»Danke, klasse gemacht, Elias.«

Johanna kam heraus, nichts ahnend, die nassen Hände an den Hosenbeinen abstreifend, und Vincent senkte die Stimme. »Muss jetzt Schluss machen.«

»Ist deine Freundin bei dir? Jetzt würde ich gerne skypen.«

»Blödmann!« Vincent legte auf. Es erschreckte ihn, wie ernst Elias die Sache nahm, denn es bedeutete, dass Vincents Verrat irgendwann auffliegen würde. Er pustete sich ein paar zu lange Ponyfransen aus dem Gesicht und lächelte Johanna an. Er kam sich schäbig vor.

Dennoch überredete Vincent Johanna dazu, mit ihm beim *Stadtanzeiger* nach Archivfotos zu fragen. Die Redakteurin aber stellte sich quer. Zuerst behauptete sie, die alten Ausgaben auf Papier würden nur für kurze Zeit archiviert und an die Dateien grundsätzlich niemand herangelassen. Als Vincent dann drängender nachhakte, fragte sie argwöhnisch, worum es ging. Als sie den Namen Kim Klingenberg hörte, machte sie ganz dicht.

»Ich kann's nicht leiden, ausgebremst und wie ein dummer Junge behandelt zu werden.« Vincent ärgerte sich. Sollte er denn überhaupt nichts herausbekommen? Hätte Elias sich auch so abspeisen lassen oder hatte der mehr Biss als er selbst?

»Ich hab ehrlich gesagt nichts anderes erwartet«, meinte Johanna. »Für heute reicht's mir auch. Wollen wir wieder zu dir oder …«

»Gern.« Vincent nickte. Dennoch lag es ihm auf der Zunge, ihr vorzuschlagen, zur Polizei zu gehen. Dann würde sich die Sache ganz schnell und einfach gestalten. Delmer käme sicherlich an all die Fotos, die der Fotograf des *Stadtanzeigers* beim Stadtfest von Kim gemacht hatte und die nicht gedruckt oder online gestellt worden waren. Natürlich erinnerte er sich, wie unangenehm der Kommissar bei der Befragung gewesen war, aber als sie jetzt durch die Fußgängerzone gingen und Johannas Erleichterung aus jeder Pore ausstrahlte, stieg Wut in ihm auf. Männer wie Johannas Vergewaltiger kamen davon und konnten ungehindert wieder zuschlagen, weil ihre Opfer sich wie die Kaninchen in ihre Löcher duckten.

»Soll ich wirklich noch mit zu dir kommen oder hat's dir die Laune verhagelt und du wärst lieber allein?«, fragte Johanna besorgt. Sie waren bisher nur ein paar Schritte weitergekommen, standen, weil es zu regnen begonnen hatte, unter den Vordächern der Geschäfte.

»Natürlich sollst du mitkommen. Aber ich bin gefrustet. Du nicht?«

»Weiß nicht.« Sie griff nach seiner Hand, schwenkte sie. »Wenn du unbedingt willst, finden wir andere Möglichkeiten, ihn dranzukriegen.«

»Was heißt: wenn *du* unbedingt willst? Du willst es doch auch! Und welche Möglichkeiten denn?«, schnappte Vincent.
»Dafür müsstest du mir mehr erzählen. Zum Beispiel, wo es passiert ist und an welchem Tag, wie er dir die Kette gegeben hat, ob's irgendwas Besonderes an ihm gibt, an das du dich erinnern kannst: Tätowierungen, Narben ...«

Johanna stöhnte auf.

»Du hast gesagt, du willst nicht, dass er noch einer was tut, du hast gesagt ...«

»Ja doch!« Ihre Augen blitzten böse. »Das ist auch so. Was hast du denn gedacht? Dass ich ihm vergebe? Nie im Leben!«

»Ich will dir nur helfen«, sagte Vincent, »dich motivieren, dir den Rücken stärken.« Er schubste sie und schob sie von hinten an, bis sie wieder lächelte.

»Ja, danke. Ich will das ja auch: den Kerl festsetzen, der Polizei helfen. Es macht mir nur solche Angst, von dem, was passiert ist, zu erzählen. Vielleicht«, sie holte tief Luft, »geht es in eine Decke gewickelt an deiner Hand, weil du der Mensch bist, dem ich am meisten vertraue. Wenn ich weiß, dass du da bist.«

Vincent drückte sie an sich. »Ich bin für dich da.«

»Was dieser Mann mir angetan hat, kannst du vielleicht wieder ausgleichen. Wie bei einer mathematischen Gleichung, so stelle ich es mir vor. Das ist mein heimlicher Traum.«

»Das wäre toll«, antwortete er. »Großartig wäre das.« Er war so gerührt, dass ihm keine besseren Worte einfielen.

39
Das Mädchen, 17:25 Uhr

In der Hoffnung, ihr Bruder käme nach Hause und übernähme das Gassigehen, hatte das Mädchen Rustys Bedürfnis so lange wie möglich ignoriert. Ihr Bruder aber ließ auf sich warten. Ihre Eltern fuhren montags direkt nach der Arbeit in die Nachbarstadt, wo sie einen Tanzkurs besuchten. Als Rusty zu jaulen anfing, blieb dem Mädchen nichts anderes übrig, als sich selbst Jacke und Leine zu schnappen.

Es regnete leicht, aber immerhin war es noch nicht ganz dunkel, sodass sie, wenn auch mit einem unguten Gefühl im Magen, zwei Straßen weiter das niedrige Eisentor aufstieß und die Kleingartenanlage betrat.

Trüb und traurig sah es hier aus. Die letzten Rosen ließen ihre von Regen und Nachtfrost matschigen Köpfe hängen, welke Blätter wirbelten über den Hauptweg und ein paar Krähen zankten sich in den sich entlaubenden Bäumen.

»Heute bleiben wir nur hier am Tor«, sagte sie zu ihrem Hund und streichelte seinen Rücken. Er war anderer Meinung, sprang an ihr hoch und kläffte munter, bis er weiter hinten auf dem Weg die Nachbarin und die Hündin seines Herzens entdeckte. Der Jack-Russell-Terrier war frei, und weil er und die Nachbarin ein so vertrautes Bild boten, ließ das Mädchen Rusty ebenfalls von der Leine.

Die Nachbarin, tierlieb und gehbehindert gleichermaßen, blieb stehen, winkte kontaktfreudig mit ihrem Regenschirm und sorgte so dafür, dass sich auch das Mädchen in Bewegung setzte. Der kurze Plausch und das Herumtollen des großen, wuscheligen blonden Hundes mit dem kleinen, kurzhaarigen schwarz-weißen war so entspannend, dass das Mädchen in alter Gewohnheit doch die übliche Runde drehte, während die Nachbarin sich mit schwankenden Schritten mühsam in Richtung Tor aufmachte. Keine zwei Minuten später – der rote Regenschirm der alten Frau war zwischen den leuchtenden Essigbäumchen und Ligusterhecken noch eben so auszumachen – hatte Rusty wieder etwas entdeckt, sauste trotz der Aufforderung, bei Fuß zu bleiben, voraus und verschwand im nächsten schmalen Seitenweg.

»Rusty!«

Rusty hörte nicht. An manchen Tagen war er wegen seiner Arthrose kaum noch in der Lage, in den Kofferraum zu springen und die Treppe hinaufzulaufen, aber ausgerechnet heute schien er sein Alter nicht zu merken. Vielleicht hatte er ein Kaninchen entdeckt oder den hässlichen Kläffer aus Nummer 5. Dann konnte es dauern.

Ungeduldig stemmte das Mädchen die Hände in die Hüften, rief und pfiff. Keine Reaktion. Es war auch kein fremdes Gebell zu hören. Außer ihr und der Nachbarin schien sich niemand zu einem Hundespaziergang entschieden zu haben, zumal der Regen kräftiger wurde und der Wind an ihren Haaren zog. Klamme Kälte kroch durch ihre Kleidung. Sie wollte nach Hause. Dennoch ging sie weiter, bis fast zum hinteren Tor. War er dort hinausgelaufen?

»Rusty?!«

Das Mädchen blieb stehen. Links und rechts neben ihr lagen die letzten Gärten, die wegen ihrer Randlage höhere Hecken und Bretterzäune hatten. Gut zwanzig Meter vor ihr war das weit geöffnete Tor zum Zufahrtssträßchen, das links zur Schnellstraße führte und rechts direkt in eine Sackgasse mündete, in der Müllcontainer standen. Die gegenüberliegende Seite des Sträßchens wurde von einer Schallschutzwand gesäumt. Das Mädchen befand sich in einem T-förmigen Hohlweg, dessen ungleich lange Seitenarme sie nicht einsehen konnte.

Plötzlich fiel es ihr schwer, nach ihrem Hund zu rufen. Ihr war, als dürfe sie nicht mehr als nötig auf sich aufmerksam machen. Als dürfe sie nicht zeigen, dass sie hier allein war, schutzlos in der Dämmerung und Ödnis, in der sich das Rauschen der Schnellstraße mit dem des stärker werdenden Regens vermischte.

40

Vincent, 17:30 Uhr

Erst nach einer Weile löste er sich behutsam aus ihrer Umarmung, strich ihr über die Backe, schob ihr eine Haarsträhne hinters Ohr.

»Ich werde es dir erzählen, Vincent«, sagte Johanna. »Zumindest das, was ich erzählen kann. Ich kann's ja doch nicht länger aufschieben und ich glaube, es ist der richtige Moment. Ich komme noch mit zu dir.«

»Gut.« Er wollte ihre Hand nehmen, doch sein Handy klingelte: Elias.

Was wollte der denn schon wieder? Vincent drückte ihn einfach weg und warf Johanna ein entschuldigendes Lächeln zu. Sie musste neugierig sein, wer angerufen hatte, doch sie fragte nicht.

»Als ich Kim aus dem Wasser zu holen versucht habe«, sagte er unvermittelt, »ist etwas passiert, was ich der Polizei nicht erzählt habe.« Er berichtete Johanna vom Stopp des ersten Autos. »Ich hätte einfach zugeben können, dass ich zu feige war, sofort um Hilfe zu rufen. Vielleicht wäre diese Information für die Polizei wichtig gewesen, ich weiß es nicht, aber ich … ich kann verstehen, dass man nicht immer alles preisgeben will. Man will in einigermaßen gutem Licht dastehen.«

»Danke, dass du das sagst.«

Er nickte und fühlte sich ihr enger verbunden denn je. Den Rest des Weges zum Haus liefen sie schweigend und mit hochgezogenen Kapuzen, beide in ihre eigenen Gedanken versunken.

»Reden ist Silber, Schweigen ist Gold, das sagt man nicht umsonst«, murmelte Johanna, als sie im ersten Stock die Wohnungstür aufschlossen. »Aber immer stimmt es nicht. Ich denke, ich könnte …« Sie unterbrach sich, denn Isa war jetzt zu Hause und kam mit einem angebissenen Schokokuss in der Hand zur Tür gehüpft.

»Hallo, ihr zwei! Wir haben Besuch! Und es gibt was zu feiern!«

»Schön! Was denn?«, fragte Johanna freundlich, ließ ihren Rucksack unter die Garderobe plumpsen und hängte ihre nasse Jacke auf.

»Weiß nicht, wollte er noch nicht verraten. Aber er hat Süßigkeiten mitgebracht.«

»Aha?«, machte Johanna, die offenbar an einen Freund von Isa dachte, doch Vincent wusste es bereits besser. Er kannte die Jeansjacke, die neben seiner hing.

Als Johanna die Küche betrat, blieb sie wie erstarrt stehen. »Bist du nicht der Spinner von der Brücke?«, fragte sie.

»Bist du nicht die …«, Elias suchte nach Worten, »… die noch beklopptere Spinnerin von der Brücke?«

Mist, dachte Vincent, verdammt schlechtes Timing.

Isa, die nichts verstand, lachte. »Ihr kennt euch? Was für 'ne Brücke?«

»Insiderwitz«, antwortete Vincent knapp und versuchte seine Schwester aus der Küche zu bugsieren. »Hast du nicht noch was zu tun? Wichtigen Chat mit Emily oder so?«

»Ey, ich wohne hier genauso wie du!«

Johanna setzte sich auf einen Stuhl. Vincent sah ihr an, dass sie auf der Hut war. »Was gibt es denn zu feiern? Sind wir auch eingeladen?«, fragte sie, aber Vincent glaubte ihr anzuhören, dass sie auf solch eine Einladung lieber verzichten würde.

Elias war etwas verlegen. »Ich weiß, ich störe«, begann er, »aber ich muss Vincent dringend sprechen.« Er grinste plötzlich. »Ich wusste nicht, dass ihr zusammengefunden habt. Hast du eine von Vincents Botschaften gefunden?«

»Botschaften?«, fragte Johanna irritiert.

»Na, dass du dich melden sollst, Glück-auf-Girl, das hat er doch mitsamt seiner Handynummer überall auf die Brücke gekritzelt.« Elias versuchte ein Lächeln, doch die Einzige, die darauf reagierte, war Isa: »So was machst du, Schnoffi? Das ist ja total romantisch! Das wusste ich gar nicht. Ist das eine Liebesbrücke?«

»Schicksalsbrücke eher«, antwortete Elias und wischte unruhig mit den Händen über die Tischplatte. »Okay, läuft jetzt alles doof, ich weiß, ich störe, aber jetzt sind Sachen passiert … Ich musste einfach herkommen!«

Johanna wurde misstrauisch. »Worum geht es denn?«

Ein ungutes Schweigen machte sich breit. Vincent drehte sich der Magen um. Jetzt würde sein Verrat herauskommen. Er hoffte auf irgendeinen rettenden Einfall, da platzte es schon aus Elias hinaus: »Ach, Quatsch, was soll denn die Heimlichtuerei?! Ich sag's einfach. Ich war gerade eben kurz zu Hause. Und da sehe ich …«, Elias strahlte jetzt, »… dass ich Post bekommen habe.«

»Von Kim«, ergänzte Isa, die stolz war, dass sie es schon wusste.

»Genau.« Elias legte sein Portemonnaie auf den Tisch und holte einen sorgsam gefalteten Brief heraus. Dabei verströmte er eine Begeisterung, der auch Vincent sich nicht entziehen konnte. Er war erleichtert, dass die Kuh fürs Erste vom Eis und Kim wieder in der Lage war, ihrem Freund zu schreiben. »Das ist toll, Elias.«

»Und es geht ihr besser. Vielleicht will sie mich sogar eines Tages wiedersehen. Sie hat natürlich noch Probleme, aber sie kämpft, ist optimistisch …«

»Auf Kim!« Isa griff nach einem Schokokuss, hielt ihn hoch und biss hinein.

Johanna sagte nichts. Ihr Mund stand leicht offen, ihre Augen waren auf den Umschlag geheftet, den Elias aufgeregt zwischen den Fingern hin und her drehte.

Der bemerkte ihren Blick, hielt plötzlich inne und wandte sich direkt an sie. »Willst du ihn lesen?«

Vincent erschrak. Elias hatte zwei und zwei zusammengezählt. Er wusste über Johanna Bescheid.

»Ich?« Johanna lief rot an und wich zurück. »Warum sollte ich?«

»Ich will ihn lesen«, rief Isa und streckte die Hand aus, aber Elias beachtete sie nicht. Seine blauen Augen fixierten Johanna.

Vincent räusperte sich, doch noch bevor ihm irgendetwas einfiel, was die Situation entschärfen könnte, fragte Johanna schon: »Wie kommst du darauf, dass ich den Brief lesen will? Habt ihr über mich geredet? Vincent!«

Aus ihren Augen sprachen Panik und Ungläubigkeit.

Vincent schüttelte hilflos den Kopf. »Haben wir nicht, wir …«

»Wir machen uns nur beide Sorgen um unsere Freundinnen«, unterbrach ihn Elias. Er legte den Brief vor Johanna auf den Tisch. »Kim will, dass alle wissen, wie sie kämpft. Lies ruhig! Es stehen keine Geheimnisse drin.« Er lehnte sich ebenfalls zurück, verschränkte die Arme vor der Brust. »Außerdem habe ich euch noch was anderes Wichtiges mitzuteilen. Die zweite Neuigkeit ist leider alles andere als ein Grund zum Feiern.«

Elias bedeutete Vincent mit einem Kopfnicken, Isa rauszuschicken. Vincent ließ sich jedoch nicht gern rumkommandieren, außerdem musste er sich zuerst um Johanna kümmern. Aber wie?

Johanna saß ganz starr da, die Lippen aufeinandergepresst, die Hände auf dem Schoß verkrampft, die Augen auf das Papier vor sich geheftet. Sie schien mit Mühe die Tränen zurückzuhalten und war sichtlich unentschlossen, ob sie lesen oder flüchten solle. Wenn er ihr jetzt versicherte, dass er sein Versprechen nicht wirklich gebrochen hatte, dass er ihre Identität nicht verraten habe und sie liebe, wäre das hier unter Zeugen kaum der richtige Moment.

»Was ist eigentlich los?«, fragte Isa.

Vincent nahm sie am Arm und schob sie aus der Küche: »Willst du nicht mal in den Keller gehen und Getränke raufholen? Wir haben kein Wasser mehr. Cola und Apfelsaft kannst du auch mitbringen.«

Isa wollte protestieren, aber er formte mit seinen Lippen so eindringlich das Wort »Bitte!«, dass sie widerspruchslos ging.

Als er sich wieder umdrehte, sah er zu seinem Erstaunen, dass Johanna den Brief an sich genommen hatte. Sie wirkte kleiner, zerbrechlicher, verlorener als sonst, als sie langsam aufstand. »Kann ich den in deinem Zimmer lesen? Allein?«

»Ich weiß nicht, soll ich nicht lieber mitkommen?«, fragte Vincent besorgt.

»Nein. Ich darf doch, Elias?«

»Kein Thema. Ich will Kims Brief nur wiederhaben. Er ist mir wichtig. Das verstehst du sicher.«

»Klar.« Johanna drückte sich an Vincent vorbei, eilte durch den Flur in sein Zimmer und zog die Tür hinter sich zu.

»Du heiliger Strohsack«, entfuhr es Vincent. »Musstest du sie so direkt damit konfrontieren? Wir hatten vereinbart …«

»Das wäre sowieso rausgekommen«, verteidigte sich Elias. »Außerdem scheint sie's ganz locker zu nehmen. War ja ganz wild drauf, den Brief zu lesen.«

Vincent hatte nicht übel Lust, seinen Freund zu schütteln, aber er beherrschte sich. »Locker?«, fauchte er. »Das glaubst du auch nur. Was meinst du, warum sie damals auf der Brücke gestanden hat? Wenn sie glaubt, dass ich ihr Geheimnis verraten habe, dann …« Er verdrehte die Augen und ließ sich auf einen Stuhl sinken.

Elias packte ihn am Arm. »Meinst du, sie würde Schluss machen?«

Vincent zuckte die Achseln. »Ich hoffe nicht.«

»Nicht mit dir. Eine Kurzschlussreaktion wie letztes Mal.«

Vincent sah Elias erschrocken an.

»Hat sie die Waffe dabei?«

»Weiß ich nicht.«

»Guck nach. Ihr Rucksack liegt da vorn im Flur.«

»Nein, da geh ich nicht dran.«

»Vince!« Elias zog ihn zu sich herüber, sah ihn beschwörend an. »Wenn sie sich damals schon was antun wollte … Erinnere dich mal, die hat auf mich geschossen!«

»Nicht *auf* dich. In die Luft.«

Elias schnaubte verächtlich. »Ich war auch nicht ihr Ziel. Ich hab sie nur bei ihrem eigentlichen Vorhaben gestört.«

Diese Argumente waren nicht völlig von der Hand zu weisen. Vincents Unruhe wuchs. Verzweifelt biss er sich auf die Lippe. »Ich kann doch nicht einfach ihren Rucksack durchwühlen.«

»Hätt ich kein Problem mit. Ist ja schließlich für eine gute Sache. Mensch, mach schon! Sie kann jeden Moment wiederkommen.«

Mit wackligen Knien stand Vincent auf, stolperte in den Flur, nahm Johannas kleinen Rucksack und zog den Reißverschluss auf. Als er sich darüberbeugte, merkte er, wie Elias sich hinter ihn stellte und ihm über die Schulter sah. Mütze, Portemonnaie, Taschentücher, etwas Schweres, das in ein Halstuch eingewickelt war.

»Oh, Scheiße.«

Ein Klackern im Hausflur: Isa kam mit den Flaschen aus dem Keller. »Nimm die Munition raus!«, zischte Elias, und weil Vincent zögerte – er hatte so was noch nie gemacht –, riss Elias ihm das Päckchen aus der Hand und lief damit ins Schlafzimmer. Kaum war die Tür hinter ihm zu, kam Isa herein. Als sie Vincents Verwirrung sah, zog sie die Augenbrauen hoch, stellte die Flaschen ab und sagte schmallippig: »Ich soll wohl in mein Zimmer gehen.«

»Danke.«

Sie rauschte beleidigt ab. Elias kam wieder heraus, steckte den notdürftig eingewickelten Revolver zurück in Johannas Rucksack steckte und zog den Reißverschluss zu. Als er Vincent in der offenen Hand die Munition hinhielt, war sein Kopf rot, und auch Vincent schwitzte vor lauter Aufregung. Es ging ihm gerade alles zu schnell. Elias behauptete, jetzt sei alles gut, ihre Aktion würde Johanna schützen, aber Vincent war sich alles andere als sicher, ob sie damit nicht einen Fehler gemacht hatten.

41
Johanna, 17:45 Uhr

Beim ersten Lesen zitterten ihre Knie, auf denen der Brief lag, derart, dass Kims geschwungene Schrift vor ihren Augen tanzte. Beim zweiten Lesen musste sie aufpassen, dass keine Tränen auf die mit Füller geschriebenen Worte fielen. Erst beim dritten Durchgang war sie ruhiger. Da wusste Johanna schon, dass Kims Brief sie gleichermaßen anrührte und aufrüttelte.

Lieber Elias,

du fragst regelmäßig nach, wie es mir geht, und heute kann ich endlich schreiben, dass ich fast wieder fit bin und ein wenig Mut gefasst habe. Trotzdem: Alles, was vor meiner Entführung passiert ist, mein ganzes früheres Leben, erscheint mir wie ein ferner, schöner Traum. Mein Leben war einfach anders: unbelastet und frei.
Und mein Leben war glücklich, weil es dich gab!
Oft bin ich unglaublich wütend, dass mir das passiert ist.
Es ist so ungerecht, dass dieses Arschloch mir alles kaputt gemacht hat.
Ich hasse ihn.
Heute Nacht habe ich geträumt, der Typ käme, um sich zu entschuldigen. Er klingelte an unserer Tür mit seinem Anwalt, der sagte, dass sein Mandant bereut. Für einen Moment habe ich geglaubt, dass man durch Verzeihen mit seinem Schicksal ins Reine kommt und dass man das Schlimme dadurch entschärfen kann. Der Typ stand also da und im Traum habe ich sein Gesicht gesehen und erkannt, habe ihn grinsen sehen hinter dem Rücken seines Anwalts, und dann waren sie drin in unserer neuen Wohnung. Und wie das so ist im Traum, waren plötzlich meine Eltern weg und der Anwalt auch und ich stand mit dem Typen allein in der Küche. Helles, kaltes Neonlicht wie in diesem Keller, und ich habe noch eine letzte Sekunde gedacht, ich muss verzeihen, aber da hat der Typ mir schon mit der Hand zwischen

die Beine gegriffen. Der Kampf ging wieder los – der Kampf, den ich jede Nacht und jeden Tag ausfechte. Er packt mich und das Einzige, was mir gelingt, ist, seine verspiegelte Sonnenbrille vom Gesicht zu fegen und das Glas zu zertreten. Er schimpft, weil es wohl eine teure Brille war.
(Das muss ich dem Kommissar noch mitteilen, ein wichtiges Detail: Der Täter trägt eine teure Sonnenbrille. Was bringt das? Gar nichts!) Ich glaube, ich habe die Brille dort zertreten, wo er mich hingebracht hat, aber wo das war? Keine Ahnung. Ich kann den Keller nach wie vor nur als normalen Keller mit Neonröhre an der Decke beschreiben und das Gesicht des Mannes gar nicht, obwohl ich es in dem Traum gesehen habe. Es ist verrückt, Elias, aber das Einzige, woran ich mich wirklich genau erinnere, ist die alte Strickjacke, die er mir über den Kopf geworfen hat. Aber weißt du, wie schwer es mir schon fällt, auch nur diese scheiß Omastrickjacke genau zu beschreiben? Braun, beige, olivgrün, ockergelb gemustert war sie, roch nach Mottenkugeln und hatte Grasflecken. Wem hilft diese Beschreibung weiter?
Niemandem!
Trotzdem will ich alles tun – und das, denke ich, ist ein Zeichen, dass es mir besser geht –, um dazu beizutragen, dass das Arschloch hinter Gitter kommt. Du kannst allen, die mich kennen, sagen, dass ich kämpfe. Ich will, dass alle wissen, dass ich mich nicht unterkriegen lasse und nicht erlauben werde, dass ein einziger Tag, ein einziger Mensch, mein ganzes Leben zerstört.
Ich melde mich wieder.

Deine Kim

Obwohl Kim jünger war als sie, schien sie doch reifer und erwachsener, dachte Johanna und seufzte laut. Dann stand sie auf, ging zum Fenster, öffnete es, hielt den Kopf in Wind und Regen, hoffte auf Abkühlung, auf klare Gedanken.

Vincent hatte Elias ihr Geheimnis verraten und das war verletzend, sehr sogar, aber in gewisser Weise konnte sie ihm das nach der Lektüre dieses Briefs nicht so richtig übel nehmen. Kim, davon war Johanna überzeugt, würde es Elias auch nicht übel nehmen, dass er ihren Brief mit zu Vincent genommen hatte. Johanna würde von nun an versuchen, sich an Kim ein Beispiel zu nehmen und wie diese offensiver mit dem Thema umzugehen.

Sie wischte die Tränen ab, trank einen Schluck aus der Wasserflasche neben Vincents Bett und nahm sich vor, die Jungen nicht noch länger warten zu lassen. Sie war schon gut zehn Minuten hier drin. Hoffentlich sah sie nicht allzu derangiert aus.

Die beiden saßen noch am Küchentisch. Sie wirkten ratlos und nervös. Vincent stand auf, als sie kam. »Hey, Süße.« Er wollte sie umarmen, aber das ließ sie dann doch nicht zu. Sie würde ihn wegen des gebrochenen Versprechens nicht verlassen, aber sicherlich auch nicht so tun, als wäre nichts geschehen. Sie hatte auch nicht vor, noch lange zu bleiben.

»Danke, dass ich ihn lesen durfte.« Sie hielt Elias den Brief hin.

Er nickte und steckte ihn ein. »Gerne.«

»Was wolltest du uns denn noch erzählen, Elias?«, fragte sie und ignorierte Vincent, der ihr den freien Stuhl neben sich anbot. »Noch was wegen Kim oder etwas, was mich nichts angeht?« Mit zusammengebissenen Zähnen fügte sie hinzu: »Wie du anscheinend weißt, betrifft alles, was Kim betrifft, mich auch.«

Elias senkte den Kopf. Vor Verlegenheit, dachte sie zuerst, aber dann bemerkte sie, dass er auf dem Boden eine kleine Plastiktüte deponiert hatte, die er jetzt auf den Tisch legte. »Ich wusste von Vincent, dass es noch ein Mädchen gibt, dem der Mann so eine geschenkt hat. Deinen Namen hat mir Vincent übrigens nicht verraten.« Er zog eine Kette aus der Tüte und sah Johanna fast ängstlich an. »Das ist sie, oder?«

Sie griff nach der Stuhllehne. Sofort legte Vincent seine Hand auf ihre, und das nervte und tat gut gleichermaßen, denn der Raum schien zu schwanken und ihre Beine waren plötzlich so weich.

Als Antwort brachte sie nur ein Krächzen heraus.

Elias sprach schnell, als wolle er es hinter sich bringen. »Diese Ketten sind der absolute Ladenhüter. Die wollten das Modell schon aus dem Programm nehmen. Aber vor zwei, drei Tagen haben sie so eine verkauft. An einen Mann. An mehr konnte die Verkäuferin sich nicht erinnern, weil sie gerade in dem Moment mit ihrer Freundin telefoniert hat. Aber was das heißt, ist ja wohl klar: Der Kerl ist wieder auf der Jagd!«

42
Das Mädchen, 18:00 Uhr

Das Mädchen hätte sich lieber nicht von der Stelle gerührt. Gleichzeitig wäre sie gern weggerannt. Ihr Instinkt sagte ihr, dass sie fliehen sollte.

Doch Rusty war dort drüben an der Zufahrtsstraße und bellte aufgeregt. Er hatte sich in irgendetwas verfangen. Worin, konnte sie nicht erkennen, denn es war ganz am Rand ihres Blickfeldes, dort, wo die Mülltonnen standen. Sie sah nur Kopf, Brust und Vorderbeine und wie er sich hin und drehte und mit der Schnauze versuchte, sich zu befreien.

Nur ein paar Schritte. Sie tastete sich vorsichtig vor, als ginge sie über eine dünne Eisfläche. Sie spitzte die Ohren, spannte die Muskeln an, zog ihr Handy aus der Tasche und rief die Nummer ihres Vaters auf. Er wäre viel zu weit weg, um ihr helfen zu können.

Rusty hatte sich noch nicht befreit. Jetzt sah sie, dass eine Hinterpfote sich in einem der grünen Gumminetze verheddert hatte, die man über Gartenteiche spannt, um Goldfische vor den hungrigen Schnäbeln der Reiher zu schützen. Einen Moment lang beruhigte sie der Gedanke, dass man so etwas durchaus neben den Mülltonnen einer Kleingartenanlage finden konnte, doch dann sah sie die bunten Plättchen: Eine Halskette lag mitten auf dem Weg. Die gehörte definitiv nicht hierher.

Plötzlich war sich das Mädchen ganz sicher, dass es beobachtet wurde.

Ihr Kopf fuhr herum. Während ihre Finger den Rufaufbau drückten, nahmen ihre Augen das Auto wahr, das auf der linken Seite parkte und den Weg zur Schnellstraße versperrte. Ein großer Lieferwagen.

Noch bevor die Verbindung zu ihrem Vater stand, hörte sie, wie sich Rustys Bellen veränderte. Er warnte sie.

Doch dazu war es zu spät.

43
Johanna, 18:05 Uhr

Eigentlich wünschte Johanna sich nichts lieber, als Vincent bei dem, was sie jetzt vorhatte, an ihrer Seite zu haben. Doch der Entschluss, der beim Lesen des Briefes in ihr gereift war, sah vor, das Plappermaul nicht mitzunehmen. Womöglich würde er dann auch noch Elias mitschleppen.

Gerade war Vincent mit seiner Schwester beschäftigt, die sich nicht länger in ihr Zimmer abschieben lassen wollte. Johanna nutzte den kleinen Tumult dazu, sich davonzumachen. Schnell schnappte sie sich Jacke und Rucksack und flitzte aus der Wohnung. Sie war schon eine Treppe tiefer, als Vincent ihr nachrief, dass sie warten solle.

»Geh nicht! Ich muss mit dir reden!«, brüllte er so aufgebracht, wie sie ihn noch nie erlebt hatte.

Sie reagierte nicht, zumal auch Elias meinte, ihr hinterherrufen und sogar folgen zu müssen. Doch er war auf Socken und wurde durch entgegenkommende Hausbewohner aufgehalten. Johanna war mit großem Vorsprung unten und saß schon auf ihrem Rad, als Elias noch die Haustür aufriss und ihr gegen den Wind etwas nachschrie, das entfernt nach »Dein Rock knackt« klang. Johanna trug keine Röcke, grundsätzlich nicht.

Was bildeten die Jungs sich eigentlich ein? Die zwei hatten doch kein Recht, sie herumzukommandieren! Natürlich wusste sie, dass Gefahr im Verzug war. Auch sie deutete den Kauf der Kette als Alarmzeichen.

Deshalb fuhr sie jetzt ja auch sofort zu den Loskills und nicht erst morgen, wenn es hell war und sie ihren Besuch vorher telefonisch ankündigen konnte.

Die Idee hatte sie schon am Wochenende gehabt, als Vincent vorgeschlagen hatte, auf eigene Faust zu ermitteln. Johanna hatte nicht nur an die Simmers und die Kette gedacht, sondern auch an die Grußkarte, die der Gärtner dem Geschenk damals beigefügt hatte. Ein paar handschriftliche Worte, Fingerabdrücke, seine Handynummer. Wenn die Karte noch bei Loskills hinterm Garderobenschrank lag, müsste sie nichts weiter als ein Stück Papier weitergeben. Die Polizei würde schon etwas damit anzufangen wissen. Es wäre zumindest eine Chance, auch wenn das Handy vermutlich nicht mehr aktiv oder ein Prepaid-Modell war. Trotzdem musste sie es versuchen. Das war sie nicht nur Kim schuldig, sondern auch sich selbst.

Sie trat heftiger in die Pedale. Der Regenschauer war vorbei, die Straßen waren jedoch nass und rutschig. Matschiges Laub lag überall und die Scheinwerfer der entgegenkommenden Autos blendeten sie. Trotzdem fuhr Johanna so schnell sie konnte.

Je mehr Zeit zum Nachdenken, desto größer die Gefahr eines Rückziehers.

Bald erreichte sie die vornehme Gegend: weniger Autos, viel Platz zwischen den Häusern, Bäume, Stille.

Sie keuchte, aber nicht wegen der körperlichen Anstrengung.

Seit ihrer Flucht aus dem Haus war Johanna weder bei den Loskills gewesen noch hatte sie telefonisch oder postalisch ein Wort der Erklärung gegenüber Pascal und Katharina abgegeben, obwohl diese mehrmals angerufen und nach ihr gefragt hatten.

Johanna hatte einfach behauptet, keinen Bock mehr auf Klavierunterricht zu haben. Sie war laut und aggressiv gegenüber ihrer Mutter und Oliver gewesen, der ironisch meinte, wie schade es sei, abends nicht mehr von ihrem Geklimper genervt zu werden. Oliver war dann kurze Zeit später endgültig ausgezogen und Petra hatte andere Sorgen gehabt als die »Zicken ihrer pubertierenden Tochter«.

Ihr war nicht aufgefallen, dass Johanna mit sechzehn aus dieser Phase längst heraus war. Und natürlich hatten auch die Loskills irgendwann aufgehört, sich über Johannas Verhalten zu wundern, und weitere Kontaktversuche unterlassen.

Schweißgebadet erreichte Johanna den Hainbuchenweg. Tröstlicherweise sah die Umgebung jetzt, an einem Novemberabend, völlig anders aus als an einem Sommermittag. Das Wesentliche war aber natürlich unverändert: der kurze Fußweg zum Haus, die hubbeligen Platten, über die Johanna barfuß gelaufen war, wenn sie morgens die Pflanzen in den Töpfen gegossen hatte, der Platz hinter den ummauerten Mülltonnen, an dem sie auch damals ihr Rad geparkt hatte. Der weiche Körper, der sich lautlos näherte und gegen ihren Unterschenkel drückte, Filous Begrüßungsmiau.

Ihn hatte der Gärtner auf dem Arm getragen.

»Das ist ein kleiner Räuber, sag ich dir. – Dürfen wir reinkommen?«

Die Erinnerungen überfluteten sie.

Im letzten Sommer

44
Johanna

Mit Filou auf dem Arm trat der Gärtner ins Haus, sah sich neugierig um, nickte anerkennend zu den gerahmten Bildern hinüber und fragte: »Moderne Kunst? Teuer, was?«

»Glaub schon«, antwortete Johanna und beobachtete ihn von Sekunde zu Sekunde argwöhnischer. Warum hielt er den Perserkater so fest? Er hätte ihn längst runterlassen können. Das Tier wand sich auf dem Arm des Mannes und maunzte, aber er ließ es nicht los, sagte im Plauderton: »Verstehst du, was das bedeuten soll? Für mich ist das nur buntes Krickelkrakel.«

»Ist nicht meine Sache. Wie gesagt, ich passe hier nur auf die Tiere auf.« Sie zeigte auf Filou. »Noch einmal herzlichen Dank.«

»Keine Ursache. Ist ein liebes Tier. Ganz sanftmütig. Fährt nicht mal die Krallen aus.« Der Gärtner ging einfach an Johanna vorbei ins Wohnzimmer, sah sich unverhohlen neidisch um, stellte sich vor den Flügel. »Spielst du was für mich?«

»Ich spiele nicht gern, wenn jemand neben mir steht.«

»Schade. Auch nicht als kleines Dankeschön?«

Johanna begann zu schwitzen. Längst bereute sie es, den Mann ins Haus gelassen zu haben. So einen wurde man schlecht wieder los. Er war ja nicht mal bereit, das jetzt laut quengelnde und sich windende Tier auf die Erde zu setzen.

»Filou möchte runter«, sagte sie.

»Oooch!« Er drückte die Katze noch fester an sich, sodass selbst dieses unglaublich langmütige Tier sich wie ein Aal wand, knurrte und kratzte. »Ich hab mich so an ihn gewöhnt.«

Plötzlich ging ihr auf, dass der Gärtner den Kater entführt haben konnte, um durch seine Rückgabe ins Haus zu gelangen. Unwillkürlich wich sie ein paar Schritte zurück.

»Aber einen Kaffee bekomme ich doch?« Der Mann ließ Filou los, der auf den Boden sprang und davonflitzte, um sich im Keller zu verkriechen. Tiere wussten, wann es besser war zu fliehen. Sie sollte auch zusehen, dass sie Land gewann, aber wie?

Wie den Mann herauswerfen, der sich mit der Hand lässig die Katzenhaare vom T-Shirt strich und sie dabei nicht aus den Augen ließ, der heimtückisch lächelte, näher kam, über die glänzende Espressomaschine strich und höflich sagte: »Mit Milch und Zucker, bitte.«

Sie überlegte ernsthaft zu behaupten, die Maschine sei kaputt oder die Bohnen alle; eine Ausrede zu erfinden schien ihr einfacher, als zu sagen: »Nein. Sie kriegen keinen Kaffee. Bitte gehen Sie.« Das hätte sie gern gesagt, doch sie nickte und murmelte: »Ich habe aber nicht viel Zeit. Ich muss gleich noch mal weg.«

»Du kannst mir ja wohl mal eben einen Kaffee spendieren. Jeder Handwerker bekommt einen angeboten. Du lebst hier in Saus und Braus …«

»Schon gut«, sagte sie und hatte eine Idee. »Setzen Sie sich auf die Terrasse. Ich bring ihn dann raus.«

Er lächelte gewinnend, lehnte sich mit dem Rücken an die Küchenanrichte, stützte beide Arme nach hinten auf, demonstrierte, dass er sich offenbar wie zu Hause fühlte. »Du brauchst mich nicht zu siezen. So viel älter bin ich nicht.«

»Okay.« Sie nahm die Milchtüte aus dem Kühlschrank. Wenn er erst mal draußen säße, würde sie ihn aussperren. »Dann, wie gesagt, geh schon mal raus. Der blaue Liegestuhl ist der bequemste.«

Natürlich war das der, der am weitesten von der Tür entfernt stand, und den zu wählen war dumm, weil zu auffällig, denn er drehte sofort den Kopf zur Terrasse, schätzte die Entfernung ab, grinste.

»Ich bleib lieber hier und schau dir zu.«

Er hatte jetzt nicht nur die Arme ausgebreitet, sondern auch die Beine, sodass er möglichst viel Raum einnahm. Johanna verstand seine Pose durchaus. Sie wusste, dass sie ein Riesenproblem hatte. Ihre Hand zitterte, ließ die eine Hälfte der Milch in die Tasse platschen, die andere daneben.

»Latte macchiato«, sagte er und leckte sich die Lippen, die voll waren, aber aufgesprungen, und einen halb verheilten Herpes zeigten. Überhaupt der ganze Typ: teigig trotz der Sonnenbräune, verschwitzt trotz seines billigen, aufdringlichen Deos, ohne Muskelspannung, aber mit der kräftigen Statur eines Mannes, der körperlich arbeitet.

Fieberhaft suchte sie nach einer Möglichkeit, ihn loszuwerden. Von selbst würde er weder gehen noch seine Forderung nach Dankbarkeit auf eine Tasse Kaffee beschränken. Wahrscheinlich würde nicht mal ein selbstbewusster, energischer

Auftritt ihrerseits – wenn sie einen solchen denn hinbekäme – ihn zum Aufbruch nötigen. Was tun? Was, verdammt noch mal, sollte sie tun?

Sie stellte langsam die Milch zurück, öffnete einen gläsernen Hochschrank, griff nach der Zuckerdose, zog die Besteckschublade auf. Und da lagen sie wie ein Geschenk des Himmels: Küchenmesser.

Johannas Fehler war, eine Sekunde zu lange zu überlegen, welches sie greifen sollte. Ihre Hand schwebte über den schwarzen Griffen, ihr Blick scannte die Klingen, ihr Körper stellte von »lieb und duldsam« auf »wild und verteidigend« um: zu langsam.

Er schoss heran, schlang den einen Arm wie einen Schraubstock um ihren Bauch und den anderen um ihren Hals, riss sie vom Schrank weg, drückte ihr den Mund zu, unterdrückte jeden Schrei und das Atmen noch dazu. Sie schaffte es, zu strampeln und mit den Füßen gegen den Schrank zu treten, aber sie bekam die Arme nicht frei und auch nicht den Kopf, nur die Beine waren noch beweglich, mit ihnen beförderte sie die Tasse Milch auf die Fliesen. Johanna kämpfte wie eine Löwin, bekam aber nur noch ein gurgelndes Geräusch heraus. Es wurde schwarz vor ihren Augen.

Montag, 4. November

45
Johanna, 18:15 Uhr

Johanna legte die Hände um die Schlaufen des Rucksacks und zwang sich, auf die Haustür zuzugehen. Statt blühender Geranien nasse Astern und Winterheide vor dem Küchenfenster. Darüber, im ersten Stock, das Zimmer mit der Ledercouch. Helle Gardinen. Ihr Muster: auf weißem Grund Streifen wie von Buntstiften gezogen. Drei rote, zwei gelbe, drei blaue, ein grüner, zwei orange, drei rote, zwei gelbe, drei blaue, ein grüner, zwei orange, drei rote …

»Bist du eigentlich noch Jungfrau?«

… zwei gelbe, drei blaue, ein grüner …

Er hatte sie am Hals gekitzelt.

Er hatte ihr eine Ohrfeige gegeben.

Er hatte getan, was er wollte. In diesem Haus war sie ihm ausgeliefert gewesen.

Mit glühend heißem Kopf drückte sie die Klingel. Der Ton war noch der gleiche wie letztes Jahr, warum sollten die

Loskills den auch verändern; was ändert sich überhaupt je, wenn doch eh alles bleibt im Kopf und im Körper?

Trost nur: Menschen wie Vincent. Unbezahlbare Herzensmenschen wie der Junge, den sie liebte.

Sie sollte ihn anrufen, sofort.

Reden ist Schmerz, Schweigen der Tod.

Die Tür wurde geöffnet.

War da mehr Erstaunen oder Entsetzen im Blick der Frau?

46
Das Mädchen, 18:05 Uhr

Warum rannte das Mädchen nicht zurück in die Kleingartenanlage, sondern wich in Richtung der Müllcontainer zurück?

Die Sackgasse war eine Falle. Sie bot keine Fluchtmöglichkeit. Schallschutzmauer und Lattenzäune waren unüberwindbar hoch. Nichts lag herum, das zur Verteidigung getaugt hätte.

Die Gestalt, die hinter dem Lieferwagen hervorgetreten war, kam näher. Es war der Mann, der das Mädchen seit Tagen verfolgte. Er nahm den ganzen Weg ein. Er grinste.

»Was wollen Sie? Hauen Sie ab!«, schrie sie schrill und hörte im gleichen Moment aus dem Telefon die alarmierte Stimme ihres Vaters: »Schätzchen, was ist los?«

»Ich bin in der Kleingartenanlage! Da ist ein Mann hinter mir her! Papa! Hilfe!«

Sie wusste nicht, ob ihr Vater sie hörte, denn Rusty knurrte und bellte aus voller Kehle. Im nächsten Moment war der Mann bei ihr, boxte ihr das Handy aus der Hand, schlug ihr ins Gesicht, warf sich über sie, sodass sie sein ganzes Körpergewicht spürte und zu Boden ging.

Sie schrie.

Der Mann schrie ebenfalls: in wildem Zorn.

Und dann so viel Blut.

47
Johanna, 18:17 Uhr

»Hinter unserem Schrank nachsehen? Ich verstehe nicht … Ja, natürlich darfst du, aber da wirst du nichts finden. Wir haben letztes Frühjahr renoviert, alles neu, auch der Boden, siehst du, was ist denn nur los, Johanna, und warum kommst du ausgerechnet heute Abend, wenn Pascal nicht da ist und ich auch gleich wegmuss?! Jeden Moment kann mein Taxi kommen! Hättest du vorher angerufen!«

Johanna hatte Mühe, ihre Enttäuschung zu verbergen. Die Karte, die ihr der Gärtner damals geschrieben hatte, existierte nicht mehr.

»Jetzt komm aber wenigstens rein, auch wenn ich nicht viel Zeit habe, zumindest für ein paar Minuten; ich war schon dabei, mir den Mantel anzuziehen. Pascal hat heute ein Vorspiel seiner Schüler. Ich habe das Taxi für circa zwanzig nach sechs bestellt, aber zwei Minuten wenigstens …«

Katharina Loskill war fast so aufgekratzt wie Johanna. Sie bugsierte sie ins Wohnzimmer, dirigierte sie auf die Couch, setzte sich daneben.

»Schön, dass du da bist. Wir haben uns so viele Gedanken gemacht. Sag, war es ein Fehler, dass wir dir damals diesen Sommerjob gegeben haben?«

Johanna schaffte es endlich, einen vernünftigen Satz herauszubringen: »Es ist nicht so gelaufen, wie ich es mir vorgestellt habe. Es gab ein Problem mit dem Gärtner der Simmers.«

»Der Gärtner der Simmers?«, wiederholte Katharina erstaunt und wartete auf weitere Erklärungen, doch Johanna hatte jetzt begonnen, den Raum wahrzunehmen – den bekannten Geruch: Holzpolitur, Ölfarbe und Katharinas Parfüm; die Geräusche: Katzenpfotentrapsen, das Sirren der automatisch herunterfahrenden Rollläden.

Er hatte damals alle Rollläden heruntergelassen.

Sie krallte ihre Finger in das weiche Leder des Sofas, fühlte sich wie auf einem Schleudersitz, der sie jeden Moment wieder in die Vergangenheit katapultieren konnte.

»Die Simmers leben gar nicht mehr hier, Johanna. Herr Simmer ist im März an einem Herzinfarkt gestorben. Seine Frau war ja sowieso so tatterig und wäre allein gar nicht mehr zurechtgekommen. Ihr Sohn hat sie zu sich nach Berlin geholt. Das Haus steht zum Verkauf.«

»Und der Gärtner?«

»Der wird sich etwas anderes gesucht haben. Obwohl: Letztens habe ich ihn noch mal gesehen, meine ich. Was war denn mit dem? Habt ihr euch angefreundet?«

Johanna lachte freudlos und übermäßig laut, dann presste

sie sich die Fäuste vor den Mund und versuchte, die Tränen zurückzuhalten.

»Das Gegenteil«, brachte sie hervor.

»Gott, wir hatten keine Ahnung ...« Katharina Loskill schien auch jetzt nicht zu verstehen, aber sie legte Johanna den Arm um die Schultern, zog sie zu sich ran, tröstete sie und fragte nach einer Weile sachlich: »Wie kann ich dir helfen?«

»Ich brauche den Namen des Gärtners.«

»Den kenne ich nicht. Pascal ... nein, der weiß den auch nicht. Ich kann morgen versuchen, den jungen Herrn Simmer anzurufen. Die Nummer muss ich erst suchen. Ich hoffe, ich hab sie noch.«

Es klingelte an der Tür.

»Das Taxi!«, rief Katharina und drückte Johanna, die bei dem Geräusch zusammengezuckt war, noch einmal an sich. »Es tut mir so leid, dass ich jetzt wegmuss. Kannst du nicht morgen wiederkommen? Ich backe einen Kuchen und ...«

»Ich weiß noch nicht, ob's morgen klappt«, unterbrach Johanna sie, »aber ich rufe euch auf jeden Fall an.« Sie stand auf, merkte, dass sie ganz dringend zur Toilette musste. »Drei kurze Fragen hab ich noch, dann bin ich weg.«

»Nur zu!« Katharina breitete die Arme aus.

»Wann ist Frau Simmer ausgezogen, weißt du das noch?«

»Ja, das war im Mai oder Juni.«

»Und den Gärtner, wann hast du den nachher noch hier gesehen?«

Katharina machte ein ratloses Gesicht. »Da fragst du mich was. Ich bin mir jetzt auch nicht mehr sicher, ob er das tatsächlich war.«

»Könnte es Mitte August gewesen sein?«

Katharina legte die Hand an den Mund, betrachtete nachdenklich ihre manikürten Fingernägel. »Möglich«, antwortete sie langsam, »es war ja alles so wild gewachsen und ich dachte noch, dass der junge Simmer ihn beauftragt hat, den Garten zu pflegen, damit das Haus besser zu verkaufen ist. Auch der zweite Makler bringt kaum Interessenten.«

»Danke«, antwortete Johanna matt. Sie wusste nicht, ob sie lachen oder weinen sollte.

»Und deine dritte Frage?«

»Darf ich noch mal schnell zur Toilette?«

Im letzten Sommer

48
Johanna

Der Gärtner war nicht dumm. Er dachte sich, dass Johanna durch das kleine Fenster im Gästebad entwischen wollte. Kaum hatte sie den Arm und den Kopf hindurchgeschoben, war er schon draußen im Vorgarten, packte ihr Handgelenk und verdrehte es so, als wolle er es ihr brechen.

»Wen haben wir denn da?«, rief er ätzend fröhlich. Er hatte Spaß, sie schrie aus Leibeskräften. Vielleicht, dachte sie, hört mich einer, kommt jemand angelaufen. Doch niemand kam. Irgendwo ein Rasenmähergebrumm, ansonsten heiße, träge Nachmittagsstille. Kein Lebewesen weit und breit.

Sie schaffte es zurück ins Bad, verriegelte das Fenster. Zerschrammt und zermackt kauerte sie in ihrem kleinen Sicherheitsbereich. Dort, im Gästeklo, kam ihr die Idee zu einem neuen Fluchtversuch. Es war ein Risiko. Wäre er schneller, wäre sie tot. Er hatte mehrfach gedroht, sie umzubringen, wenn sie abzuhauen versuche. In Bruchteilen von Sekunden musste sie eine Entscheidung fällen. Sie konnte aber kaum denken. Die Haut an den Armen brannte. Schlimmer noch brannte es im Bauch. Je länger sie innehielt, desto mehr wurde sie sich der Schmerzen bewusst.

»Halloooo, was soll ich machen, die Klotür aufbrechen oder warten, bis du rauskommst?« Er stand noch immer draußen.

Sein T-Shirt hatte gelbe und braune Flecken. Das waren Spritzer ihres Erbrochenen. Es klebte an ihm. Gut. Die blutige Schramme an seiner Nase war ebenfalls ihr Werk. Auch gut.

Er hatte ihren Willen nicht gebrochen; sie war noch immer sie selbst. Also los!

Johanna beugte den Oberkörper zum Fenster, nicht zu weit, nicht, dass er sie zu fassen bekäme, nur so weit, dass es ihn ablenkte. Es wäre gut, auch etwas zu sagen, etwas Unerwartetes, aber ihr fiel nichts ein, kein Wort. Es musste auch ohne gehen.

Er grinste sie an.

Blitzartig wich sie zurück, griff nach dem Schlüssel in der Tür, drehte ihn herum, riss sie auf, stürzte hinaus in den Flur.

Er, draußen, kapierte schnell. Sie sah nicht hin, keine Zeit, hörte ihn aber: er lief vom Fenster weg, drei Schritte, durch die angelehnte Haustür, ihr hinterher, um sie zu packen, sie war aber schon im Wohnzimmer, barfuß schlitternd, in blanker Angst vorwärts mit Armen und Beinen gleichzeitig, vorwärts, weg, nur weg! Alles dunkel wegen der heruntergelassenen Rollläden, doch sie kannte sich aus. Sie blieb auf den Beinen, während er gegen einen Schrank stieß. Poltern. Wutschrei. Das hielt ihn nicht auf, machte ihn nur wilder.

Den Lichtschalter zu finden, kostete ihn wieder drei Sekunden, und als es anging, zog ihre Hand die Tür der Speisekammer hinter sich zu. Auch hier ein Fenster. Eins, das nur kennt, wer das Haus kennt, eins zum Garten raus. Sich rauszwängen!

Jetzt! Das Regal, auf das sie stieg, brach. Dosen und Gläser fielen herunter. Poltern wie ein Erdbeben. Vor der Tür hörte sie ihn lachen. »Spielen wir jetzt Katz und Maus? Du entkommst mir nicht, und selbst wenn, wird dir keiner glauben, dass du nicht freiwillig mitgespielt hast, und wenn du redest, werd ich dich wieder finden, dann spielen wir weiter …«

Die Trümmer des Regals taugten noch als Leiter. Klettern! Schnell! Holzsplitter in die Handballen gejagt. Knie gestoßen. Kinn und Brust aufgeratscht. Sie stürzte in den Garten, verknackste sich den Fuß, rappelte sich hoch, trotz des stechenden Schmerzes lief sie los, mit großen, unbeholfenen Schritten Richtung Zaun und Feld, stoppte kurz an der Wäscheleine, riss Kleidung herunter. Auf Gartenmitte hörte sie das Geräusch der hochfahrenden Rollläden.

Sie rannte, rannte schneller als er.

Montag, 4. November

49
Vincent, 18:25 Uhr

»Johanna!« Vincent machte vor Freude einen Satz, als beim Klingeln seines Handys ihre Nummer auf dem Display erschien. »Was ein Glück!«, rief er. »Ich hatte schon versucht dich anzurufen, aber du hattest deins ausgestellt. Ich hoffe, du bist nicht sauer, du bist so schnell abgehauen … Ich hab mir Sorgen gemacht. Ich muss dir was sagen, dringend. Elias und ich …«

»Stopp, Vincent, hör mir erst zu, bitte. Ich war gerade eben bei Loskills, meinem ehemaligen Klavierlehrer. Ich hatte gehofft, dort noch einen Hinweis auf den Täter zu finden oder jemanden, der seinen Namen kennt, aber das hat nicht geklappt.«

»Du bist dahin gefahren, wo …« Er traute sich nicht, den Satz zu Ende zu sprechen, sah auf das Durcheinander von Kleidungsstücken in seiner Sporttasche, mit deren Zusammenpacken er gerade beschäftigt gewesen war.

»Ja. Er war …« Im Hintergrund hörte er ein Auto vorbeifahren. Stand sie auf der Straße? »Er war Gärtner bei den Nachbarn meines Klavierlehrers. Bei Familie Simmer, Hainbuchenweg 8.« Ihre Stimme wurde fester und kälter. »Das Haus ist inzwischen leer, es steht zum Verkauf. Ich dachte, da komme ich nicht weiter, aber …« Sie machte wieder eine Pause. Vincent hörte jetzt das Zippen eines Reißverschlusses. »Elias hat mir ja Kims Brief zu lesen gegeben und da ist mir eine Kleinigkeit aufgefallen. Etwas scheinbar ganz Unwichtiges, eine Bemerkung über eine Jacke. Ich glaube, ich kenne die Jacke, von der Kim schreibt. Ich glaube …«

Wieder das Geräusch eines vorbeifahrenden Autos, außerdem das Knacken von Zweigen.

»Moment«, flüsterte sie, »ich will nicht, dass mich hier jeder sieht.«

»Verdammt, was machst du?«, rief Vincent so laut, dass Elias und Isa, die in der Küche Kriegsrat gehalten hatten, in sein Zimmer stürmten. Hastig bedeutete er ihnen, still zu sein.

»Ich weiß, wo er Kim gefangen gehalten hat.«

»Wo er Kim gefangen gehalten hat?«, wiederholte Vincent entgeistert. Er sprang auf die Füße, stolperte fast über seine am Boden liegenden Turnschuhe. »Aber da gehst du doch jetzt nicht allein hin, oder? Jo, warte auf mich, ich komme, du kannst nicht, nicht in der Dunkelheit, wenn der da ist …«

»Warum sollte er da sein? Er wird erst wiederkommen, wenn er ein drittes Opfer hat. Ich will mich einfach nur mal umsehen, ob ich etwas finde, das meine Vermutung bestätigt. Oder sie widerlegt. Ich will mich nicht blamieren. Du weißt, ich will vor allem keine unnötigen Nachfragen. Ich will der Polizei aber auch keinen Hinweis geben, der nur in die Irre führt.«

»Warte auf mich!« Vincent schlüpfte in seine Schuhe. »Hainbuchenweg 8, sagst du? Ich bin gleich da.«

»Okay. Ich warte. Bis gleich.«

»Ich komme auch mit«, sagte Elias im Hintergrund.

»Ist dein Busenfreund noch da?« Johannas Stimme klang giftig. »Langsam wird er lästig.«

»Lass uns jetzt nicht streiten, Jo. Sei vorsichtig! Und eins noch: Elias und ich haben … wir waren an deinem Rucksack. Wir haben gedacht, du … du tust dir vielleicht was an. Ich meine, wir hatten Angst um dich. Wir wollten es dir schon sagen, wir …«

»Was?«, schnappte sie.

»Wir haben die Munition aus deiner Waffe genommen.«

Erst war es still, dann hörte er sie hysterisch kichern. »Du bist echt ein Witzbold, Vincent Möller.«

Mit diesen Worten drückte sie ihn weg und nahm seinen sofortigen Rückruf nicht an.

50
Johanna, 18:30 Uhr

Johanna schaltete ihr Handy auf lautlos. Ihr Gesicht war erhitzt vor Aufregung, Ihre Hände drehten die Waffe hin und her, öffneten die Trommel: tatsächlich!

Jetzt konnte sie es sich abschminken, zum Haus der Simmers herüberzugehen. Mit der Waffe hätte sie sich sicher gefühlt. Andererseits war es höchst unwahrscheinlich, dass sie sich verteidigen müsste, denn der Gärtner würde ja jetzt nicht da sein.

Sie schob die ungeladene Waffe in ihre Jackentasche und tappte ein paar vorsichtige Schritte den Bürgersteig entlang. Vor der Nummer 8 blieb sie stehen.

Eines war schon von hier aus zu sehen: Das leere Haus, für das der Gärtner wahrscheinlich noch einen Schlüssel besaß, war ein perfekter Ort für ein Verbrechen. Es stand weit zurückgesetzt und war von der Straße durch eine schulterhohe Mauer abgeschirmt. Zwar hatte es eine breite Einfahrt in den Hof, doch war dies der einzige Bereich, der Einblick ermöglichte. Zur Seite der Loskills war zumindest im vorderen Teil des Grundstücks der Bewuchs sehr dicht, auf der anderen standen eine efeubewachsene Mauer und, wenige Meter neben der Giebelwand, eine große Garage.

Johannas Schritte klangen trotz der Turnschuhe verräterisch laut, als sie in den gekiesten Hof trat. Selbst im spärlichen Licht sah man dem Haus an, dass es schon eine ganze Weile nicht bewohnt war. Zwischen den Steinchen wuchs Gras, aus dem Briefkasten quoll Werbung, die Rollläden waren heruntergelassen und die Kellerfenster verbrettert. Der Außenzugang zum Keller befand sich nahe der Rückwand der Garage, die vermutlich über eine Hintertür verfügte. Wenn der Gärtner alle Schlüssel besaß, hatte er Kim problemlos ungesehen ins Haus schaffen können.

Sie blieb auf halber Strecke zwischen Haus und Straße stehen. Weiter traute sie sich beim besten Willen nicht. Wenn sie so darüber nachdachte, war es ihr kaum nachvollziehbar, wie sie überhaupt bis hierher gekommen war. Die Kraft, die sie aus Kims Brief gezogen hatte, schwand mehr und mehr.

Plötzlich vermisste sie Vincent. Warum hatte sie ihn nicht von vornherein mitgenommen? Sie hoffte, er würde schnell herkommen, mit oder ohne Elias.

Sie wollte gerade zur Straße zurückgehen und bei ihrem Rad auf die Jungen warten, als sich ein Lieferwagen mit hoher Geschwindigkeit näherte, rasant in den Hof bog und, Kies aufspritzend, direkt vor ihr zu stehen kam.

Obwohl die Scheinwerfer sie blendeten, wusste sie genau, wer drinsaß.

51
Vincent, 18:30 Uhr

Nicht mal den steilen Berg hinunter hörte Vincent auf zu strampeln. Er war bereit, alles zu riskieren, um nur schnellstmöglich bei Johanna zu sein. Vier Minuten noch, schätzte er, wenn er das Tempo bis zum Ende durchhielt und ihn kein Laster überrollte. Vor der Kurve warf er kurz einen Blick nach hinten. Elias war abgeschlagen, hielt sich aber tapfer. Er hatte Isas Rad ausleihen müssen, ein schweres Fünfgangmodell. Vincents Reifen schlingerten auf einem Stück verschmutzter Fahrbahn. Trotzdem bremste er nicht. Er machte sich Vorwürfe, dass er Elias erlaubt hatte, die Munition aus der Waffe zu nehmen. Andererseits hatte er sich Sorgen um sie gemacht und Elias meinte zu Recht, Vincent könne ja nicht wollen, dass man Johanna erwische und wegen unerlaubten Waffenbesitzes anzeige. Apropos Anzeige: Da vorn an der Kreuzung stand ein Streifenwagen quer auf der Straße. Ein Unfall? Danach sah es gar nicht aus. Widerwillig drosselte Vincent das Tempo. Kannte er den Mann nicht, der da mit dem Uniformierten sprach und gerade im Begriff war, in sein Auto zu steigen? Kommissar Delmer!

Dieser sah Vincent heranflitzen und erkannte ihn ebenfalls. Beide tauschten einen kurzen, fragenden Blick, dann winkte Delmer ihm schon, stehen zu bleiben.

»Vincent«, grüßte er, »wohin so eilig?«

Vincent hatte immer noch viel Tempo drauf. Seine Bremsen quietschten. Erst mal Luft holen.

»Und Elias Teschner ist auch im Anflug, sehe ich.«

»Ich will zu meiner Freundin. Was ist hier passiert, Herr Delmer?«

»In der Kleingartenanlage wurde ein Mädchen überfallen. Der Täter ist flüchtig.«

Vincent riss die Augen auf.

»Der Mann hatte das Mädchen offenbar seit Tagen beobachtet und versucht, sie zu entführen.«

Elias stoppte hinter Vincent, keuchte: »Hat er ihr eine Kette geschenkt? So eine?« Er zog den bearbeiteten Fotoausdruck aus seiner Tasche.

Delmer griff danach. »Was wissen Sie beide? Raus mit der Sprache!«

Vincent und Elias tauschten einen Blick.

»Erzähl du«, sagte Elias und wischte sich mit dem Ärmel Schweiß vom Gesicht.

»Meine Freundin ist in Gefahr«, erklärte Vincent, ohne den Kommissar anzusehen. »Sie glaubt zu wissen, wo Kim gefangen gehalten wurde. Sie glaubt, sie weiß, wer's war, weil … na ja, weil …«

Delmer wartete nicht länger auf die Fortsetzung des Satzes. Ihn interessierte nur eins: »Wo?«

»Hainbuchenweg 8, ein leer stehendes Haus.«

Delmer ließ sie einfach stehen, rief seinen Kollegen Anweisungen zu und brauste mit zwei Beamten davon.

»Los, hinterher!« Elias gab Vincent einen Schubs.

52
Johanna, 18:35 Uhr

Er sah aus wie in ihren Albträumen. Ein blutiger Zombie, der aus dem Lieferwagen mehr fiel als sprang und doch furchterregend gefährlich war.

Er zeigte mit dem Finger auf sie, lachte. »Sieh an! Die Johanna! Treibt dich die Sehnsucht her?«

Sie wollte etwas entgegnen. Nur was?

»Du kannst mir gern Gesellschaft leisten, nachdem mir der Köter meiner neuen Freundin den Abend verdorben hat.«

Der Mann setzte sich humpelnd in Bewegung. Den im Schulterbereich offenbar verletzten Arm presste er verkrampft an den Körper, den anderen streckte er selbstsicher nach ihr aus. Seine Augen fesselten ihre. Sie flackerten vor Schmerzen und waren in ihrem Innern doch genauso wie vor einem Jahr: überlegen und kalt.

Sie zog den Revolver aus der Tasche.

Jetzt hieß es bluffen.

Der Gärtner blieb stehen. Schaute ungläubig. Runzelte die Stirn.

»Glaubst du tatsächlich, ich komme unbewaffnet her?«, krächzte sie.

»Johanna«, wiederholte er, jetzt endlich – endlich, endlich – mit einer leisen Unsicherheit in der Stimme. »Wozu bist du hergekommen? Du vermisst mich, hm?«

»Ich schieße«, sagte sie.

»Wieso?« Er knickte seitlich ein, griff sich an die Schulter und stöhnte, als er danach die Hand ansah, dunkel von Blut. »Scheißköter! Guck mich an, Johanna! Ich bin verletzt. Ich brauch Hilfe. Und was willst du eigentlich?«

»Abrechnen, das will ich.«

»Was denn?«, schrie er. »Wir hatten eine kurze Affäre. Den ganzen Sommer über hast du mich geil gemacht. Wir hatten Spaß und das war's. Du wolltest es. Erinner dich doch: Du hast mein Geschenk angenommen, dir die Katze zurückbringen lassen, mir einen Kaffee angeboten.«

»Einen Kaffee, aber keinen Sex!«

»Aber ja, du wolltest das. Du wolltest es die ganze Zeit und du willst es jetzt offenbar auch wieder, sonst wärst du nicht hergekommen.«

»Du widerst mich an«, sagte Johanna, nahm die Waffe mit beiden Händen und zielte auf seine Brust. »Du hast versucht, mein Leben zu zerstören. Und das von Kim. Aber ich werde es nicht zulassen, dass du's noch bei einem weiteren Mädchen versuchst. Jetzt ist Schluss. Fahr zur Hölle!«

»Nein, warte!« Er begriff jetzt, dass sie es ernst meinte. Er streckte die Arme aus, rang die Hände. »Warte, warte, wir können doch über alles reden, es tut mir leid, ich …«

Sie hörte das Herannahen mehrerer Autos. Sie wusste: Jetzt oder nie.

Sie drückte ab.

Der Gärtner fiel auf die Knie, japste und griff sich an die Brust, obwohl nichts geschah, nichts außer einem klickenden Geräusch. Aber wenigstens für einen winzigen Moment musste er Todesangst gehabt haben. Sein Blick war nicht mehr stark, nicht länger überlegen. Nicht in diesem Moment.

Johanna ließ den Revolver fallen und rannte, so schnell sie konnte, in einem Bogen Richtung Straße. Dort angekommen, blickte sie zurück: Der Moment war vorbei. Der Mann hatte gemerkt, dass er hereingelegt worden war. Er kroch zur Waffe, fuchtelte damit herum, hielt sie in ihre Richtung und schrie voller Wut: »Das wirst du mir büßen!«

53

Vincent, 18:45 Uhr

»Polizei! Waffe runter!«, hörte Vincent Kommissar Delmer rufen. Sehen konnte er nichts. Ein Uniformierter versperrte ihm und Elias den Weg. Ihr rasanter Spurt endete vor dem Polizeiwagen.

»Stopp, nicht weiter! Das ist eine gefährliche Situation!«

»Meine Freundin ist da drüben!« Vincent wollte noch weiter

protestieren, da sah er, wie Johanna mit einer Beamtin geduckt zu einem weiter vorn geparkten Wagen lief.

»Jo!«, rief er. »Ich bin hier!«

Johanna sah zu ihm hin, kam aber nicht zu ihm herüber, denn die Beamtin hielt sie weiter schützend fest und schob sie ins Auto.

»Meine Kollegin kümmert sich um Ihre Freundin.« Der Polizist – es war einer von denen, die ihn damals im Sommer am Kanal mit Kim gefunden hatten – legte Vincent beruhigend die Hand auf den Arm.

»Wir haben den Kerl. Hat beim Versuch, eine Fünfzehnjährige zu überfallen, ihren Hund unterschätzt. Dachte wohl, es handele sich um einen harmlosen Golden Retriever, war aber ein Hovawart. Hat ihn übel zugerichtet.«

Vincent blickte zu dem Mann, den Kommissar Delmer und sein Kollege festgenommen hatten. Jung war er, muskulös, mit kurzen dunkelblonden Haaren – genau wie Johanna ihn beschrieben hatte. Abgesehen von den Bisswunden sah er nach nichts Besonderem aus, wirkte wie ein ganz normaler Durchschnittstyp.

»Sie missverstehen die Situation«, zeterte der Mann jetzt. »Die Schlampe hat mich plötzlich mit einer Waffe bedroht. Die ist gemeingefährlich, die ist irre! Ich hab überhaupt nichts gemacht. Ich kontrolliere für die Simmers das Haus, bis es verkauft ist.«

»In Johannas Waffe ist überhaupt keine Munition!«, rief Vincent schnell und lief auf Delmer und den Mann zu. »Sie braucht sie nur, um sich sicher zu fühlen und zur Abschreckung, damit Typen wie Sie sie nicht mehr belästigen oder ihr Schlimmeres antun können!«

»Ich habe nie jemanden belästigt! Ich werde zu Unrecht verdächtigt.« Der Mann drehte sich zu Vincent um, und der erschrak, denn der Mann sprach voller Überzeugung. Eine gewisse Aufregung und jede Menge Zorn waren in seinem Gesicht zu lesen, vor allem aber Abgebrühtheit. Kein Wunder, dass der Johanna eingeschüchtert hatte, nicht einmal Vincent bekam jetzt ein Wort heraus.

Nur gut, dass Kommissar Delmer mit solchen Leuten umgehen konnte. Kühl konfrontierte er den Mann mit der Tatsache, dass er vor nur wenigen Minuten ein Mädchen überfallen habe und der DNA-Test mit Sicherheit auch seine Schuld im Fall von Kim Klingenberg beweisen würde.

»Und er hat meine Freundin vergewaltigt«, brach es nun doch aus Vincent hinaus. Dabei sah er zu dem Auto hinüber, in dem Johanna mit der Polizistin saß. Die beiden unterhielten sich leise. Johanna konnte seine Worte also nicht gehört haben, und er hoffte, dass sie sie ihm im Nachhinein verzeihen würde.

Die ganze Wahrheit allerdings würde sie selbst aussprechen müssen. Jetzt öffnete sie die Wagentür und sah zu ihm herüber. Er breitete die Arme aus und wartete auf sein Glück-auf-Girl.